사랑이
뭘까,

묻고
싶은
밤

사랑이
뭘까,

묻고
싶은
밤

글 최새봄
그림 14명의 화가

누구나
한 번쯤
소설의
주인공

différance

사랑하고,
이별하고,
소설을 읽었어.

소설을 읽다가, 사랑을 쓰다가

어쩌다가 우린 서로를 발견한 걸까? 나와 당신이 '우리'가 된 이유는 무엇이었을까, 더 이상 '우리'가 아니게 된 것은 어째서일까.

계획한 것도 아닌, 예상할 수 없었던 그 순간에 서로의 앞에 등장하고는, 멋대로 사랑한다고 말했다가, 더 이상 사랑하지 않는다고 떠나는 것은.

서로를 발견해서 얼마나 가슴을 쓸어내렸던지, 당신이 내 곁에 있어서 세계가 얼마나 아름다웠는지. 내 앞에선 당신의 얼굴이 얼마나 행복해 보였는지, 아직 생생하게 떠올릴 수 있는데, 어째서 서로의 곁을 떠났을까.

익숙한 노트 구석에 적어 둔 사랑이란 단어 오른쪽엔 물음표만 가득한 괄호가 쳐져 있다. 몇 번이나 사랑을 말했는데, 몇 번이나 당신을 곁에 두었는데, 어째서 아직도 느낌표를 찍지 못한 걸까.

결국 이렇게, 사랑을 핑계 삼아 글을 쓴다. 글을 쓴다는 핑계로 당신을 마음껏 생각한다. 계속 쓰다 보면, 물음표를 하나씩 지워 갈 수 있을까? 계속 사랑하다 보면, 느낌표를 찍게 될까?

사람은 사랑 없이 살 수 있을까?
사랑은 사람 없이 할 수 있을까?

평범한 일상과 비슷한 하루가 반복되는 것이 삶이지만, 사랑이 곁에 있을 때 우린, 소설 속의 주인공이 되니까. 사랑이 시작되는 순간, 사랑하는 동안, 그리고 사랑이 저물어 가는 날들까지도. 삶이 계속되는 한, 사랑도 멈출 수 없을 테니까.

그러므로 이것은 나와 당신의 이야기, 결국 우리의 이야기.

사랑이 뭘까, 묻고 싶은 밤

○

낮과 밤은 이토록 다른데 왜 이 둘을 한데 묶어서 하루라
고 말하는지. 마찬가지로 서른 이전과 서른 이후는 너무나
다른데도 우리는 그걸 하나의 인생이라고 부른다.

– 김연수,『파도가 바다의 일이라면』

사랑하기 전과 사랑한 후가 이토록 다른데, 왜 삶은 아무
일도 없었다는 듯 계속해서 이어질까. 마찬가지로 새로운 사
랑을 다시 시작하면 모든 것이 달라지는데도, 우리는 그저
하나의 삶이 계속 이어진다고 여기는 걸까.

목차

좋아해, 둘 다 져야만 정답이 되는 공식

— 프랑수아즈 사강, 『브람스를 좋아하세요…』

아아, 네가 너무 좋아.

한겨울 빠르게 걷다가 바튼 숨을 내쉬면 하얀 입김이 쏟아져 나오는 것처럼, 마음 안에서 몽글몽글거리며 몸집을 키운 짧은 문장이 기어코 당신의 입을 열고 탈출한다. 네가 너무너무 좋아. 동그란 발포 비타민을 투명한 물속에 퐁당 떨어트리면, 보글보글거리며 거품이 올라와 잔 안의 투명한 물을 온통 샛노란 색으로 바꿔 버리는 것처럼. 네가 내 마음 안에 퐁당 뛰어들더니 나올 생각을 안 해, 어쩌다 이렇게 된 걸까, 당신 앞에 서 있는 내게 묻는다.

보글보글, 비타민도 아니면서, '좋아해'가 끓어올라 마음이 전부 당신으로 물들어 버린다. 나는 나로 물든 당신의 마음 안에서 유유히 헤엄치며 자꾸만 당신을 불러 댄다. 이젠 입을 다물고 있으려고 어금니를 꽉 깨물어 봐도 소용이 없다. 당신의 눈앞에 있으면 나도 모르게 당신 품속에 안겨 있는 걸. 당신의 입술과 혀가, 당신의 의지와는 상관없이 움직인다. 고장 난 알람시계처럼 나의 귓가에 같은 말을 울려 댄다. 네가 좋아. 네가 너무 좋아서 미치겠어.

좋아하는 이가 눈앞에 없을 땐 어떨까. 들어줄 사람이 없어도, 당신의 모든 고백의 목적어가 부재하는 시간 동안에도 좋아한다는 말은, 마음은, 가만히 쉬고 있을 틈이 없다. 머릿속은 온통 우리가 함께 있던 순간의 장면들이 끝없이 재생되는 스크린 같아서, 마음은 화면 속에 대고 외친다. 네가 좋아. 너무너무 좋아. 어떨 때는 눈앞에 없지만 있는 것처럼 중얼거려 본다. 아아, 좋아해. 그러다가 그만 참지 못하고 전화를 걸어서 귓가에 종알거린다. 있지, 오늘도 네가 좋아. 어제보다 더 좋아진 것 같아. 어쩌면 좋지? 내일 더 좋아지게 될 것 같아.

좋아한다는 말을 좋아하는 사람에게는 '좋아해'라는 단어가 익숙하지만, 어째서인지 당신에게 듣는 좋아한다는 말은 새롭다. 당신에게 하는 좋아한다는 말은 마치 오늘 아침

사랑이 뭘까, 묻고 싶은 밤

처음 배운 단어처럼 싱그럽다. 좋아해. 당신이 좋아. 네가 좋아. 이렇게 말하다 보면, 듣다 보면, 자꾸만 어린애가 되는 기분이 든다. 사과가 좋아. 초콜릿이 좋아. 그리고 당신이 좋아. 그렇게 순수해지는 기분.

당신의 '좋다'는 말엔, '당신이 좋다'는 말엔, 아무런 불순물이 없다. 그래서 오해 없이 전달된다. 입 밖으로 나온 짧은 문장이 서로에게 닿았다는 실감.

결국, 좋아하는 마음은 좋아하는 수밖에 없다. 좋아하는 마음에는 이길 수가 없으니까. 좋아한다는 말을 가운데 두고 마주 선 두 사람은 서로에게 지고 만다. '좋아해'라는 공식은 그럴 때만 성립한다. 한쪽이 지면 다른 쪽이 이기는 세상의 모든 공식과는 다르게, 오직 '좋아해'라는 공식만이 둘 다 져야 정답을 찾는다. 둘 다 이기려고 들면 애초에 성립되지 않으며, 한쪽이 이기고 한쪽이 지는 순간 오답이 반복된다. 아주 단순한 공식이면서도 제대로 푸는 사람들이 적은 이유는 이것 때문이다. 정답을 구하는 풀이 방식을 아는 사람들이 드물기 때문이다.

온통 당신으로 물든 좋아하는 마음이 사는 동안 여러 번

지나간다. 우리 마음은 어떤 색으로 남게 될까. 무지갯빛으로 반짝이는 마음을 갖게 되는 걸까, 마지막엔 하나의 색으로 칠해지는 걸까. 아직은 잘 알 수 없지만. 그래도 좋아한다는 말은 여전히 좋아하는 걸. 좋아해. 당신을. 너무너무 좋아 네가. 이렇게 말하는 내가 좋아.

○

"사랑해."라고 말하며 시몽은 전화를 끊었다.
전화박스 밖으로 나오면서 그녀는 화장실의 거울 앞에서 기계적으로 머리에 빗질을 했다. 거울 속에는, 방금 누군가에게 "사랑해."라는 말을 들은 얼굴이 있었다.

– 프랑수아즈 사강, 『브람스를 좋아하세요…』

어떤 소설은 표지가 예뻐서 손이 가고, 어떤 소설은 제목에 이끌려 손에 잡힌다. 어떤 소설은 무심코 집었다가 만나버린 첫 장의 첫 문장 때문에 인생소설로 등극하는 경우도 있다. 그러나 아무리 좋아하는 소설도, 여러 번 반복해서 읽는 일은 드물다. 읽는 일에 재미 붙인 사람들에겐 이 거대한 우주 안의 셀 수 없이 많은 소설을 최대한 많이 읽고 싶은 욕망이 가득하니까. 한 권의 소설을, 몇 번이고 반복해서 읽을 만큼 여유롭지 못하다. 생은 짧고, 하루는 순식간에 흘러가 버리고, 나는 오늘도 새로운 소설에 매혹되므로.

그러나 늘 예외는 있는 법. 처음 『브람스를 좋아하세요…』를 만났던 순간을 떠올려 본다. 고전을 좋아하는 이들에겐 익숙한 형식의 표지 안에, 약간은 촌스럽지만 내게 우아하게 말을 걸 듯 적혀 있던 한 줄의 제목. 어딘지 낭만적으로 발음되는 '프랑수아즈 사강'이라는 작가의 이름. 그렇게 내 것이 된 한 권의 소설책은 표지가 낡아지도록 내 곁에 머무르고 있다. 그것에게 나는 사랑에 빠질 때마다, 친구에게 털어놓듯 책장을 열어서 달뜬 마음을 고백하곤 했다.

소설의 주인공 폴, 서른아홉 살의 인테리어 디자이너인 그녀에겐 로제라는 오래된 연인이 있다. 로제는 주말이면 폴을 찾아와 행복한 주말을 보내고 일상으로 돌아간다. 두 사람은 익숙하고 편안한 관계지만 언제부턴가 폴은 로제의 태도가 만족스럽지 않다. 출장을 핑계로 주말에 만날 수 없는 날이 생기고 연락도 뜸해져 간다.

그러던 어느 날, 어리고, 잘생긴, 게다가 더 이상 로제에게서는 기대할 수 없는 사랑의 열정을 가진 시몽이 그녀 앞에 나타난다. 시몽은 처음부터 폴에게 자신의 사랑을 적극적으로 표현한다. 회사 앞에서 기다리는가 하면, 편지를 쓰고, 폴의 말, 표정, 몸짓 하나하나에 자신이 행복과 불행을 넘나든다고 고백한다.

그런 시몽의 태도에 폴은 점점 마음이 움직인다. 하지만 더 이상 어리지 않은, 이미 사랑을 겪을 대로 겪어 본 그녀는 설렘과 동시에 불안을, 그리고 결국은 이 사랑에도 끝이 있을 것임을 아는 슬픔을 느낀다.

사랑을 할 때면 손이 가는 신기한 소설. 이번 사랑을 겪는 동안 나는 '폴'이 되었고, 저번 사랑을 겪는 동안은 '시몽'이었다. 물론 '로제'였던 적도 있었다. 그렇게 사랑을 하거나, 하고 싶거나, 하고 난 뒤에 『브람스를 좋아하세요…』를 펼쳐 보고 만다. 사랑이 '사랑'이라고 통칭되면서도 다양한 정의를 가지는 것처럼, 『브람스를 좋아하세요…』는 매번 내 안에서 다른 엔딩을 맞이한다. 해피엔딩, 새드엔딩, 가끔은 열린 결말로 끝나기도 하는.

당신의 심장소리가 나의 시계가 되는 순간

— 신경숙, 『깊은 슬픔』

어떤 소설 속에서, 주인공은 사랑하는 사람의 속눈썹 개수를 세었다. '당신의 속눈썹은 마흔두 개예요', 그렇게 말하는 이의 목소리는 어땠을까. 나지막하고 적당한 온기를 띠면서도 아랫배를 간질이듯 조금 떨렸을까.

나는 어제 들은 책의 제목과 작가의 이름은 또 이렇게 잃어버리고, 저 말을 곱씹어 본다. 당신의 속눈썹 개수, 누군가를 품에 안은 채로 그의 속눈썹 개수를 세어 보고 싶어지는 마음, 그것은 어떤 걸까. 사랑이라는 단어 하나의 정의를 이렇게나 많은 사람이 제멋대로 내린다. 한 사람의 사랑조차 곁에 둔 이에 따라 달라진다. 한 사람에 대한 사랑조차 시간의 흐름에 따라 변한다. 어떤 때에는 당신의 속눈썹을 살며시 쓰다듬어 보고 개수를 세어 보는 것으로, 또 어떤 때에는 가만히 한쪽 귀를 왼쪽 가슴 위에 올려 둔 채 심장이 뛰는 소리를 듣는 것으로. 눈을 보고 사랑이라는 단어를 내뱉는 것만을 유효하다고 여기는 이가 있는가 하면, 어딘가에서는 말없이 당신을 살피는 것으로 사랑을 말한다.

그러니 '사랑'이란 어려운 말이다. 사랑, 입안에서 아무리 굴려 보아도 작아지지 않는 사탕처럼, 그것은 언제나 혀끝에 맴돈다. 나는 늘 시원스럽게 사랑을 내뱉는 사람은 아니었으니까.

타인의 심장 위에 한쪽 귀를 올려 두고 누워서 시계를 바라보면, 그의 두근거림이 세계의 시침 소리가 된다. 조금은 빠르게 뛰는 타인의 심장 박동에 맞추어, 느긋하던 나의 시간이 속도를 낸다. 낯선 타인이, 익숙한 세계의 시간을 다시 세팅한다. 공간을 채우던 째깍거리는 소리가 콩닥거리는 소리로 바뀐다. 어떤 관계는 그렇게 시작되기도 한다.

심장 박동의 리듬과 소리도 각자의 것이 있다는 것, 타인의 그것을 귀 기울여 들어 본 사람은 안다. 내 세계의 시간을 타인에게 맡기는 것, 그것이 얼마나 위험하고도 아름다운 일인지를.

○

어느 날 우연히 내 눈을 거울에 비춰 보다가 언젠가 네가
"네 속눈썹을 세어 봤는데 마흔두 개야." 했던 말이 생각나
면 그 하나로 세상을 다 얻은 듯 살아가지. 그걸 세어 볼 정
도면 너는 틀림없이 나를 사랑한다 여겨지기에…

– 신경숙, 『깊은 슬픔』

소설의 주인공 은서, 완, 그리고 세는 어린 시절 이슬어지
에서 함께 자란 친구 사이다. 하지만 집안 사정으로 완이 갑
작스럽게 떠나게 되고, 완은 떠나던 날 밤 은서에게 달려와
자신의 마음을 고백한다. 그리고 은서는 그런 완을 사랑하
는 마음을 홀로 키워 간다.

시간이 흘러 은서와 세도 이슬어지를 떠나고, 셋은 성인
이 되어 다시 만난다. 은서는 그간 깊어진 자신의 사랑을 완
에게 고백하지만, 완은 그녀가 알던 예전의 그가 아닌 듯 변
해 버렸다. 은서는 자신이 사랑을 고백하며 다가가면 외면
하고 도망치다가도, 자신이 내킬 때면 사랑을 슬쩍 드러내
기대를 품게 하는 완의 변덕에 점점 무너져 간다. 그리고 그
런 은서의 뒤에서 세는, 은서가 완을 사랑하듯 그녀를 사랑

한다. 그렇게 세 사람은 사랑으로 뒤엉켜 점점 서로를 시들어 가게 한다.

살아가다 보면, 분명 귀로 들었던 말인데, 마음에 남아 쉬이 잊혀지지 않는 말이 있다. 분명 오래전 겪었던 순간인데 색이 바래지 않는 장면이 있다. 이미 닿을 수 없는 손길인데 마치 어제처럼 생생히 떠올릴 수 있는 촉감이 있다.

당신의 오른손 엄지손가락이 천천히 나의 왼쪽 눈썹을 따라 곡선을 그리던 순간. 세계는 잠시 숨을 멈추고 시간의 흐름을 늦춘다. 그 기억 때문에 가끔 무의식적으로 나의 눈썹을 쓰다듬어 본다. 고르게 난 그것들은 한쪽으로 살짝 몸을 기울인 채, 가만히 누워서 나의 손가락에 차곡차곡 기댄다. 눈썹들도 당신의 엄지손가락을 기억하고 있을까? 나의 손과 당신의 손이 다른 것을 알까? 이 기억은, 이 감촉은, 내 머릿속에 남아 있는 것일까, 혹은 마음에 새겨졌을까, 그것도 아니라면 얌전한 눈썹 가닥마다 스며든 것일까.

당신의 속눈썹 개수는 몇 개였을까, 나는 뒤늦게 그것을 세어 보지 못한 것을 아쉬워한다. 그러다가 소설의 한 구절을 읽으며 멋대로 생각해 버린다. 당신의 속눈썹은 마흔두 개라고. 그렇게 기억해 버린다면 이 문장을 읽을 때마다 당신을 떠올릴 수 있을 테니까.

전부 다른
사랑의
비슷한 시작

행복한 가정은 비슷한 모습이지만 불행은 제각각이라던 문장과 같은 맥락일까. 사랑의 시작은 누구에게나 비슷한 설렘과 희망으로 다가오지만, 사랑의 끝은 조금도 닮은 것 없이 전부 다르다.

사랑에 빠지는 순간이 당신의 미소, 시선이 마주치는 찰나의 햇빛과 바람, 이름을 부르던 목소리, 살짝 닿은 손끝, 흩날리는 머리카락을 쓸어 올리는 손동작처럼 다양한 클리셰로 가득 차 있다면, 사랑이 끝나는 순간은 어떤 공식도 없다. 헤어짐의 이유, 당신이 싫어진 결정적 순간, 떠나가는 사람의 뒷모습과 남겨진 사람의 망연자실한 슬픔의 길이도, 모두 예상을 뒤엎고 짐작을 비웃는다.

사랑이 뭘까, 묻고 싶은 밤

지나온 사랑들을 돌아보면, 아주 오래전의 그날부터 가장 가까운 날의 첫 장면들까지, 어찌나 반짝거리는지. 그 찬란함 앞에서 나도 모르게 두 눈을 슬며시 감게 된다. 기대, 설렘, 들뜸, 희망, 이번엔 내가 꼭 기다려 온 당신일까, 나를 찾아 헤매던 당신일까. 내 눈앞에서 나처럼, 혹은 나보다 더 황홀한 얼굴로 사랑에 빠졌음이 확실해 보이는 당신을 바라볼 때의 그 떨림.

우리는 서로가 이제야 나타났다는 사실에 귀엽게 서운해하고, 이렇게 오랫동안 서로를 모른 채 지내도록 한 세계를 합심해서 탓하다가, 그럼에도 불구하고 이제라도 만날 수 있었음에 안도한다. 다행이라며 가슴을 쓸어내린다. 지나온 시간과 사람들을 거쳐 서로에게 도착했음을 치하하고, 감탄하고, 꿈이라면 절대 깨고 싶지 않다고 우스갯소리를 한다. 그렇게 사랑의 시작 버튼을 함께 누른 두 연인은 어제와 달라진 세상을 인정한다. 당신이 내게 오기 전보다 훨씬 더 생생해진 삶, 당신을 곁에 두고 사는 일의 아름다움 때문에.

사랑을 해본 사람이라면, 지나온 연인과 연애에 사랑이라고 이름 붙여 본 경험이 있다면, 이런 시작을 겪지 않았던 이 있을까. 재밌게도 우리는 전부 다른 사람이면서, 모든 연인과 그 시절 둘만의 특별한 연애를 했음에도 불구하고, 사랑의 시작에서만큼은 통하는 부분이 있다. 그 순간을 이야기할 때 동시에 볼을 붉히거나 스르르 눈을 감게 되는 지점이 있다.

사랑, 그리고 시작, 우리가 이미 너무 많이 알고 있는 것. 늘 사랑할 수밖에 없는 것. 아무리 오랜 연애가 마침표를 찍어도, 그 긴 시간이 희미해지는 동안에도, 가장 오랫동안 선명하게 기억되는 것. 가슴 아픈 이별을 또다시 까맣게 잊게 할 만큼 사랑스러운 것. 당신과 내가 처음 만난 그날, 시선이 마주치던 그 순간, 처음 듣는 목소리로 인사를 건네거나 이름이 불렸던 찰나.

사랑을 증명하기 위해 애쓰지 않아도 돼

— 무라카미 하루키,
『4월의 어느 맑은 아침에
100퍼센트의 여자를 만나는 것에 대하여』

나에 대한 네 사랑을 증명해 보라는 요구 앞에서, 백 점을 받을 수 있는 연인은 존재할까. 당신이 어떤 방식으로 사랑을 증명하려 애써도, 연인은 절대로 만족하지 못할 게 분명하다. 연인은 자신이 당신 안에 사랑이라는 단어로 살아 숨쉬고 있다는 사실을 믿기 위해, 머금는 순간 입안 가득 상처를 내는 까끌까끌한 말 따위는 내뱉을 필요가 없었던, 지나온 어느 순간을 아직 기억하고 있을 테니까.

서로를 연인의 자리에 앉혀 둔 관계 안에서, 누군가 제자리를 떠나려는 몸짓을 시작할 때, 맞은편에 남겨진 이는 다급해지고 만다. 그래서 외치는 것이다. 나를 사랑한다면 증명해 봐, 네 사랑을 내가 믿을 수 있도록. 이미 변질된 사랑 안에서, 무너져 내리고 있는 연인이라는 단어 위에서, 아직은 내려오고 싶지 않은 한 사람의 애처로운 요구. 혹은, 사랑이 막 시작되는 순간의 두려움을 떨쳐내기 위해, 아직은 낯선 연인의 손을 잡고 조르는 것이다. 나를 사랑한다면 증명해 봐, 당신을 사랑해도 괜찮다고 나를 달래 줘, 이미 당신은 나를 사랑하고 있다고 말해 줘.

당신은 사랑을 얼마나 해봤을까?

사랑도 운전처럼 하면 할수록 실력이 늘까. 같은 자리에 하는 주차는 몇 번이면 익숙해지는데, 사랑은 어째서 나라는 같은 사람이 할 때마다 매번 다를까. 매번 처음인데, 이미 오래전에 낡아 버린 초보 딱지를 떼어 버려도 괜찮은 날이 오기는 하는 걸까. 나는 사랑의 시작 앞에서, 처음 도로 주행을 시작하는 모양새로 핸들을 쥔 두 손에 힘을 꽉 주며 생각한다.

사랑이란 단 두 사람의 일인데, 왜 이렇게 어려울까. 이토록 수많은 사람 사이에서, 기적에 가까운 확률로 서로를 발견했음에도, 기적으로는 부족해서 불가능을 꿈꾼다. 영원이 없는 세계에서 영원을 말하고, 지켜지지 않았던 약속의 무덤 사이에서 자꾸만 새끼손가락을 건다. 믿기 힘든 행복이

사랑이 뭘까, 묻고 싶은 밤

등을 떠밀어 연인의 어깨에 기대게 한다. 타인이 자신을 구원할 수 없다는 사실을 알면서도, 자신은 타인의 구원이 되기를 비밀스럽게 바라게 된다.

그러나 사랑의 형태와 색, 맛과 향, 무게와 질감이 전부 달라서, 단둘뿐인 나와 당신, 연인이라는 아름다운 단어 위에 나란히 앉아 있는 우리가 하고 있는 것조차, 같은 사랑일까 의심하게 되는 어떤 순간에, 나는 당신에게 말해 주고 싶다.

당신과 나의 사랑이 꼭, 같지 않아도 좋다.

우리가 연인이라고 해도, 서로를 사랑하고 있다 해도, 그 사랑이 반드시 완벽히 같은 사랑일 수 없기 때문에, 당신은 내게 당신의 사랑을 증명하지 않아도 좋다. 내게 당신이 사랑을 증명하라 요구하지 않아서 좋다. 우리가 각자의 사랑으로 서로를 사랑할 수 있어서, 그 두 가지의 사랑이 자연스럽게 어우러져서, 서로의 끝자락에 스며들어 가장 깊은 곳까지 다가갈 수 있을 거라는 예감이 들어서 좋다. 그렇게 완성된 우리는 삶의 어느 순간, 어떤 문장 안에서도, 함께하는 시간 안에서 서로를 주인공으로 만들어 줄 테니까.

○

옛날 옛적에, 어느 곳에 소년과 소녀가 있었다. 소년은 열
여덟 살이고, 소녀는 열여섯 살이었다. 그다지 잘생긴 소년
도 아니고, 그리 예쁜 소녀도 아니다. 어디에나 있는 외롭
고 평범한 소년과 소녀다. 하지만 그들은 이 세상 어딘가에
는 100퍼센트 자신과 똑같은 소녀와 소년이 틀림없이 있을
거라고 굳게 믿고 있다.

어느 날 두 사람은 길모퉁이에서 딱 마주치게 된다.
"놀랐잖아, 난 줄곧 너를 찾아다녔단 말이야. 네가 믿지 않
을지는 몰라도, 넌 내게 있어서 100퍼센트의 여자아이란
말이야"라고 소년은 소녀에게 말한다.
"너야말로 내게 있어서 100퍼센트의 남자아이인걸. 모든
것이 모두 내가 상상하고 있던 그대로야. 마치 꿈만 같아"
라고 소녀는 소년에게 말한다.
두 사람은 공원 벤치에 앉아 질리지도 않고 언제까지나 이
야기를 계속한다. 두 사람은 이미 고독하지 않다. 자신이
100퍼센트의 상대를 찾고, 그 100퍼센트의 상대가 자신을
찾아준다는 것은 얼마나 멋진 일인가.

하루키의 소설 속에서나 일어나는 일이 아닐까? 백퍼센트의 당신과 내가 우연히 만나게 되는 것은. 어느 아침, 유독 맑은 날씨에 이유 없이 상쾌한 기분이 고조된 채 시작한 하루, 매일 반복해서 걷는 익숙한 길을 걸어가다가 맞은편에서 걸어오는 누군가를 발견한다. 동시에 그도 고개를 들어 나를 보게 된다. 우리는 서로를 인식하는 순간 불현듯 깨닫는다. 백퍼센트의 당신을 지금 만났다는 것을.

그렇게 만난 백퍼센트의 두 사람은 그저 서로를 찾았다는 단 하나의 사실만으로 완전해진다. 누가 봐도 완벽하게 아름답거나 엄청나게 특별한 사람이 아님에도 바로 나에겐 그런 당신이 백퍼센트의 상대다. 함께 있을 때면 끊임없이 이야기를 나누고, 반대로 아무 말 없이도 같은 시공간에 영원처럼 머무를 수 있다. 당신이 내 곁에 있다는 것만으로 당신은 완벽하니까.

우린 언제 이런 사람을 만날 수 있을까? 과연 유니콘처럼 느껴지는 이런 상대가 어딘가 존재하기는 하는 걸까? 운 좋게 마주친다면 어떻게 알아봐야 할까? 어쩌면 이미 스쳐 지나가 버린 것은 아닐까.

한 사람과 두 사람의 차이

— 루이제 린저, 『생의 한가운데』

연인이 욕실에서 씻는 동안 부엌에서 설거지를 하려던 당신은, 무심코 평소처럼 따뜻한 물을 틀다가 화들짝 놀라 수전을 반대쪽으로 돌린다. 혹여 당신이 따뜻한 물을 틀면 연인이 차가운 물을 맞을까 봐. 그리고 그런 자신의 모습이 낯설어 혼자 머쓱해진다.

욕실 거울 앞에 늘어놓은 당신의 물건들 곁에, 어느 날부터 새로운 것들이 놓여 있다. 하얗고 길쭉한 크림통, 동그란 나무 빗, 연인의 머리카락에서 맡아지던 향이 좋은 오일이 담긴 파란 병. 연인은 도토리를 모아 오는 다람쥐처럼, 자그마한 물건들을 가지고 온다. 당신은 그것들을 네모난 나무 상자에 가지런히 담아 자신의 물건들 곁에 놓아두었다. 혼자만의 공간이었던 당신의 집, 그곳에 또 다른 사람의 흔적들이 생겨난다.

당신의 것이 아닌 연두색 칫솔이 가만히 꽂혀 있는 것을 볼 때면, 연인이 이곳에 머무르던 시간이 실감 난다. 가끔 생각날 때면 쓰곤 하던 트리트먼트가 줄어드는 속도가 빨라진 것이 신기하다.

부엌 찬장 안에 당신은 마시지 않는 커피가 가득 담긴 커다란 상자가 놓여 있다. 그 옆엔 언젠가 와인을 마실 때 쓰자며 연인이 들고 온 얇고 투명한 와인 글라스도 두 개가 나란히 서 있다.

이제 연인은 당신의 집에 와서 머무르는 것이 자연스러워 보인다. 어디에 있는지 알려 주지 않아도 새 수건을 꺼내어 쓰고, 당신이 잘 세탁해 둔 편안한 옷으로 갈아입고, 침대 위에 엎드린 채 종알거린다. 테이블 위에 둔 바구니 안의 초콜릿을 확인하고, 테라스에 외롭게 서 있는 고무나무의 잎사귀를 살핀다. 창을 열고 환기를 시키거나 틀어 놓은 음악을 다른 것으로 바꾸기도 하고, 책장에 꽂혀 있는 책들을 꺼내어 읽기도 한다.

혼자 누웠던 침대와 혼자 앉았던 소파, 혼자 바라보던 화면이 전부 일인용에서 이인용으로 바뀐다. 집은 달라진 것이 없는데, 연인이 머무르는 동안에는 모든 것이 달라진다.

그렇게 연인이 잠시 머무르다 떠나고 나면, 집은 원래대로 일인용의 공간으로 돌아온다. 혼자인 것이 익숙한 당신의 집, 몸에 익은 동선으로 느긋하게 움직이고, 씻고, 먹고, 쉬고, 재밌는 것을 틀어 놓고 뒹굴거리기도 하는 당신만의 공간.

그러다가 문득 혼자 있을 때, 혼자가 아니었던 순간을 떠올린다. 화장실에서 나오는 당신을, 무언가 시작한다며 '한다-한다-'라고 다급하게 부르던 연인의 목소리. 작은 테이블의 맞은편에 앉아서 시리얼을 오물거리던 잠이 덜 깬 연인의 얼굴. 설거지하며 욕실에서 나는 물소리에 화들짝 놀라던 자신. 그리고 베개에 떨어져 있는 내 것이 아닌 머리카락을 줍다가, 자신이 더 이상 혼자가 아니라는 사실을 깨닫는다.

○

니나는 나를 바라보았다. 생을 사랑한다고요? 라고 니나는

조용히 말했다. 그러나 당신을 통해서 생을 사랑하는 거에
요.

– 루이제 린저, 『생의 한가운데』

죽음을 앞둔 슈타인은 여주인공 니나에게 마지막 편지를 남기며, 니나를 처음 만났을 때부터 써왔던 일기장을 함께 보낸다. 니나보다 스무살이나 많은 슈타인은 오랜 세월 니나를 관찰하고 사랑하며, 그로 인해 평생을 파도에 휩쓸린 작은 나뭇조각처럼 흔들리며 살았다.

니나는 생의 한가운데 서서 거침없이 살아가는 여자다. 사랑 앞에서 주눅 들지 않으며, 삶의 어떤 굴곡도 자신을 변질시키는 것을 허락하지 않는다. 그러나 평생 니나를 사랑하면서도 원하는 것을 얻을 수 없었던 슈타인은 죽음 앞에서야 겨우 생을, 있는 그대로 받아들일 수 있게 된다.

둘은 아마도 처음부터 살아가는 방식이 달랐으리라. 둘의 사랑하는 방법이 달랐던 것처럼. 그러나 누가 옳고 누가 그르다고 말할 수 있을까? 우리가 그러하듯, 니나와 슈타인도 그저 자신의 최선을 다해 사랑하고 살아갔을 뿐인데.

니나는 자신의 생을, 온통 자신으로 채우고 싶었던 것일까. 그랬기에, 자신 외의 또 다른 한 사람이 자리할 곳을 마련할 수 없었던 것은 아니었을까. 니나는 누구보다 생의 한가운데 자신을 남김없이 던져 넣었지만, 사랑하는 사람의 손을 잡고 함께 뛰어들 수 없었던 것은 아니었을까. 사랑을 통해 삶을 바라보면서도 삶의 주인공은 오직 자신뿐이었던 일인극의 대가.

혼자였던 삶에 당신이 등장하는 순간, 그 낯선 환희에 익숙해지는 것에도 요령이 필요하다. 오직 나만이 주인공이었던 삶의 무대에서 살짝 내려와 당신의 손을 잡고 다시 한 번 무대 위로 오른다. 그렇게 '사랑'이 시작된다.

익숙하지만
질리지 않는
두 단어

    연인이 당신에게 가장 많이 하는 말은 무엇일까, 나는 가끔 그런 것이 궁금하다. 아마도 '보고 싶다'는 네 글자와 '좋아'라는 두 글자, 익숙한 그 두 단어가 아닐지.

    기다란 손가락을 서로 엮은 채 가까이에서, 핸드폰 저 너머 어딘가에서, 들려오는 그 두 가지 말을, 연인은 독점계약이라도 한 듯 지치지 않고 종알거린다. 그렇게 자꾸만 데굴데굴 굴러오는 두 단어를 품에 가득 안으면, 기분 좋은 온기가 스며든다. 귀엽게 몸을 비벼 오는 단어들이 마음을 간지럽힌다.

    예고 없이 당신을 보고 싶다고 말하는 타인이, 목소리로, 글자로, 종알거릴 때마다, 당신의 달팽이관과 두 눈동자는 반짝반짝하며 깜짝깜짝 놀란다. 그리고 동시에 보고 싶어지고 만다. 좋아지고 만다. 연인의 말에, 글자에, 마음이 옮아 버린다. 이럴 줄 알고, 그렇게 수없이 말했던 걸까? 마치 주문을 걸 듯, 당신도 나를 보고 싶어 하게 될 거라고, 좋아하게 될 거라고, 이미 자신은 믿고 있다는 태도로 자꾸만 두 단어를 귓가에 속삭이던 연인은.

당신은 좋다는 말에 돌돌 말린 채, 보고 싶다는 말에 포옥 감싸인 채, 속수무책으로 눈과 귀가 반짝거린다. 못 들은 척하기엔 이미 늦어 버렸으니까. 똑똑한 연인은 부지런히 당신을 길들인다.

조명옥, 〈빛의 정원-파스타짜넘〉, 65.1×53cm, acrylic on canvas, 2021.

사랑이 뭘까, 묻고 싶은 밤

조명옥, 〈일상 속에 스며들다-글로리오섬〉, 65.1×53cm, acrylic on canvas, 2021.

처음 겪는 여름, 처음 하는 사랑

— 다비드 포앙키노스, 『시작은 키스』

종일 오락가락 한 비 덕분인지, 시원하고 촉촉한 공기가 기분 좋은 8월의 시작. 너무나 오랜만인 것처럼 느껴지는 청량함. 알맞게 식은 공기가 살갗을 스칠 때 느껴지는 시원함이 자꾸만 이유 없는 미소를 짓게 한다. 실은 무더위에 숨이 턱턱 막히는 날들보다 서늘하고 시원한 날들이 훨씬 길게 주어지는 것이 사계절, 그리고 1년 열두 달인 것을 머리로는 알면서도. 어쩌면 이렇게 순식간에 모든 것을 잊어버리고, 지금, 이 순간만이 전부인 것처럼 치부해 버리는 걸까 우린. 그렇게 까마득히 지난가을과 봄, 겨울을 잊어버리고, 돌아오는 계절들을 마주할 때마다 매번 처음처럼 놀라고 만다.

그러고 보면 계절이 오고 가는 것, 수십 번 반복한 봄 여름 가을 그리고 겨울이 매번 새로운 것, 언제나 이번 여름과 겨울이 가장 덥고 추운 것처럼 여겨지는 것이, 꼭 사랑을 닮았다. 오고, 또 가고, 다시 올 것을 분명 알고 있으면서도, 안달하며 새로운 것을 기다리게 되는 것도. 매번 잊힐 것을 알면서도 지금이 영원할 것처럼 여기며 하루하루를 사는 것도. 겪고 또 겪어도, 그렇게 수없이 반복해도 늘 처음처럼 놀라고 새로워하는 것이.

뜨거웠던, 유독 정신 못 차릴 만큼 무더웠던 올해의 여름이 절반쯤 지나간다. 7월과 사뭇 다른 8월의 공기는 성급하게 가을을 떠올리게 한다. 분명 서늘한 바람이 재킷을 걸치게 하는 순간이 오면, 문득 가을이 왔음을 깨닫곤 화들짝 놀라겠지. 마치 한 번도 겪어 보지 않은 계절을 마주친 것처럼, 한 번도 사랑해 본 적 없는 것처럼 당신을 사랑하기 시작했던 날처럼.

○

그렇다면 그가 이토록 강렬히 뒷걸음질 치려는 이유는 무엇인가? (…) 행복에 대한 두려움. 사람은 죽기 전에 자기 인생에서 가장 아름다웠던 순간들을 차례차례 돌이켜 본다. 마찬가지로 행복이 바로 여기, 눈앞에 있는 순간에는 우울한 미소를 지으며 과거의 실패와 상처들을 돌이켜 본다는 것도 납득할 수 있을 것 같다.

– 다비드 포앙키노스, 『시작은 키스』

주인공 나탈리는 남편 프랑수아와 첫 만남부터 서로에게 끌려 사랑에 빠졌다. 그렇게 운명처럼 만난 사랑하는 이와 행복한 삶을 살아가던 그녀에게 프랑수아가 사고로 목숨을 잃게 되는 사건이 일어난다. 사랑하는 사람을 갑작스럽게 잃게 된 후, 마치 자신도 더 이상 살아 있지 않다는 듯 겨우 삶을 유지하는 나탈리. 그녀의 삶은 프랑수아가 있던 삶과 그가 떠난 후의 삶으로 나뉜다.

그렇게 슬픔을 견디기 위해 감정을 배제한 채 일에만 몰두하며 살아가던 그녀가 어느 날, 그동안 잊고 지냈던 자신의 여성성과 새롭게 마주한다. 그 순간 하필이면 부하직원 마르퀴스가 나탈리의 사무실로 들어오고, 나탈리는 충동적으로 그에게 키스한다. 프랑수아가 예고 없이 그녀의 곁에서 떠났던 그날처럼. 사고처럼 일어난 '키스'는 새로운 사랑

사랑이 뭘까, 묻고 싶은 밤

의 시작점인 걸까?

'다시는 사랑할 수 없을 거야' 그런 생각, 누구나 한 번쯤 해봤을 테니까. 말도 안 된다고 생각하면서도, '영원'이란 단어를 가져다 대며 당신을 사랑했는데, 우리의 사랑에는 끝이 없다고 여겼는데, 그런 사랑을 빼앗기거나 잃어버리고 나면, 다시는 사랑하는 것이 불가능하다고 여기는게 당연하다. 그 순간 우린 진심으로 생각한다. 당신이 내 곁에 있던 삶과 이제 당신이 없는 삶으로 나뉘었으니, 내겐 더는 '사랑'이 없을 거라고.

그러나 삶의 아이러니일까, 혹은 삶이 우리에게 허락한 행운일까. 언제나 마지막일 것 같았던 사랑 뒤에 새로운 사랑이 온다. 나탈리가 그랬듯이, 우린 다가온 새로운 사랑 앞에서 당황하고, 의심하고, 거부하려 애쓰다가 마침내 항복하고 만다. 그리고 다시 '새로운 사랑'과 함께 '새로운 영원'을 꿈꾼다. 다시는 사랑할 수 없을 거라고 여겼던 과거의 아픔으로부터 조금씩 회복되어 간다.

계절이 오고, 가고, 또 다시 오는 것처럼, 사랑도 오고 가고 다시 온다. 믿기지 않는 순간에도 그것만큼은 믿어야 한다. 희망을 갖는 것이 사치처럼 느껴지는 순간마저도 희망을 놓지 못하는 것이 사람이기에. '더 이상 사랑할 수 없다면 사람일 수 없기에', 다시 사랑할 수 있다고 믿자.

몇 번이고 겪었던 무더운 여름이 매번 '올해가 가장 더운 것 같아'라고 느끼게 하는 것처럼. 우리의 사랑도 늘 처음 만난 사랑이니까. 이번이 가장 뜨거울 테니까.

사랑이 뭘까, 묻고 싶은 밤

당신의 등 위에서 사랑을 적다가

— 천선란, 『밤에 찾아오는 구원자』

사랑에 대해 끄적이던 어느 날, 당신의 등을 책상 삼아 작은 노트를 펼쳤다. 딱딱하고 차갑던 익숙한 책상과는 다르게, 따스한 온기가 느껴지는 굴곡진 당신의 등 위에서, 사랑을 쓰려니 자꾸만 웃음이 났다.

사랑은 그냥 이 자리에 머물고 싶은 것, 이라고 쓰려다가 너무 짧은가 싶어 줄을 그어 지웠다. 사랑은 당신의 등, 이라고 쓰려다가 너무 우스운가 싶어서 다시 줄을 그어 지우고, 오른손에 든 펜만 이리저리 굴리며 한참을 생각했다.

사랑은, 사랑은 가만가만 오르내리는 당신의 등 위에 나의 왼뺨을 대고 엎드리는 것. 당신의 체온이 나에게 스며드는 것을 느끼는 것. 책상이 되어 달라는 부탁에 냉큼 등을 내어 주는 것. 베개가 되어 달라는 말에 팔과 어깨를 내미는 것. 의자가 되어 달라 말할 틈도 없이, 다리 위에 나를 앉히고 꼭 끌어안는 것. 책상엔 낙서가 있어야지-라고 장난스럽게 말하며, 등의 한가운데, 손 닿지 않는 어딘가에 볼펜으로 하트를 그려 놓아도 웃고 마는 것. 당신이 필요해-라고 할 때마다 기뻐서 어쩔 줄 모르는 얼굴로 달려오는 것.

그러니 사랑은 결국 당신. 문장도 아닌 단어 하나로 정의되어 버리는 것.

○

아주 사소하고 다양한 이유가 쌓이고 쌓여서 누군가를 좋아하게 된다고들 한다. 그 이유들을 하나하나 나열할 수 없을 때, 가끔 본인조차 그것을 구분해 낼 수 없을 때 사람들은 '이유 없이 좋다'라고 말한다고. 클리에는 그 말을 하며 완다가 이유 없이 좋았다고 말했다. 모리스가 이유 없이 마음에 들어 모리스와 결혼하게 된 것처럼, 저 먼 곳에서 살고 있는 완다의 사진을 보자마자 이유 없이 사랑에 빠졌다고.

– 천선란, 『밤에 찾아오는 구원자』

"나 뱀파이어야. 괴물이라는 소리야."

"괜찮아. 나도 괴물이야."

외로운 사람들, 더 이상 삶의 의미를 찾지 못한 채 그저 살아지는 하루하루를 견디고 있는 이들. 그리고 그런 그들을 찾아오는 뱀파이어. 자신의 생존을 위해 외로운 사람들을 찾아온 뱀파이어 앞에서, 그들은 어떤 선택을 하게 될까.

소설 속 수연, 완다, 그리고 난주는 누군가에게 도움을 받거나 사랑받아 보지 못해서, 언제나 혼자인 게 당연한, 타인에게 수없이 상처받은 사람들이다. 그런 그들이 자신에게 처음으로 손 내밀어 준 또 다른 존재, 그이가 뱀파이어라고 해서 사랑하지 못할 이유가 있을까?

당신을 사랑하게 되었던 순간은 언제일까? 가끔 연인의 곁에 누워 그의 귓불을 만지작거리다가 생각해 본다. 당신이 왜 좋았을까, 스스로에게 질문해 본다. 이상형을 물으면 답하던 상상 속의 누군가와 닮은 구석이라곤 없는 것 같은데, 당신을 사랑하게 된 것은 왜일까. 그렇게 곰곰이 생각하다가 아무래도 답을 찾을 수 없어서 그만, 이유가 무슨 상관이야 싶어질 때, 이 사랑이 진짜인 것 같다고 여겨진다. 이유를 찾을 수 없는 사랑, 그것이 가장 순수하다고 믿게 된다. 나란히 서서 어색하게 걸으며 스치는 어깨를 의식하던 사이에서, 맞잡은 우리의 손이 당신 코트 주머니 속에 함께 자리하기 시작했을 때부터, 이유는 필요 없었으니까. '내가 왜 좋아?', 라고 묻는 물음에 '좋지 않은 게 하나도 없는 걸', 하고 답하는 당신을 사랑하지 않을 수 없었으니까.

우리가
닿아 있을
때

요즘 연인이 자주 안아 달라 말한다는, 누군가의 글을 읽었다. 안아 줘— 그 말이 왜 새삼스럽게 낯설까. 나는 연인에게 안아 달라 말한 적이 있었나, 문득 기억을 되짚어 본다.

언젠가 분명 누군가에게 했던 말, 그런데 어째서 이렇게 낯설지. 어쩌면 안아 달라 말하기 전에, 이미 당신에게 안겨 있기 때문일까. 혹은 무언가를 요구하는 말을 잃어버린 것일까. 기대하고 요구하고 실망하는 일을 수없이 반복하다가 그만, 포근한 저 말을 어딘가에 두고 온 것일까. 슬픈 의심은 잠시 저리 밀어 두고, 연인과 함께 있는 순간을 떠올려 본다.

연인과 함께 있는 시간에, 우리가 닿아 있지 않는 순간이 언제일까. 차에 나란히 앉아 어디론가 움직일 땐 손을 잡고 있고, 둘만 있는 공간에서는 어느 순간 살짝 팔을 당겨 품에 안고, 함께 잠들 때면 팔베개에 고개를 올려 두고, 팔과 다리를 엮은 채로 앉아 있을 땐 손이나 다리, 어깨를 주무르는 당신의 손이 떠오른다.

아아, 그러고 보니 밥을 먹거나 사람들 사이에 섞여 있을 땐, 그럴 땐 우리 떨어져 있구나. 손을 잡고 밥을 먹는 것은 로맨틱하다기보단 불편할 테니까. 음, 그럴 때 한번 말해 볼까? 안아 달라고. 지금? 하고 물으면 고개를 끄덕거려 볼까. 아마 당신은 깜짝 놀란 표정을 짓겠지.

사랑이 뭘까, 묻고 싶은 밤

김현숙, 〈with you〉, 53×41cm, oil on canvas, 2021.

김현숙, 〈with you〉, 72.7×53cm, oil on canvas, 2021.

사랑이 뭘까, 묻고 싶은 밤

우리 함께 우산을 쓴 건 처음이에요

— 로버트 제임스 월러, 『매디슨 카운티의 다리』

더 이상 처음은 없을 거라고 생각했어요. 나이를 먹을 만큼 먹었다고 한숨을 포옥- 내쉬면서.

다들 그런 적 있지 않나요? 아직 살아갈 날이 까마득하게 남아 있는 주제에, 뭘 좀 아는 것처럼 굴던 어린 날의 허세. 사랑은 해볼 만큼 해봤다고, 사람은 만날 만큼 만나 봤다고, 이별은 겪을 만큼 겪었다고, 연애는 거기서 거기라고. 설레는 시작부터 익숙해지는 과정, 그리고 언제나 비슷한 후회로 얼룩지던 끝을 비웃으면서 말이죠.

얼마나 바보 같았나요, 그때 우리말이에요. 아직 너무 어리고, 아직 많이 서툴고, 아직은 스스로에 대해서도 다 알지 못했던 그때. 여전히 서로를 곁에 두는 것에 능숙하지 못하던 치기 어린 시절의 연애와 사랑. 그 반짝이던 모든 처음 앞에서 당황하면서도, 기쁨으로 차오르던 환희의 순간들.

우리 그때 자주 말하곤 했잖아요. 아아, 이런 사람은 처음이야. 네가 나의 첫 OO야. 이곳에 누군가와 함께 온 것은 네가 처음이야. 이걸 함께 먹는 사람은 네가 처음이야, 이 길을 함께 걷는 것, 이 음악을 함께 듣는 것, 함께 여행을 떠나는 것, 책을 선물하는 것, 꽃을 선물 받는 것, 이렇게 나를 행복하게 만들어 준 것은 네가 처음이라고. 이렇게 나를 들뜨게 만든 것은, 이전에는 할 생각조차 못 했던 행동과 말, 그 모든 것을 가능하게 만들어 준, 너는 나의 처음이라고.

하지만 생각해 보면 너무나 당연한 거였죠. 이제 갓 스무 해쯤 살아왔는데, 경험이 있어 봐야 얼마나 있었겠어요? 그러니 뭘 몰라서, 덕분에 용감하고 어리석어서 크게 외칠 수 있었던 말들. 널 사랑해, 넌 나의 처음이야. 누군가에게 내가 했던 말, 그리고 수많은 이들이 내게 했던 그 말.

그렇게 몇 해를 지나고 나서는, 시큰둥하게 읊조렸어요. 아아, 이젠 처음이란 건 없는 게 아닐까, 모두 다 지나온 일들의 반복은 아닐까. 새로움이란 건 결국 익숙해지기 직전의 찰나, 금방 사그라드는 맥주잔 속의 하얀 거품처럼 호로록- 마셔 버리면 금세 사라지는 건 아닐까. 나 이젠 누구든

곧 지겨워하게 될까, 나도 더 이상 누군가의 처음이 될 수 없는 건 아닐까. 스물 몇쯤, 이제와 돌이켜 보면 피식- 웃게 되는, 심각한 표정의 나와 우리.

　그런데 말이죠, 어느 순간 의문이 생기더군요. '처음'에게 이렇게 특별함을 부여한 것은 누굴까? 첫사랑의 완고한 지위를 탐내는 많은 것들의 아우성 같은 걸까요? 대체 처음이란 왜 특별해야 하는 걸까, 처음을 가장 오래 기억해야 한다는 규칙을 만든 건 누굴까. 솔직히 나는 그 모든 처음이 잘 기억나지 않는 걸, 이쯤 되고 나니 누구에게 처음이라는 따옴표를 찍어야 할지 잘 모르겠는 걸. 가끔은 어떤 길을 걷다가 떠올려요. '아, 여기, 그때 그이와 첫 데이트에 걸었던 길이야', 두근두근. 아련한 표정으로 하늘을 한 번 올려다보고, 그때의 내 모습도 그리워해 보고, 그렇게 입가엔 미소를 띠다가 그만, 아차! 싶은 거예요. 아아, 그이가 아니었나? 다른 이었나? 아아, 아니다… 세 번째 만남이었나? 아아… 그러니까… 음…

　이제 나는 알아요. 내게 너무 많은 '처음'이 남아 있다는 사실을요. 나의 마지막 날까지, 온갖 '처음'에 둘러싸인 채로 살아가고, 설렐 거라는 걸(스물 몇에 쿨한 척 내뱉었던 말은 전부 취소하고 싶지만, 방법이 없으니 과거는 과거대로 묻어 두자고요).

나의 모든 '처음'이 '지금'에 있어요. 어제, 혹은 내일이 아니라 오늘. 그리고 바로 지금 내 곁의 당신에게, 나의 모든 처음이 있어요. 어젠 우리 처음으로 함께 우산을 썼잖아요. 우리 비 오는 길을 처음으로 함께 걸었잖아요. 우리 나란히 카페에 앉아서 따뜻한 라테를 마신 건 처음이었잖아요. 온통 당신의 처음으로 나의 지금을 채우고 있어요. 우린 언제쯤 지루해질까요? 나는 이제 그런 질문은 하지 않아요. 당신과 함께하는 시간이 쌓여서 익숙해진다고 해도, 어제의 우리와 오늘의 우리가 달라서, 지금의 이 모든 것이 처음일 테니까. 살아가는 내내, 매일 아침의 나는, 그리고 당신은, 오늘의 처음인 자신으로 서로의 앞에 나타날 테니까.

우리 오늘은 어떤 처음을 함께 할까요?

오늘의 당신은 어제와 조금 달라졌겠죠? 오늘의 나는 어제와 약간 다른 나예요. 당신은 그걸 알고 있나요? 알아챌 수 있는 사람인가요? 그렇다면 우리는 언제까지나 지루하지 않을 거예요. 아직 너무 많은 '처음'이 남아 있어요. 생의 전부를 바친다 해도 다 겪을 수 없을 만큼 말이죠.

사랑이 뭘까, 묻고 싶은 밤

○

"내가 지금 이 혹성에 살고 있는 이유가 뭔 줄 아시오, 프
란체스카? 여행하기 위해서도, 사진을 찍기 위해서도 아니
오. 당신을 사랑하기 위해서 이 혹성에 살고 있는 거요. 이
제 그걸 알았소. 나는 머나먼 시간 동안, 어딘가 높고 위대
한 곳에서 이곳으로 떨어져 왔소. 내가 이 생을 산 것보다
도 훨씬 더 오랜 기간 동안. 그리하여 그 많은 세월을 거쳐
마침내 당신을 만나게 된 거요."

"할 이야기가 있소, 한 가지만. 다시는 말하지 않을 거요,
누구에게도. 그리고 당신이 기억해 줬으면 좋겠소. 애매함
으로 둘러싸인 이 우주에서 이런 확실한 감정은 단 한 번만
오는 거요. 몇 번을 다시 살더라도 다시는 오지 않을 거요."

– 로버트 제임스 월러, 『매디슨 카운티의 다리』

잡지 표지에 실을 다리 사진을 찍기 위해 매디슨 카운티
에 도착한 사진 작가 로버트와 그곳에 사는 프란체스카는 길
위에서 우연히 만난다. 그렇게 두 사람의 인생에 단 한 번 주
어지는 사랑이, 늘 그렇듯이 아무런 예고 없이 시작된다.

로버트는 이미 살 만큼 살아 본 나이, 치기 어린 청춘도 한참 전에 지나간 나이, 처음 겪는 것보다는 이미 아는 것이 많은 나이. 그런 남자가, 역시 그만큼 삶을 아는 여자에게 이토록 간절하고 격정적으로 사랑을 고백한다.

내가 이 생을 살고 있는 이유를 이제야 알았다고. 당신을 사랑하기 위해, 당신이 내 삶에 존재하지 않았던 그 긴 과거를 견뎌 온 거라고.

우리가 살면서 확신을 가질 수 있는 순간이 얼마나 될까. 나는 이 문장들을 읽을 때면 그의 절절한 고백에 매번 먹먹해지고 만다. 선택의 순간들로 채워지는 우리의 삶 안에서, 약간의 의심이나 두려움 없이, 무언가 결정할 수 있었던 순간이 있었는지 돌아보게 된다.

그 무엇보다 사랑을, 당신의 사랑을, 당신에 대한 나의 사랑을, 이만큼 확신할 수 있었던가.

주인공은 말한다. 애매함으로 둘러싸인 우주에서 이런 확실한 감정은 단 한 번만 온다고. 몇 번을 다시 살아도 지금 당신을 사랑하는 이 마음과 같은 것은 없을 거라고.

우리는, 모두 꿈꿔 본 적 있다. 주인공처럼 아주 작은 의

심도 할 수 없을 만큼 확실한, 이 혼잡한 세계에서 나를, 우리를, 꽉 붙들어 줄 하나의 사랑을 만날 수 있기를. 그 행운이 내게 주어지기를, 당신이기를, 그래서 결국엔 우리였으면.

지금 당장 달려와 줘

— 다나베 세이코, 『조제와 호랑이와 물고기들』

'보고 싶다'는 말에는, '지금 당장 달려와 줘'라고, '마음은 늘 네 곁에 있어'라는 말에는 '마음 말고 몸이 와야 진짜야, 말은 그저 말뿐인 걸'하고 대답해 버리면, 당신은 어떤 표정을 지을까?

어린 날, 그땐 시간과 체력이 가장 넉넉히 주어진 재산이었으니까. 가진 것의 대부분이 그것들이라서, '네가 어디에 있든 달려갈 수 있어'라고 말하던 이들은 정말로 어디서든 달려와 주었다. 밤새도록 통화를 하다가 뜨거워진 핸드폰을 주머니에 대충 찔러 넣고, 첫차를 타고 와서는 나를 기다리던 키가 큰 사람들. 혹은 늦은 밤, 차가 다니지 않는 새벽, 택시에서 내려 달려온 이에게 안겼던 기억. 당신의 이쪽 손과 나의 저쪽 손은 꼭 맞잡은 채로 각자의 그네에 앉아서, 모래

묻은 내 신발과 달빛을 바른 당신의 얼굴을 번갈아 바라보던 오래된 장면들.

'보고 싶다'와 '지금 당장 달려갈게'의 공식처럼 남아 있는 장면들 중 하나는 「봄날은 간다」의 그 씬이다. 새벽, 친구가 운전하는 택시를 타고 연인에게 달려간 유지태의 약간 취한 얼굴, 그것이 술에 취한 것인지 사랑에 취한 것인지 분간할 수 없는 남자의 표정. 텅 빈 도로 위에 쭈그리고 앉아서 그를 기다리던 이영애를 발견하고 달려오던, 커다란 그의 주체할 수 없는 '보고 싶어'가 대사도 없이 들려오는 장면. 더 가까워질 수 없어 안타까울 만큼 꼭 끌어안은 연인이 가로등 불빛 아래서 웃음을 터트릴 때, 세상은 완벽히 그들의 편이다.

그러나 이쯤 되고 나니, 영화는 영화고 현실은 현실이다. 가끔은 넘치는 게 아닌가 싶은, 예의와 충분한 배려로 점철된 성숙한 자아가 이성적으로 구는 어른들의 연애. '보고 싶다'라고 말하는 다정한 목소리가 귓가에 스며도, '지금 갈까?'라고 장난스럽게 물어오는 목소리에 미소 지으면서도, '지금 어떻게 와'라며 가벼운 웃음 섞인 대답을 하고 말지만….

문득, '응, 지금 당장 와줘!'라고 말해 보면 어떨까, 하는 상상을 해본다. 자정을 넘긴 평일 밤, 곧 다가올 출근 시간 같은 건 전혀 중요하지 않다는 듯, 오래전 그때처럼 놀이터 앞에서 서로를 끌어안아 본다면. 어떤 기분일까. 너무 아득해진 지금은 피식 웃으면서 상상해 볼 뿐이지만.

○

노랑과 검정이 만들어 낸 강렬한 얼룩무늬가 움직일 때마다 햇빛을 받아 번득인다. 조제는 호랑이의 포효에 기절할 만큼 놀라 츠네오의 옷자락을 잡는다. "꿈에 나오면 어떡해…" "그렇게 무서워하면서 보긴 왜 봐." "세상에서 제일 무서운 걸 보고 싶었어. 좋아하는 남자가 생겼을 때. 무서워도 안길 수 있으니까. 그런 사람이 나타나면 호랑이를 보겠다고… 만일 그런 사람이 나타나지 않는다면, 평생 진짜 호랑이는 볼 수 없을 거라고 생각했어."

– 다나베 세이코,『조제와 호랑이와 물고기들』

다리가 불편한 조제는 생활의 대부분이 집 안에 머무르

는 것이다. 자유롭게 움직일 수 없는 몸으로 살아가야 하는
그녀는 스스로 자신을 지켜야만 한다. 내지르듯 던지는 사
투리, 거친 말과 행동, 그녀의 갑옷들 사이로 작고 여린 조
제가 숨어 있다. 그런 그녀를 알아챈 걸까? 이런저런 이유
로 츠네오는 그녀의 집을 찾아온다. 그렇게 함께 시간을 보
내며 점점 가까워지던 두 사람은 사랑을 나누고, 함께 살기
시작한다.

이제 연인이 된 두 사람은 함께 호랑이를 보러 간다. 츠네
오에게 용기를 얻어서일까, 처음으로 호랑이 앞에 선 조제
의 모습은 무서워하면서도 어딘가 당당해 보인다. 장애 때
문에 겪을 수밖에 없었던 세상의 불합리와 공격에 무너지지
않겠다는 듯….

'꼭 하고 싶은 게 있어? 나랑. 좋아하는 사람이랑.' 우린
연인에게 묻고 또 답한다. 당신의 세계에 함께 존재하고 싶
으니까, 당신이 나의 세계의 일부가 되기를 바라니까.

조제가 좋아하는 남자가 생기지 않으면 평생 진짜 호랑
이를 볼 수 없을 거라고 생각한 것과 비슷하게, 나는 사랑하
는 사람과 산티아고 순례길을 걷겠다고 결심했었다.

처음 그 길 위에 섰던 스물 몇, 한 달 남짓한 시간을 커다란 배낭을 등에 메고 스페인을 걸었다. 커다란 트럭들이 달리는 도로의 갓길을 걷기도 하고, 이름 모르는 산속을 비를 맞으며 걷기도 했다. 종일 다양한 나라의 사람들과 길 위에서 만나고, 헤어지고, 또 혼자만의 시간을 만끽하던 날들. 그렇게 길 위에서 보냈던 시간이 너무 좋아서, 생각했었다. 사랑하는 사람과 꼭 다시 오겠다고. 그리고 십 년 안에는 다시 올 수 있을 거라고, 막연한 기간을 정했었다.

그땐 십 년이라는 시간이 이렇게 빠르게 흘러가 버릴 줄은 몰랐으니까. 사랑하는 사람이 걷는 걸 싫어할 수도 있고, 사랑하는 사람이 일주일, 이주일, 긴 휴가를 낼 수 없을지도 모른단 생각은 하지도 않았다.

결론부터 말하자면, 아직 두 번째 순례길은 걷지 못했다. 십 년은 이미 흘러 버렸는데 말이지. 그런 나는 조제의 말을 읽을 때마다 생각한다. 그녀는 운이 좋았다고. 나는, 잘 모르겠거든. 과연 사랑하는 사람과 산티아고를 걸을 수 있을까? 영영 첫 번째 기억만을 그리워하며 살아가는 것은 아닐까.

나무 밑에 타임캡슐을 숨겨 두듯, 미래의 누군가에게 영상편지를 남기듯, 나는 여기에 적어 둘까 봐. 언젠가 만나게 될 사랑하는 사람에게, 나와 함께 산티아고 순례길을 걸어 주지 않을래요? 당신과 함께 그 길을 걸어 보고 싶어요. 혼자는 가봤으니까, 둘이 걷는다면 어떨까 알고 싶거든요.

사랑한다고,
언제
말할까

"여기, 왜 그래?"

"응? 아, 종이에 베였어."

질문을 던진 이는 연인의 오른손에서 한참을 눈을 떼지 못한다. 어쩌다 손이 베인 건지, 얼마나 아팠을지, 속상해서. 타인의 손에 작게 그어진 붉은 선 하나가, 이렇게 자신의 마음을 일렁이게 하는 것이 이상해서.

사랑이란 가끔 「서프라이즈」에 나오는 사연보다도 신기한 체험을 하게 한다. 내가 아닌 타인의 아픔이나 고통, 감정이 내 것처럼 느껴지게 하는 것은, 사랑이 아닐 수 없다. 베인 적 없는 내 손이, 연인의 손을 대신했으면 하고 생각하다가 그만, 온 세상의 종이가 미워지고 마음에 붉은 선이 새겨지는 것 같

사랑이 뭘까, 묻고 싶은 밤

다. 어떻게 이럴 수 있을까? '당신이 먹는 것만 봐도 나는 배가 불러'라고 말하는 연인의 말은 분명 사실이 아니지만, 진실일 수 있는 것은 사랑이기 때문에.

우리는 분명 두 사람이지만, 사랑하는 동안만큼은 내 안에 나 말고 또 다른 한 사람이 산다. 연인은 내 안에서, 마치 나인 것처럼 존재한다. 아마도 당신은 당신의 연인 안에서 그렇게 존재하겠지. 그래서 베인 적 없는 손이 아려 오고, 먹지 않아도 배가 부르다. 사랑이란 이토록 신기하다. 그래서 사람들은 사랑하는 이에게 말한다. 네 몸은 네 것만이 아니야, 다치지 마, 아프지 마. 사랑한다는 말은 얼마나 커다란지. 그 안에 담긴 것들이 너무 많아서, 함부로 내뱉기는 어렵다.

맛있는 음식을 먹다가, 좋은 길을 걷다가, 날씨가 너무 좋아서, 갑작스러운 소나기를 만나서. 우리는 사랑하는 사람을 떠올린다. 당신과 함께 먹고 싶다. 당신에게도 좋은 곳을 보여 주고 싶다. 날이 너무 좋아서 당신도 지금 기분이 좋을까, 비가 온다는 걸 알고 우산은 챙겼을까. 사랑하고 있다면, 우리는 혼자인 순간에도 혼자가 아니라서, 언제나 마음이 분주하다.

연인은 눈앞에 보이지 않는 순간에도, 손이 닿지 않는 거리에 있어도, 늘 당신 안에 자리하니까. 기쁘게 해주고 싶고, 아프지 않게 돌보아 주고 싶고, 함께 행복해지고 싶은 타인. 그렇게 당신은 연인이 온전히 제 자신으로만 존재할 수 있도록 위해 주고 싶을 때 말한다. 사랑한다고.

사랑이 뭘까, 묻고 싶은 밤

박상희, 〈아라뱃길 아트스트리트〉, 31.8×41cm, acrylic on canvas sheet cuttin, 2019.

박상희, 〈아라뱃길 수변 밤〉, 31.8×41cm, acrylic on canvas sheet cuttin, 2019.

사랑이 뭘까, 묻고 싶은 밤

걱정 듣는 재미

— 이도우, 『사서함 110호의 우편물』

'산책하다 쓰러진 건 아니지?'

왜인지 이유를 알 수 없지만, 당신이 보낸 메시지가 한 시간쯤 지나서야 내게 도착했다. 카카오의 문제인가, 아니면 내 핸드폰의 문제일까. 여하튼, 밤 9시 반쯤 보낸 문장이 열시 반이 넘어서야 도착하다니… 같은 한국에 살고 있는데 시차가 생기는 건 좀 이상한걸. 덕분에 따뜻한 집에서 폭신한 잠옷을 입고 뎅굴거리는 나를, 쓰러진 건 아닌가 걱정하게 만들어 버렸다.

당신은 걱정이 점점 많아진다. 하나씩 듣다 보면 정말 말도 안 되는 걱정들뿐이지만, 걱정의 대상인 내게는 어이없으면서도 듣는 재미가 있어서 자꾸만 웃음이 터진다.

말도 안 되는 걱정들을 늘어놓을 때마다 제발 그런 걱정은 말라며, 웃음을 섞어 당신을 만류하면서도. 요즘은 '실은 나란 사람, 걱정 듣는 것을 좋아하는 걸까'라는 의심이 든다.

언제나 알아서 잘하고 있는 것 같아서, 그늘이라곤 없어 보이는 탓에, 나를 걱정하는 이들은 드물었으니까. 타인을 걱정시키는 사람이고 싶지 않기에 그건 내가 바라는 나의 모습이기도 했지만, 한편으론 누구도 걱정해 주지 않으면 괜한 투정을 부릴 틈도 주어지지 않아서, 종종 쓸쓸해지곤 했다.

그래서 가끔 사는 일이 힘에 부칠 때면, 별일 없이 마음이 허물어지는 날이면, 농담 반 진담 반으로 친구들에게 나를 걱정하라고 떼를 썼다. 그런 말이라도 해서 잠시 칭얼거릴 핑계를 만들었다. 그러나 대놓고 말을 해버리면 어쩐지 가벼운 분위기가 만들어져서, 같이 피식- 웃으며 흐지부지되고 말았으니…. 스산한 마음을 충분히 데울 만큼의 걱정을 듣는 것도 참, 쉽지 않았다.

그러니 사소하고 쓸데없는 이유로 마음껏 걱정 듣는 일, 걱정할 필요 없는 일로 당신을 걱정시키는 일, 그런 것은 꼭

사랑이 뭘까, 묻고 싶은 밤

연인에게 걸맞은 역할이다. 같이 있을 때 하품이라도 하면 잠이 부족하진 않은지, 피곤한 건지 살펴 주고, 각자의 일상을 보낼 땐 점심은 잘 챙겨 먹었는지, 출퇴근 버스에 잘 앉았는지, 시시콜콜한 것들을 묻고 답하며 서로의 안위를 챙겨 줄 권리와 의무를 가지는 사이니까.

이런저런 걱정을 듣는 것에 점점 익숙해진다. 아무 일 없이 평화로운 하루를 보내다가도 문득, 지금 어딘가에서 나를 걱정하는 타인이 있다는 사실에 위안을 얻는다. 밥은 잘 먹었는지, 잠은 푹 잤는지, 춥지 않게 입고 나왔는지, 좋은 사람들과 별일 없이 일하고 있는지…. 연인이란 가방 속 작은 파우치에 챙겨 둔 밴드처럼, 존재만으로도 가끔은 안전해진 기분이 들게 한다.

○

"솔직하게 말할게요. 사람이 사람을 아무리 사랑해도, 때로는 그 사랑을 위해 죽을 수도 있어도… 그래도 어느 순간은 내리는 눈이나 바람이나, 담 밑에 피는 꽃이나… 그런 게 더 위로가 될 수 있다는 거. 그게 사랑보다 더 천국처럼 보일 때가 있다는 거. 나, 그거 느끼거든요. 당신하고 설령 이루어지지 않는다고 해도, 많이 슬프고 쓸쓸하겠지만 또 남아 있는 것들이 있어요. 세상 끝까지 당신을 사랑할 거예요, 라고 한다면… 그건 너무 힘든 고통이니까 난 사절하고 싶어요."

"당신 말이 다 맞다고 쳐요. 그럼에도 불구하고 그거 다 알고서, 사랑해 보자고 한다면?"

– 이도우, 『사서함 110호의 우편물』

9년 차 라디오 프로그램 작가 공진솔은 담당 피디가 바뀐다는 소식이 그리 달갑지 않다. 새로운 사람에게 적응해야 하는 것만으로도 마음이 편치 않은데, 그 피디가 시인이라니 더욱 부담스럽다. 게다가 첫 미팅에서 뻔뻔스럽고 무심하게 구는 것을 보니, 영 마음에 들지 않는다.

그러나 거리를 두려는 진솔과는 달리 새로 온 피디 이건은 그런 그녀에게 호기심이 생긴다. 자꾸만 선을 긋고 한 발 뒤로 물러서는 그녀와 가까워지고 싶다. 그렇게 만난 두 사람. 사랑에 대해, 삶에 대해, 자신이 정해 둔 선을 넘지 않으

려 조심스러운 여자와 무심한 듯 이성적인 듯하면서도 순간
에 진실할 줄 아는 남자는 어떤 사랑을 하게 될까?

　사랑은 늘 그렇듯 예상치 못한 곳에서 불쑥 등장하고, 어
느새 두 사람의 마음이 닿아 깍지를 낀 손처럼 부드럽게 얽
히도록 한다. 삶이 고단해 지쳐, 타인에게까지 나눠 줄 마음
이 없다고 여기는 사람에게, 그렇다면 내 마음을 당신에게
나눠 주겠다고 다가오거나, 흔들리는 마음을 애써 붙잡으며
안간힘을 써 밀어내는 손을 힘주어 꽉 잡아 주기도 한다.
　그러다 어느 순간 누군가 한 사람의 실수로, 혹은 이제 둘
의 힘이 다해 서로의 손을 놓친다 해도, 그동안 나눈 온기는
사라지지 않는다. 그렇게 당신에게 배운 사랑은 언젠가 또
다른 새로운 사랑에 먼저 손 내미는 용기가 되어 주기도 하
는 것이다.

　그러니 지금, 이 순간 당신의 그 말에 그만 모든 걱정을
내려 두고 고개를 톡- 기대고 싶다. 망설이는 당신에게 말해
주고 싶다. 우리, 그럼에도 불구하고, 다 알고서, 사랑해 보
자고.

아직도 첫사랑을 찾습니다.

— 생택쥐페리, 『어린왕자』

"이제는 사람들이 많이 잊어버린 '관계를 맺는다'라는 뜻이
야."

"관계를 맺는다고?"

"그래. 지금 너는 나에게 수많은 아이와 다름없는 작은 소
년에 지나지 않아. 난 네가 필요하지 않고, 물론 너도 내가
필요하지 않지. 나도 너에게 수많은 여우 중 하나에 지나
지 않으니까. 하지만 네가 나를 길들인다면 우리는 서로 필
요한 존재가 되는 거야. 나한테 너라는 존재는 세상에 하나
밖에 없는 사람이 되는 거고, 너한테 나는 세상에 하나밖에
없는 여우가 되는 거니까."

어린 왕자는 고개를 끄덕였다.

"이제 무슨 말인지 조금 이해가 돼. 나에게는 꽃 한송이가

사랑이 뭘까, 묻고 싶은 밤

있는데… 난 그 꽃에게 길든 것 같아."

– 생텍쥐페리, 『어린 왕자』

사랑, 이라고 말해 버리면 어쩐지 신성해진다고 할까, 부
담스럽다고나 할까. 우주의 허락이라도 받아야 할 것 같은
기분이 들어. 그 단어를 떠올리면, 지금 내 곁에 둔 이 사람
이 사랑인지, 사랑이 아닌지, 가늠해 봐야 할 것만 같거든.
그런데 우린 무엇으로 확신할 수 있을까? 지금 곁에 있는
당신이 사랑인지, 사랑이 아닌지.

그런 질문을 떠올리다 보면 그 끝은 항상 같다. 당신은
사랑이 아니구나, 사랑이라면 이런 질문이나 의심, 혹은 고
민. 여하튼 긴 사족 따위는 따라붙지 않을 텐데. 그저 내 곁
에 둔 당신을 떠올리는 순간, 사랑이라는 단어가 마치 당신
의 그림자처럼 내 안에 드리워질 텐데… 라며, 그만 의기소
침해지고 만다. 사랑이 아니구나, 이번에도 사랑이 아니었
구나. 그렇다면 언제쯤, 우린 사랑을 만날 수 있을까, 언제쯤
사랑을 곁에 둘 수 있을까.

첫사랑이 누구냐고, 언제냐고 묻는 말엔, 또 언제쯤 시원
스레 답할 수 있을까? 첫사랑의 풋풋한 사랑스러움, 한없이

서툴렀지만 그래서 더욱 아쉬움이 남는 아련한 기억. 그 순간으로부터 멀어질수록 더 아름답게 포장되는 그것을, 언제라고 기억해야 하는 걸까. 지나온 사랑들 중 누구를 그 자리에 두어야 할까. 이것조차 아직 정하지 못하다니… 그렇다면 사랑은 대체 언제였을까, 사랑이 있었던 걸까.

어리석게도 사랑을 남발하던 어린 시절과 입안에 머금은 채 내뱉지 못한 사랑의 부스러기들조차 사라져 버린 가까운 날들까지 샅샅이 뒤져 본다. 사랑을 말하던 날도 그것이 사랑이라고 확신하지 못했고, 사랑을 말하지 않던 날에도 사랑을 놓지 못한 채 서성였다. 언제나 머뭇거림 없이 사랑을 말하기를 꿈꾸면서도 정작 그 말을 속삭일 때, 차마 입이 떨어지지 않을 때, 그게 언제라도 늘 무언가를 잃어버린 기분이 들었으니까. 내가 잃어버린 사랑을 그 순간의 당신이 찾아 주기를 바랐던 걸까.

눈앞의 당신이 내게 사랑을 말하면, 그것이 반갑고 기뻐서, 오랜 시간 잃어버렸던 나의 사랑을 되찾아 준 것 같아서 들떴다. 그러나 그것이 내가 찾던 것이 아님을 알아채면, 기쁨은 너무 쉽게 허물어졌다. 당신이 건넨 사랑이 내 것이 아니라서, 내 입은 따라 열리지 않았으니까. 어설프게 당신의 사랑을 흉내 내어 발음해 보기도 했지만, 그것은 선명하지 못한 화면처럼 당신의 시야를 부옇게 만들 뿐이었다. 눈을 비비고 미간을 좁혀 가며 읽어 보려 애써도, 결국은 시린 두 눈에 피로한 눈물만 고이게 했으니까.

잃어버린 사랑은 그저 놓아주면 좋을 텐데, 이미 그 자리를 비워둔 지 오래 지났는데. 되찾고 싶은 마음을 그만 접으면 편할 텐데. 어쩌자고 아직도 만나는 사람마다 기대할까. 당신이 내게 사랑일 거라고, 당신이 사랑이었으면 하는 희망을 가질까.

사랑한다는 말, 애초에 몰랐다면 좋았을까. 첫사랑이 문신처럼 확실히 새겨져 있었다면 나았을까. 이제와 비겁하게 지나온 사랑을, 사람을, 시간을 다시 쓰려고 한다. 언제쯤이면 완결 지을 수 있을까, 막막한 기분에 휩싸이면서도 포기하지 못하고.

언젠가 당신이라는 사랑을, 매일의 인사처럼 반복하고 싶다. 질리지도 않고 오래도록. 그렇게 단 한 사람으로 사랑을 완성할 수 있다면, 그제야 비워 둔 첫사랑의 자리에도 주인이 생기지 않을까.

당신의
또 다른
목소리

우리에겐 몇 가지 목소리가 있을까.

수십 가지, 혹은 수백 가지의 표정이 있는 것처럼, 목소리도 상황과 사람에 따라 달라진다. 그것은 숨을 쉬거나 눈을 깜빡이는 것과 같이 자연스러운 반응에 가까워서, 그 변화를 자신조차 의식하지 못하는 경우가 대부분이다. 일하는 내가 짓는 표정과 내뱉는 목소리와 말투는 완벽히 사적인 공간 안에서 가까운 이를 앞에 두고 꺼내는 그것과는, 약간의 과장을 더한다면 거의 다른 사람에 가깝다.

아이러니하게도, 나의 일터는 이곳에 오는 사람들에게는 대부분 사적인 공간과 시간에 해당된다. 분주한 일상, 긴장을 내려놓기 힘든 사회생활과 적당히 분리된 느긋한 시간. 한 주

사랑이 뭘까, 묻고 싶은 밤

에 한 번, 혹은 한 달에 한 번쯤, 두세 시간 정도 아무런 걱정 없이 이곳에 온다. 오직 예쁜 것을 보고 그리고 만들기 위해서.

그렇게 누군가의 사적인 영역 안에서 일하는 동안, 사람들의 사적인 얼굴과 목소리를 많이 보고 듣게 된다. 그것은 물론 가족이나 연인 혹은 친구와 함께하는 시간만큼 완벽히 무방비한 것은 아니겠지만, 적잖이 사랑스러운 모습이다. 상대방이 나를 어떻게 생각할지, 어떻게 보여야 좋을지 계산할 필요 없는 시간. 하얀 도자기와 투명한 유리 중에서 좋아하는 것을 선택하고, 푸른빛 물감과 따스한 오렌지색 물감을 적당히 배치하다 보면, 딱딱한 가면은 필요 없어진다. 우리는 단단한 등껍질을 벗어 두고 만난 소라게들처럼, 연약하고 부드러운 얼굴을 드러내고 서로를 마주한다. 아무도 서로를 상처 입히지 않을 거라는 확신을 가지고.

그렇게 안온한 시간을 보내던 중, 가끔 회사에서 온 전화를 받는 목소리를 듣게 되는 경우가 있다. 그럴 때면 방금 전까지 함께 이야기 나누던 사람과는 또 다른 사람으로 자연스럽게 표정과 말투가 달라지는 모습을 본다. 사회적 관계 안에서의 어른스러운 모습으로. 상사와 동료, 부하직원, 클라이언트, 어쨌거나 내 모든 말과 행동이 수치로 환산되는 영역 안에서의 타인을 대할 때, 단단한 등껍질로 완전무장해야 하니까. 혹시라도 약점이나 허점이 노출되지 않도록, 전장에 나서는 전사들처럼, 부드러운 표정과 나긋나긋한 목소리는 잠시 숨겨 두고.

그러나 무엇보다 가장 극적인 변화를 보게 되는 것은 연인 앞에서 달라지는 자신의, 그리고 당신의 얼굴과 목소리를 발견할 때다. 단둘이서, 둘만의 공간에서 머무를 때 서로에게 보여 주는 얼굴과 들려주는 목소리는 허점투성이라서 사랑스럽기 마련이니까. 나는 당신의 일하는 목소리를 처음 들었을 때 얼마나 놀랐는지를 떠올려 본다. 내가 아는 당신과는 또 다른 사람 같아서, 그렇게나 단정하고 믿음직스러운 목소리로 통화를 마친 뒤에는 원래의 당신으로 금세 돌아오는 것이 재밌어서 웃었다. 웃다가 궁금해지는 것이다. 그것은 나만 아는 모습일까, 내가 당신 앞에서만 이런 얼굴로, 이런 목소리로 머무르는 것처럼.

김철윤, 〈너에게 주고 싶은 세상〉, 50×72.7cm, oil on canvas, 2014.

김철윤, 〈엄마…〉, 45.5×33.4cm, oil on canvas, 2015.

당신 때문에 잃어버린 것들

— 양귀자, 『모순』

아직 어둠에 잠겨 있는 집 안의 고요를 깨트리지 않기 위해, 가만가만 까치발로 걸어 부엌으로 간다. 냉장고를 열고, 허리를 숙여 과일 칸을 연다. 노란 귤, 주황 감, 빨강 사과와 연두 자몽 사이에서, 반질거리는 천혜향 하나를 꺼낸다. 차가운 그것을 손에 들고 싱크대 앞에 서서, 괜히 이리저리 돌려 보며 껍질 벗기기를 미룬다.

그러다가 그만 떠올리고 마는 것이다. 아아, 당신이 까주었으면 좋겠어. 나보다 크고 따뜻한 손으로, 딱딱하고 차가운 껍질을 꼼꼼히 벗겨 내고, 알맹이만 하나하나 가지런히 눕힌 작은 접시를, 내게 가져다주었으면 좋겠다고 생각해 버린다.

나는 화들짝 놀란다. 성인이라면 제 자신과, 머무르는 공간과 생활, 먹고 마시고 입고 자는 삶을, 아름답고 부지런히 가꾸는 것이 미덕이라고 여기며, 그리 사느라 분주했으면서. 그렇게 살아야 한다고 여기저기 떠들어 대고 다니며 고집을 피워 놓고는, 고작 조금 커다란 귤껍질 까는 일을 당신에게 부탁하고 싶어지다니. 응석이라고는 피울 줄 모르던 사람이 어쩌다 이렇게 되고 만 걸까. 나는 당황스러우면서도 재밌어서, 혼자 조용히 웃었다.

아마도 그때, 당신의 주문에 걸린 게 아닐까. 손바닥만 한 주스병의 플라스틱 뚜껑에 온 힘을 쏟아붓고 있던 나에게 '이리 줘-' 했던 날. 뚜껑을 연 주스를 받아 들고 고맙다고 말하는 나에게 당신은 주문을 걸 듯 말했다.

'영원히 못 열었으면 좋겠다.'

당신은 어째서 이런 순간에 영원을 가져다 쓸까, 예상치 못한 말에 나는 또 웃고 만다. 당신이 없으면 주스를 마실 수 없는 삶은 어떨, 유난히 손아귀 힘이 약한 나는 꽈악 맞물린 플라스틱 뚜껑과 씨름하느라 빨갛게 달아오른 양 손바닥을 문지르며 상상했었다.

그러더니 결국은 이런 순간이 오고 만다. 나는 당신이 없

사랑이 뭘까, 묻고 싶은 밤

다면 ABC 주스를 마실 수 없고, 천혜향도 까먹을 수 없는 사람이 되어 가는 걸까. 황당하고 우스운 아침의 장면을 고백하자 당신은 너무 기뻐했지만, 어쩐지 곤란하다는 생각이 든다. '큰일이네 정말', 하고 중얼거리는 순간이 자꾸만 생긴다.

모두 영영 잃어버리게 되면 어쩌지. 이렇게 괜한 걱정을 하다가도, 연인을 곁에 두었을 때만 즐길 수 있는 재미라는 걸 아니까.

그러고 보니 겨울 외투를 혼자 입는 법도 슬슬 잊어 간다. 코트며 패딩을 자꾸만 입혀 주는 당신 때문에. 내 앞에 외투를 펼쳐 들고 서 있는 연인 앞에서 빙글 몸을 돌려 소매에 손을 집어넣으며, 꼭 미용실에 온 것 같다는 생각을 하게 되는 겨울의 끝자락. 이러다가 결국 추운 겨울엔 당신 없이는 외출할 수 없는 날이 오는 건 아닐까? 큰일이야 정말.

아침으로 부드러운 단감을 예쁘게 깎아 먹고 나선 출근길, 야무지게 외투의 단추를 잠그고 머플러를 두르며 피식 웃는다. 쓸데없는 걱정도 가끔은 재밌다니까.

○

사랑이란 그러므로 붉은 신호등이다. 켜지기만 하면 무조
건 멈춰야 하는, 위험을 예고하면서 동시에 안전도 예고하
는 붉은 신호등이 바로 사랑이다.

– 양귀자, 『모순』

모순의 주인공 안진진, 25세, 미혼여성. 장사를 하며 억센
삶을 더 억척스럽게 살아가는 어머니와 가끔씩만 집에 얼
굴을 비추는 아버지, 폼나는 조폭 보스를 꿈꾸는 남동생, 그
리고 어머니와 일란성 쌍둥이로 태어났지만 전혀 다른 삶을
살아가는, 부유하고 섬세한 이모가 그녀의 주변인물이다.

진진은 어머니와 이모의 너무 다른 두 개의 삶을 통해 인
생을 어떻게 살아가야 하는가 고민하기 시작한다. 그리고
그 고민은 극과 극의 두 남자를 두고, 결혼할 사람을 선택해
야 하는 순간까지 이어진다.

한 사람은 철저히 계획하에 인생을 살아가는 남자. 그는
자신의 계획 안에 진진의 자리를 만들어 두었다. 그에게는
사랑조차 계획대로 이루어졌을 때의 만족, 그리고 자신의
성공에 상대방이 감탄함으로써 더 큰 성취감을 느끼는, 생

의 모든 순간들을 일종의 미션처럼 여기는 사람이다. 감성적인 부분이나 충동적인 즐거움은 없지만, 그의 계획에 얌전히 올라탄다면, 살아가며 해야 할 수많은 현실적인 걱정거리들이 진진에게서 영영 멀어질 것만 같다.

반면 또 다른 한 사람은 계획과는 거리가 먼 몽상가와 같은 남자다. 그렇기에 필수적으로 낭만적이고, 예측하지 못한 즐거움을 안겨 준다. 그에게 사랑은 상대방이 행복해지는 것이지만, 그 과정에서 자신이 무언가 결정하거나 책임지는 것엔 소극적이다. 그래서 그는 어디론가 떠나기 전에, 무언가를 먹어야 할 때, 함께 결정해야 하는 매 순간마다 진진에게 묻는다. "안진진, 괜찮아?"라고. 그를 선택한다면 생은 다양한 방법으로 그녀를 시험에 들게 할 것이다. 두 사람이 살아가며 마주치게 될 수많은 함정을 피하는 일에 앞장서야 하는 것은 진진이 될 테니까.

과연 진진은 두 사람 중 누굴 선택하게 될까? 어떤 이유로 그를 선택하는 걸까?

소설은 진진의 삶과 선택을 통해, 그리고 그녀의 주변 사람들의 삶을 더해 이야기한다. 끝없이 탐구하는 것, 그것이 인생이라고. 사랑은 위험을 예고하면서 동시에 안전도 예고

하는 붉은 신호등처럼 모순적이라고. 그러니 어떤 선택을 하든, 도망치지 않고 그 결과를 살아 내는 것이 삶이라고.

사랑과 이별, 마치 아침과 밤처럼

— 김금희, 『나의 사랑, 매기』

한 사람이 사랑에 빠지는 순간을, 마주치는 때가 있다.

그녀 또는 그가, 새로운 누군가를 제 마음 안에 들여놓는 장면. 그 두근거리는 시작을 우연히 발견했을 때, 내 것이 아님에도 가만히 숨을 죽이고, 볼을 붉히게 된다. 지금 얼마나 행복할까, 저 이는.

새로운 사랑, 그리고 사람. 그 안에 자기도 모르는 새에 풍덩 빠져 버린 것이 당황스럽고 두려우면서도 설레고 기뻐서 어쩔 줄 모르겠는 그 마음을, 나도 아는 것이어서 그만 함께 숨죽이게 되는 것이다.

새로운 사랑의 탄생, 그것은 아직 낯선 두 사람이 서로를 가슴 안에 심는 것으로 시작된다. 작은 씨앗을 흙 안에 심고, 물을 주고 해를 쬐어 주며 돌보듯, 두 사람은 사랑을 소중히 키워 가겠지. 관심과 애정으로 가꾸며, 비바람을 견디고, 상처 입고, 회복하고, 깊어지고… 그렇게 싹을 틔우고, 꽃을 피우고, 열매를 맺게 될까. 어쩌면 얼마 자라지 못한 줄기가 금세 툭- 꺾여 버릴지도 모르지만. 그것은 누구도 알 수 없을 테니까. 사랑에 빠진 두 사람도, 예상할 수 없는 것이 있다면 그것일 테니까.

늦은 밤, 집으로 돌아오는 길, 차 안에서 좋아하는 목소리를 틀었다. 나지막한 목소리가 말하는 사랑, 기억, 추억, 이별, 담담하고 담백한 목소리로 듣다 보면 더욱 아련해지는 노래들.

그렇게 이어지는 플레이리스트 중간에 나오는 어떤 곡의 가사, '나도 언젠간 나 같은 사람을 만나 사랑받을 수 있을까'라고 묻는 것이 참 아프다. 그래, 어쩌면 우린 모두 나 같은 사람을 찾고 있는지도.

내가 당신을 사랑하는 것처럼, 당신도 나를 사랑하는 것일까, 알고 싶은데 그럴 수가 없어서. 단둘이서 하는 사랑마저 같은 모습이 아니라 두 가지 색과 향이라서, 우린 서로를 사랑하면서도 달라서, 내가 하는 사랑을, 당신이 내게 줄 수 없어서 슬퍼지곤 하니까.

노래 가사처럼 내가 나와 사랑할 수 있다면 어떨까, 꼭 나의 사랑만큼 사랑받을 수 있다면 행복할까. 모든 것을 알고, 모든 것이 같은 두 사람이 사랑한다면, 아무런 슬픔도 어긋남도 없이 완전하고 영원할 수 있을까, 불가능한 상상이 꼬리를 문다.

누군가의 사랑이 시작되는 것을 우연히 목격한 아침과, 사랑이 마음처럼 되지 않아 슬픈 우리들의 노래를 듣는 밤. 어제는 그런 날이었다.

○

매기를 사랑하고 나서 줄곧 나를 붙잡았던 의문은 왜 내가 이런 관계를 선택했는가, 였다. 그런데 적어도 9호선에 몸을 구겨 넣고 만원의 상태를 견디며 바닥과, 그 바닥의 깊음과, 그래서 겪는 불편과 고통과 힘듦과 귀찮음 모두의 원인인 한강에 대해 생각할 때에는 매기와 나의 관계에서 선택이란 가능하지 않았다는 생각이 들었다. 마치 빗물이 손바닥을 적시듯 매기가 내 인생으로 툭툭 떨어져 내렸다는.

- 김금희, 『나의 사랑, 매기』

재훈은 매기와의 사랑이 불가항력적이었다고 말한다. 대학동기로 만나 연인사이로 지냈던 과거와 14년이 지난 후 재회한 지금, 말하자면 불륜 중인 두 사람의 관계를 그렇게 정의한다.

그러나 빗물이 툭툭 떨어져 내리듯 선택조차 불가능하다고 여겨지는 두 사람의 사랑은 쓸쓸히 끝을 바라볼 뿐이다. 각자의 삶은 너무 멀리에 있고, 이미 오래도록 제 자리를 만들어 온 두 사람은 그곳으로 돌아가는 것 말고 다른 선택을 할 수 없을 테니까. 다른 선택을 원하는지도 확실하지 않을 테니까. 그런데도 어째서 애틋함은 사라지지 않을까, 전부 버리고 서로를 붙잡겠다는 마음은 아니지만 그렇다고 사랑하지 않는 것은 아닌, 타이밍이 어긋난 사랑의 뒷모습처럼 쓸쓸한 두 사람의 사랑.

당신을
'언젠가'에 미리
데려다 놓는 것

　아직 일어나지 않은 미래의 어떤 일, 오지 않은 시간에 대해 미리 말할 때 우린, 설렘과 두려움을 동시에 느낀다. 그러니 누군가 당신을, 자신의 미래에 자꾸만 등장시켜 이야기를 재구성한다면, 그는 기대했던 것이 이루어지지 않았을 때 느낄 실망감에 대한 두려움을 이겨 냈거나, 두려움을 잊어버릴 만큼 설레고 있는 것이다.

　하루, 이틀, 혹은 일주일쯤. 충분히 손에 닿는 거리의 미래가 아닌, 부옇게 그려 볼 수밖에 없는 '언젠가'에 당신을 미리 데려다 놓는 것. 그것은 기대 혹은 바람. 멀게만 느껴지는 '미래'가 시간이 흐를 만큼 흘러 '지금'에 도착했을 때, 서로의 삶에 우리가 여전히 존재할지 알 수 없지만. 되거나 되지 않거나, 그 절반의 승률에 기대를 걸고 로또를 사는 것처럼. 우린 서로에게 자꾸만 이야기한다.

　우리 나중에 거기 꼭 가보자, 같이 먹자, 같이 해보자. '우리 나중에… 하면… 하자.' 약속이라 말하기엔 어딘지 너무 무른 말들. 분명 둘이서 한 이야기지만 한 사람이 먼저 잊어버려도 탓할 수 없는, 그런 뜬구름 같은 말들. 그럼에도 함께 있는 지금, 이 순간만큼은 이루어질 거라 믿을 수밖에 없는 두 사람의 말들.

　그래, 가보자, 거기에. 당신이 가려고 했던 그곳에 나와 함께 가자. 내가 가려고 한 곳에 당신과 함께 갈래. 시간의 흐름이 스며든 노을진 당신을, 내 안에 기록하고 싶어. 그렇게 당신 안에 나를 담아 줘.

오답노트와 같은 사랑의 세계

― 히라노 게이치로, 『마티네의 끝에서』

　자신을 있는 그대로 바라보고, 받아들이고 나서야 타인도 제대로 사랑할 수 있다고 한다.

　마치 교과서에 적힌 수학 공식처럼 누구나 한 번쯤 들어 본 말. 사랑도 인간이 가진 감정의 하나이자 사회 안에서의 약속이고, 규정된 행위이며, 수많은 데이터가 쌓인 역사이니 당연히 공식이 있다. 심리학, 의학, 철학, 인문학… 어떤 학문에서도 사랑을 다룰 수 있으니까. 마음과 정신의 영역에 신체적인 반응까지 포함한다면, 물리, 화학, 생물은 물론 사회적 관계로서 자본주의를 덧대어 경제와 경영, 기타 등등… 결국 사랑이란 가장 개인적인 것이면서 동시에 가장 사회적인 것이다.

그런 문장을 마주하면 골똘해진다. 나는 나를 있는 그대로 사랑하는 걸까? 자신의 민낯을 깊숙이 들여다볼 때, 고개 돌리거나 눈감지 않을 수 있을까? 자신의 아름다움, 현명함, 강하고 반짝거리는 면의 맞은편에, 치졸함, 비겁함, 아둔함…까지도 그대로 받아들이는 게 가능한 걸까, 스스로에게 되묻는 것이다.

나는 더 나은 내가 되고 싶어서 애쓰는 매일을 살고 있지 않은가. 그렇다면 그 노력이 그렇지 못하다는 반증 아닐까. 그렇다면 인간의 성장욕구란 자존감에 걸림돌이 되는 것일까? 스스로의 어떤 점이 부족하다 여겨져서 그것을 개선하거나 변화시키려고 노력하는 것이? 자신에게 마저 이렇게 아리송한데, 사랑을 이유로 가까이 둔 타인의 좋은 점과 그 뒤에 이어지는 좋지 않다 여겨지는 점마저 받아들이는 것이 과연 가능한 걸까.

사랑이란 이러저러해야 한다고 비슷한 말들을 잔뜩 적어둔 책들을 수없이 읽었지만, 고개를 끄덕거리며 읽었던 순간과 고개를 갸웃거리게 되는 순간들이 교차한다. 그 문장들은 마치 유토피아를 묘사한 것처럼 현실에는 없지만, 사람들이 꿈꾸는 어떤 것처럼 읽힌다. 완벽한 공식대로 풀린

오차 없는 정답이, 우리의 사랑 어딘가에 있긴 할까. 오히려 세상엔 전부 오답노트와 같은 사랑으로만 가득한 건 아닌지⋯.

가끔은 사랑을 규정하는 글과 공식들이 전부 사라진다면 어떨까 하는 상상을 해본다. 그제서야 우린 자유롭게 사랑할 수 있지 않을까? 각자의 진짜 모습을 찾느라 애쓰고, 있는 그대로의 자신을 받아들이려 아등바등하지 않고, 타인에게도 꼭 그렇게 해주려고 스스로를 관리 감독하지 않아도 되는 규칙 없음의 세계 안에서.

그저 사랑하는 대로 자유롭게, 허술하게, 온통 틀린 풀이 과정에도 엑스표를 치기보다는 적당히 세모 정도 그려 가며, 서로를 곁에 둔다면 어떨까. 정답이 없다면 오답도 없는 것 아닐까. 그럴 수 있다면, 지금 갖지 못한 그 무언가를 찾느라 정작 지금을 낭비하는 실수를 멈출 수 있을 텐데.

○

자신을 위해 존재 자체를 모두 다 내밀고 기다리는 듯한 그녀의 모습에 마키노는 마음이 파르르 떨렸다. 그녀는 이런

식으로 사람을 사랑하는가? 이런 식으로 나를? 그리고 시
간 속에서 내디딘 한 걸음으로 인해 움찔 멈춰 서버린 그녀
를 그는 깊숙이 내측에서부터 확장되는 듯한 행복과 함께
품에 껴안았다.

– 히라노 게이치로, 『마티네의 끝에서』

천재 기타리스트 마키노는 '데뷔 20주년 기념' 공연의 마
지막 날, 프랑스 RFP 통신에 근무하는 기자 요코를 만난다.
요코는 마키노가 제일 좋아하는 영화감독의 딸이었고, 그녀
는 기타리스트 마키노의 팬이다.

마흔한 살의 요코와 서른아홉의 마키노. 나이 들었다고
여기기엔 아직 젊지만 더 이상 어리지 않은 나이. 이제 새로
운 누군가에게 설렘을 느끼는 일에도 점점 기대를 내려놓
게 되는, 어쩌면 삶의 변곡점 같은 시기. 그때 두 사람은 처
음 만난다. 주고받는 대화 속에서 단박에 서로에게 호감을
느끼지만, 그쯤 나이의 현실은 운명처럼 마주한 설렘 앞에
서도 쉽사리 움직일 수 없도록 많은 것들이 얽혀 있기 마련
이다. 그러나 운명 혹은 인연이란 그런 걸까? 만남이 이어
질수록 두 사람의 관계는, 마음은, 멈추지 않고 계속 나아간
다.

자기 자신과 자신을 둘러싼 세계에 대해 진지한 두 사람의 사랑은 가볍지 않다. 그렇기에 더욱 상대방에게 끌린다. 삶에 대한 자세가 닮은 사람을 만나는 것은 쉽지 않은 행운이니까. 그 사람이 내 삶의 일부가 되기를, 내가 그 삶의 일부가 되기를 간절히 바라게 된다. 그 간절한 욕망 앞에서 현실과 이성으로 감정을 갈무리하는 것이 가능할까? 그것이 어른스럽고 현실적이며 올바른 처신이라고 치켜세워져야 하는 걸까.

우린 가끔 그런 변명을 늘어놓는다. 지금은 사랑할 때가 아니야, 내가 요즘 마음의 여유가 없어서. 조금 더 일찍 만났다면 좋았을 텐데, 혹은 조금만 더 나중에 만났으면 어땠을까.

그러나 솔직해져 보자. 생의 어느 순간, 한 번이라도 나를 전부 내걸고 누군가를 사랑한 적 있었는지. 겁 없이 민낯을 드러내고 계산하지 않은 마음을 고백한 적 있었는지. 그런 사랑을 받아 본 적 있는지, 그런 타인의 존재 앞에서 솟구치는 뭉클함을 견디지 못해 서로를 끌어안아 본 적 있었는지.

소설도 영화도, 드라마도 전부 현실과는 다르다고 말하는 사람들의 한 켠엔, 그 모든 이야기가 현실의 반영이라고 말하는 사람들이 있다. 누군가는 운명과 인연을 믿고, 누군가는 그런 것은 없다고 단언한다. 그러나 길지 않은 삶을 돌아보면 아차 싶은 순간이 누구에게나 있지 않은가. 그날 그 순간, 어째서 그곳에서 우리가 마주친 걸까 싶은 장면들. 예상치 못한 순간에 불쑥 만나 버린 당신과 내가 아무것도 따지지 않고 사랑에 빠져 버렸던 날들이. 내가, 당신이, 우리가 주인공이었던, 아름다운 삶의 찰나가….

당신이 없는 계절

— 밀란 쿤데라, 『참을 수 없는 존재의 가벼움』

당신을 처음 만난 계절을 기억한다는 것.

우리의 시작이 하얀 눈과 코끝이 시린 차가운 공기 속에서였는지, 뜨거운 해와 쏟아지는 빗소리와 함께였는지 기억한다는 것. 이렇게 적고 보면 사랑스러운 문장이지만, 결국은 모든 계절을 함께하지 못했다는 슬픈 이야기다. 사계절 안에 당신이 없다는 것, 띄어쓰기한 채로 끝나 버린, 찢어진 문장처럼, 맺음말 없이, 여름 혹은 겨울만이 반복되는 당신과의 계절.

운 좋게 우리가 모든 계절을 함께 겪고 나면, 도돌이표가 찍힌 악보 위를 걷는 것처럼, 차곡차곡 시간을 쌓아 처음 만난 그 계절에 다시 한 번 도착한다. 당신과 나는, 이미 겪은 그 계절 앞에서 설렌다. 우리의 처음을 함께 떠올리며 가

슴을 쓸어내린다. 사랑스러운 마침표를 콕- 찍고, 흥겨운 손
짓으로 엔터키를 찰싹- 내려친다. 이제 우린 두 번째 문장을
시작한다. 첫 번째 문장보다 훨씬 자연스럽고 친밀하게, 서
로의 몸과 마음이 어떤 박자와 리듬으로 움직이는지 잘 아
는 두 사람의 즐거운 합주를 시작한다.

아주 아주 운이 좋아서, 딱 한 번 주어지는 이번 생에, 행
운처럼 주어지는 당신을 만났다면, 우리의 계절은 계속해서
이어진다. 한마디의 멜로디로도 끝없이 변주되는 재즈처럼,
같은 계절이 돌아와도 조금씩 달라진 여전한 우리가 새로운
문장을 시작한다. 하나도 변한 것이 없는 것처럼 느껴지는
당신과 내가, 전부 다른 수많은 계절을 같이 걷는다. 긴 시
간이 쌓이고 겹쳐져서 만들어진 두 사람의 추억 속에서, 능
숙하고 아름답게. 아주 오래전의 당신과 나, 지금의 나와 당
신, 그 사이의 모든 우리가 함께 춤춘다.

지금 우리는 어느 계절을 지나고 있을까. 당신과 나는 어
느 계절을 기억하게 될까. 모든 계절을 함께 기억하게 될 당
신은, 지금 어디에 있을까.

○

사랑의 역사는 그 후에나 시작되었다. 그녀의 몸에서 열이 나는 바람에, 그는 다른 여자들에게 그랬듯이 그녀를 돌려 보낼 수 없었다. 그녀의 머리맡에 무릎을 꿇고 앉자 불현듯 그녀가 바구니에 넣어져 물에 떠내려 와 그에게 보내진 것이라는 생각을 했다. 이 은유가 위험하다는 것을 나는 이미 말한 적이 있다. 사랑은 은유로 시작된다. 달리 말하자면, 한 여자가 언어를 통해 우리의 시적 기억에 아로새겨지는 순간, 사랑은 시작되는 것이다.

– 밀란 쿤데라, 『참을 수 없는 존재의 가벼움』

고향의 작은 술집에서 일하며 살아가던 테레자는 그곳으로 출장 온 외과의사 토마시를 만나게 된다. 두 사람은 그 우연한 만남을 운명으로 생각하게 되고, 테레자는 결국 고향을 떠나 토마시를 찾아간다.

무작정 자신을 찾아온 그녀를, 토마시는 받아들인다. 진지한 관계를 회피해 온 그였지만, 그녀의 몸에서 열이 나는 바람에, 마치 버려진 아기 고양이를 떠맡듯, 함께 살기 시작한다. 그러나 그녀와 함께하면서도 토마시는 다른 여자들과의 관계를 정리하지 않는다. 당연한 말이지만 테레자는 그런 그로 인해 질투와 체념으로 괴로워하면서도… 그를 떠나지 못한다.

두 사람의 사랑은, 삶은, 어떤 운명에 의한 결과일까? 어떤 교차점도 없는 삶을 살아온 두 사람이 우연히 만나게 된 것, 테레자가 토마시를 찾아간 것, 토마시가 그녀를 받아들인 것, 토마시가 그녀 외의 다른 여자들을 계속해서 만난 것, 괴로우면서도 그런 그를 떠나지 않는 테레자까지. 돌이킬 수 없는 선택들, 우연한 사건들, 그리고 어쩌다 보니 주어진 상황들, 그 모든 것들의 혼재 안에서도 서로를 놓지 않았다는 사실만으로 '운명적 사랑'이었다고 결론지어도 되는 것일까.

결국, 사소한 우연과 인생을 뒤흔드는 운명적인 선택이 뒤섞인 것이 삶이기에, 사랑은 누군가에겐 우연이고 또 다른 누군가에겐 운명, 그리고 어떤 이에게는 두 가지 모두가 되고 마는 것이다.

서로에게
줄 수
있는 것

'나는 네게 무엇이든 줄 수 있어. 무엇이든.'

타인에게 줄 수 있는 것은 무엇일까. 당신의 한 문장을 곱씹으며 한참을 걸었지만, 답은 떠오르지 않는다. 당신이 내게 줄 수 있는 것이 무엇일까. 무엇을 주고 싶은 걸까. 한 사람이 또 다른 타인에게 제 것을 준다는 것은 어떤 의미일까. 한 사람이 사는 동안 제 것이라 여기는 것은 무엇일까. 우린 무엇을 '가졌다'라고 여기고, 그것을 타인에게 '준다'라고 생각하는 걸까.

무엇을 주어도 아깝지 않다는 말은, 누군가에겐 무언가를 주는 것이 아깝다는 말과 등을 맞댄 문장이니까. 당신은 무엇을 제 것이라 여기고 무엇을 내게 줄 수 있다고 여기는 것일까. 누군가에겐 무엇을 주었고, 어떤 것을 아깝다고 여겼을까.

우린 누군가에게 무엇도 줄 수 없는 것 아닐까. 애초에 내 것이라 여긴 것들이 누군가와 나눌 수 있는 것이었을까. 나의 무언가, 우린 그것을 공유할 수 있지만, 일방적으로 건넬 수는 없지 않을까. 주었다고 여긴다 해도 혼자만의 오해이기 일쑤고, 상대방은 무언가 받았다고 알아채지 못하는 것이 대부분이다. 아니, 받은 게 없으니까 모르는 것이 당연한 걸까.

그러니 무엇이든 줄 수 있다는 말은 어쩐지 와닿지 않는다. 당신이 내게 줄 수 있는 것이 있다면 그것은 단 하나, 당신뿐일 텐데. 당신은 온전히 내게 줄 수 있을까? 자신을, 어느 한 부분도 빠짐없이 완전히 내게 줄 수 있을까. 그만큼의 확신과 단호한 결정이 가능한 것일까? 당신을 전부 내게 준다면, 나는 당신에게 나를 전부 주어야겠지. 하나의 관계 안에서 공정한 거래란 불가능한 단어지만, 그래도 불가능한 것을 가능한 것처럼 여겨야만 유지되는 것이 관계니까.

그래서, 당신이 내게 준 것은 무엇일까? 무언가 주기는 한 걸까? 나는? 당신에게 무언가 주었을까? 난 누군가에게 무언가를 줄 수 있을 만큼 가진 것이 있을까? 질문은 포즈를 약간씩 바꿔 가며 계속 이어진다. 끝이 없는 질문을 늘어놓는 것은 내 오랜 특기니까. 쓸모없는 줄 알면서도 멈추지 못하는.

제소정, 〈행복을 찾아서〉, 10×30cm, acrylic on canvas.

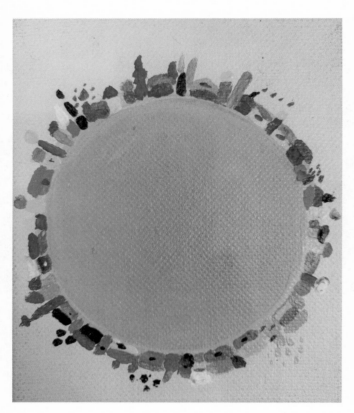

제소정, 〈한세계〉, 10×10cm, acrylic on canvas.

사랑이 뭘까, 묻고 싶은 밤

'연인'의 정의

— 마르그리트 뒤라스, 『연인』

[명사] 서로 연애하는 관계에 있는 두 사람. 또는 몹시 그
리며 사랑하는 사람.

국어사전에 적혀 있는 '연인'의 정의는 단 두 문장뿐이다.
간단하고 명료하다. 명사가 대부분 그렇듯이. 그렇다면 세
상의 수많은 연인들은 '연인'을 무엇이라고 정의할까, 사전
에 적힌 문장을 읽어 본 후 고개를 끄덕이면서도 제각기 다
른 말을 덧붙일 게 분명하다. 세상의 모든 연인은 단둘만의
정의를 새롭게 적어 가는 중이니까, 그것이 그들의 연애니
까.

연인은 그런 사람이다.

정작 나는 언제 생겼는지도 모르는, 오른쪽 무릎의 보랏빛 멍을 알아차리는 사람. '아팠겠네'라고 중얼거리며 그것을 어루만지다가 가만히 입 맞추는 사람. 매일같이 나로 살면서도, 아침저녁으로 욕실의 커다란 거울 앞에 서서 스스로를 살피면서도 시선이 닿지 않는, 나는 볼 수 없는 곳을 나보다 잘 아는 사람. 나보다 더 많이 나를 쓰다듬고, 더 길게 바라보는 사람. 내가 모르는 내 안의 나를 가장 정성스럽게 들여다보는 유일한 타인. 눈썹의 굴곡을 매만지고, 이마의 향을 맡아 보고, 왼손바닥의 희미한 점을 찾아내는 사람. 귓불의 두께를 재보고, 속눈썹의 개수를 세어 보는 사람.

그렇게 영영 나는 알 수 없을, 나의 체취와 형태, 무게와 색, 촉감과 맛에 길들여진 타인. 나의 얼굴과 시선, 목소리, 손짓, 걸음걸이, 웃음소리, 한숨이 고스란히 담겨 있는 한 사람, 연인.

당신의 연인은 어떤 이일까. 당신의 정의는 나와 전혀 다르기만 할까, 어쩌면 비슷한 구석이 한둘쯤 있을까, 묻고 싶어지는 순간.

어느 날 공중 집회소의 홀에서 한 남자가 나에게 다가왔을
때 나는 이미 노인이었다. 그는 자기소개를 하고 나서 이렇
게 말했다. 전 오래전부터 당신을 알고 있었습니다. 모두들
당신은 젊었을 때가 더 아름다웠다고 하더군요. 그러나 제
생각에는 지금의 당신 모습이 그때보다 더 아름다운 것 같
습니다. 저는 지금의 당신, 그 쭈그러진 얼굴이 젊었을 때
의 당신 얼굴보다 훨씬 더 사랑스럽다는 사실을 말씀드리
려고 왔습니다.

- 마르그리트 뒤라스, 『연인』

'만나는 사람 있어요?', '어떤 사람이에요?', 우린 종종 묻
는다. 누군가 연인이 있다고 말하면, 궁금해진다. 이 사람은
어떤 사람을 사랑하고 있을까? 어떤 사람이 이 사람을 사랑
하고 있을까? 연인이 있다는 것은 나도 누군가의 연인이라
는 말이니까.

당신의 연인은 어떤 사람이에요? 누군가 묻는다면 뭐라
대답할까. 연인에게 누군가 묻는다면 그는 나를 뭐라고 설

명해 줄까.

웃는 게 예쁜 사람이에요. 태양 같은 사람이랄까, 하얀색
이 잘 어울려요. 동그란 눈과 새카만 머리카락, 그리고 긴
속눈썹을 가지고 있어요. 낮은 목소리가 듣고 있으면 편안
해져요. 언제나 무거운 가방을 들고 다녀요. 책과 노트가 들
어 있거든요. 좋아하는 노래 한 곡을 질리지도 않고 듣는 걸
보고 신기해한 적이 있죠. 케이크를 좋아해요. 잠이 많은데
꼭 아침형 인간이 되고 싶다면서 알람을 몇 개씩 맞춰 놓더
라고요. 하나씩 꺼가며 다시 잠드는 게 얼마나 웃기던지. 진
한 커피를 좋아해요. 술은 잘 못하고요. 따뜻한 사람이에요.
잘 웃고, 잘 울죠. 콧노래를 자주 부르고, 길을 걸을 땐 하늘
을 자꾸만 올려다봐요. 오른손으로 머리칼을 쓸어 올리는
습관이 있고… 음. 그냥, 사랑스러운 사람이에요. 사랑할 수
밖에 없는 사람. 그런 사람.

x와 y의 그래프

— 에릭 로메르, 『여섯 개의 도덕 이야기』

3개월, 연애를 시작하고 가장 좋은 순간들. 아마 대부분의 연인들이 비슷하지 않을까요? 그땐 둘 사이에 아무것도 문제 될 것이 없다고 느껴지고, 문제가 있다고 해도 우린 그런 것쯤은 가볍게 해결할 수 있을 것 같고요. 서로에 대해 막 타오르기 시작한 감정과 그게 무엇이든 굳이 해결하지 않아도, 함께할 수만 있다면 상관없다고 생각할 수도 있는, 무모함까지 갖추고 있는 시기니까요.

그때 우린, 아마도 겹쳐진 점이 아니었을까요? 둘 사이의 시차나 공간 따위는 허락하지 않는 시기. 각자의 삶을, 혼자만의 선을 그리며 살아가던 x와 y가 처음 교차하는 순간! 선과 선이 마주쳐 하나의 점이 되고, 의미 없는 점이 확장되며 둘만의 유의미한 무늬를 이루어 가는 즐거움에 푹 빠져드는.

그러나 삶은 계속 흐르고 관계도 유동적이죠. 우린 얼마큼의 확장을 이룬 후엔 다시 선이 되어 앞으로 나아가요. x와 y는 가까웠다가 멀어지고, 또 가까워지며 불규칙한 패턴을 만들죠. 그렇게 둘 사이의 공간 안에서 멀어지고 가까워질 때, 우린 다른 시간대를 살기도 해요. x의 한낮이 y의 저녁이거나 y의 여름이 x의 가을일 때. 혼자 하는 것이 아닌 두 사람이 함께하기에 필연적으로 발생하는 사랑의 시차에 대해, 우리 사이의 감정적인 공간을, 수치로 파악할 수 있을까요? 나와 당신을 x와 y축으로 두고, 우리가 가까워지다가 멀어졌다가 또다시 교차하는 지점을 연결해서, 연애를 그래프로 그려 놓으면 어떤 모양이 될까요.

가끔은 생각하거든요. 다음 생이란 게 있다면, 그땐 삶의 모든 부분을 수로 인식하고 답을 찾는 (지금과 정반대인) 사람으로 태어나 살아 보고 싶다고요. 삶의 구석구석, 나 자신, 그리고 우리의 관계까지도 그래프나 함수로 추측하거나 정의할 수 있는, 그런 사람이요.

○

실은 사랑에 빠지는 게 기분 좋지는 않아요. 솔직히 별로잖아요. 발을 동동 구르고, 다른 일에 흥미를 잃어버리고, 사는 것 같지도 않고, 그런 거 정말 질색이라고요!

– 에릭 로메르, 『여섯 개의 도덕 이야기』

에릭 로메르의 '여섯 개의 도덕 이야기'는 이미 사랑하는 여자가 있는 남자가 익숙한 연인이 아닌 새로운 여자에게 끌리며 벌어지는 이야기들로 채워져 있다. 주인공이 두 여자 사이에서 흔들리고, 비겁해지고, 자기 자신을 합리화하며 어떤 식으로 상황을 빠져나가는지를 보고 있으면 잠시 사랑이란 단어에 회의가 느껴지기도 하지만, 그것이 오직 하나의 성별에게만 일어나는 일은 아니기에 짐짓 공감되는 부분이 있어서 계속 읽게 된다.

여섯 개의 이야기 중 '클레르의 무릎'에서 만난 저 문장은, 이야기의 맥락을 떠나 사랑이란 병명의 확실한 증상 같은 말이다. 사랑에 빠진 우리는 상대방에게 마음만 빼앗기지 않는다. 그녀 혹은 그가 특별히 요구하지 않았어도, 스스로 삶을 송두리째 건네주고 마니까. 상대방의 메시지 하나에도 발을 동동 구르거나 마음 졸이는 것은 마치 롤러코스터를 탄 것처럼 짜릿하지만 두렵다. 그렇다고 당장 내리고 싶은 마음이 들진 않는 것도 아이러니지만!

이해할 수 없는
연인과
연애할 수 있을까?

분명 서로를 좋아하기 때문에 곁에 머무르면서도, 당신은 때때로, 아니, 실은 거의 모든 순간 연인을 이해할 수 없다. 연인은 이해가 되질 않는다. 그리고 분명히 당신의 연인도 당신을 이해하지 못하고 있을 것이다.

'당신을 이해하는 일은 내겐 너무 어려워', 라고 푸념했던 과거의 나에게 슬쩍 귀띔해 줄 수 있다면 좋을 텐데. 그건 쉽고 어려운 난이도의 문제가 아니라 애초에 불가능한 일이라는 것을, 그러니 괴로워할 필요 없다고.

우린 마치 서로를 다 안다는 듯 말하고 행동하는 우를 범한다. 서로의 가장 가까운 곳에 자리했다는 사실이, 연인이라는 역할이, 쉽게 자만하게 하니까. 당신을 가장 잘 아는 것은 나라고, 나만이 당신을 전부 이해할 수 있다고, 아무런 근거도 없이 오만해지는 것이다.

고백하자면, 아주 가까운 과거의 나조차 그랬었다. 연인이 생기면, 우리가 주고받는 따스한 시선 안에서, 한계 없는 폭넓은 이해를. 닿은 살갗이 익숙해질수록 서로를 알아가고 있다고, 제멋대로 단정 지었다. 내가 이렇게 생각한다면, 당신은 그렇게 생각하겠지. 당신이 그렇게 느꼈다면 나는 당연히 이렇게 받아들일 거야.

그러나 슬프게도, 그 모든 예상과 확신은 틀렸다. 문제가 생길 때마다 나와 당신은 서로 다른 답안지를 들이밀며 자신의 것이 백 점짜리 답이라고 우겼고, 전부 다르기 때문에 무엇이 맞는지 알 수 없었으니까.

우리는 서로를 모른다. 이해할 수도 없다. 그게 아무리 자신의 전부를 내보인 유일한 연인이라 해도. 당신은 나를 이해하지 못하고 나 또한 당신을 이해할 수 없다. 서로를 전부 아는 것도 불가능하다. 그제 만났던 당신은 내일 만나는 당신과 약간 다른 사람이니까. 함께한 지 57일이 지난 연인은, 아이러니하게도 함께 한 시간만큼 달라진, 당신이 첫눈에 반했던 그이와 완벽한 동일인물일 수 없는 것이다.

그렇다면 우리가 할 수 있는 것은 무엇일까? 사랑하는 사람을 계속 사랑하기 위해서, 사이가 틀어지는 순간마다 녹음된 인사말처럼 반복되는 '이해가 안 돼'라는 말을 어떻게 다루어야 할까.

　'나라면 절대 안 그럴 텐데, 당신은 왜 그래? 난 당신의 이런 모습이 이해가 안 돼, 당신의 이런 말이 이해가 안 돼, 나는 너를 알 수가 없어, 넌 너무 어려워.'

　이제 보니 전부 맞는 말들뿐이다. 나는 당신이 아니고 당신은 내가 아니니까. 당신은 나처럼 생각하지도, 말하지도, 행동하지도 않는다. 나 또한 당신처럼 생각할 수도, 말할 수도, 행동할 수도 없다. 그건 너무나 당연한 것인데, 어째서 우린 이 사실을 이제껏 잊고 있었을까?

　그러니 우리가 할 수 있는 일은 끝없이 서로를 탐구하는 것, 서로를 관찰하고, 지켜보고, 참고, 견디고, 겪어 가는 것뿐. 이 과정을 함께 즐기는 것이 연애라는 걸 조금 더 일찍 알았더라면… 아니, 이런 아쉬움마저 무슨 의미가 있을까? 어차피 지나온 연애들은 전부, 이걸 몰라서 할 수 있었던 연애였을 텐데.

　이젠 당신이 내게 '난 네가 잘 이해가 안 돼'라고 말해도 놀라지 않는다. 당신이 도대체 나로선 이해할 수 없는 행동이나 말을 해도 놀라지 않는다. 그저 그 순간의 놀라움을 그대로 느끼고 기억하려고 한다.

연애의 지속은 연인과 서로를 이해할 수 있는지, 없는지가 중요한 게 아니다. 셀 수 없이 이해가 안 되는 순간들을 겪으면서, 그럼에도 불구하고 상대방을 좋아하기 때문에 곁에 머무는 것이다. 서로를 이해할 수 없어서 놀라운 순간들을 차곡차곡 쌓아 가며 요령을 익혀 가는 것이다. 이런 부분에서 당신은 이렇게 느끼고 행동하고 말하는구나, 이해할 수는 없지만 그게 당신이구나, 하고 인식하는 것이다.

연인이라는 과목을 심화 학습할 의지가 있다면, 우린 열심히 기억할 것이다. '당신은 이런 걸 싫어하고, 저런 걸 좋아하고, 그런 걸 원하는구나. 나와는 이렇게 다르구나.'

우린 꼭 잘 맞을 필요는 없다. 서로를 완벽히 이해할 필요도, 모든 것을 손바닥 들여다보듯 알아야 하는 것도 아니다. 단지 상대방이 어떤 사람인지, 끝까지 묻고, 배우고, 알려 주고, 기억할 수만 있다면, 결코 이해할 수 없는 서로의 곁에 오래 머물 수 있을 테니까.

세상에서 가장 풀기 어려운 문제가 있다면 그것은 바로 내

결의 연인, 하지만 가장 재밌는 문제이기도 한 당신. 그래도 너무 어렵지는 않았으면. 풀다가 풀다가 지쳐 버리면 안 될 테니까.

이유치, 〈Superman 1〉, 45.5×27.3cm, oil on canvas, 2018.

사랑이 뭘까, 묻고 싶은 밤

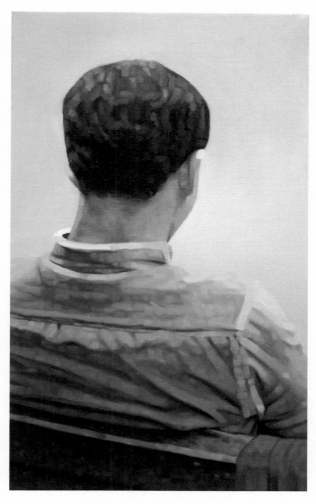

이유치, 〈Superman 3〉, 45.5×27.3cm, oil on canvas, 2018.

짝사랑을 수집하는 여자

— 이치카와 다쿠지, 『연애사진』

짝사랑을 수집하는 여자를 만난 적이 있다.

그녀는 그리 많지 않은 나이였지만 일찍이 짝사랑이라는 재능을 깨달은 탓에 제 나이보다 더 몸집이 큰 짝사랑 후기를 담아 놓은 주머니를 가지고 있었다. 가끔 기분 좋게 술에 취하면 주머니를 열어서 그날의 분위기에 어울리는 것으로 하나, 둘 꺼내 놓는다고 했다. 사람들은 늘 남의 사랑이야기를, 아니 이별 혹은 짝사랑 이야기처럼 찌질한 스토리를 듣는 걸 좋아하니까. 첫눈에 반한 두 사람이 반짝반짝 빛나는 사랑을 하며, 영원히 행복하게 살았습니다-로 끝나는 지루하고 뻔한 이야기보다는, 어느 순간 눈길을 빼앗긴 어떤 사람을 혼자 가슴앓이하며 바라보고, 어떻게든 상대방의 눈에 띄어 볼까 하고 알짱거리다가 우스운 꼴만 보여 준 채, 잠들

사랑이 뭘까, 묻고 싶은 밤

기 전 이불킥하는 이야기를 재밌어하니까.

　종로의 어느 골목, 포장마차가 줄지어 늘어선 오래된 길, 어느 것과 다를 바 없는 오렌지색 비닐을 펼쳐 임시로 만들어 둔 공간 안에서 셋이었나, 다섯이었나, 그쯤의 사람들이 파란색 플라스틱 테이블을 사이에 두고 둘러앉았다. 포장마차라는 것은 실내라고 하기에도 실외라고 하기에도 어정쩡한데, 신기하게도 적당히 허술한 그 분위기가 어울려 앉은 이들 사이의 거리를 순식간에 좁혀 준다. 금방이라도 툭 하고 부러져도 이상하지 않을 것 같은 한쪽 다리에 금이 간 플라스틱 의자, 가운데 구멍이 뚫린 삐딱한 플라스틱 테이블, 한쪽이 꼭 불에 그을리거나 녹아내린 플라스틱 접시에 담긴 계란말이나 제육볶음, 어묵탕 같은 것들과 함께.
　셋이었나, 다섯이었나, 여하튼 몇 사람이 서로를 이름만 알고 나이는 대충 어림짐작하며, 관계에 비해 과하게 붙어 앉아 있었다. 누군가 헤어진 이야기를 했던가, 자연스럽게 사랑에 대해 떠들어 대기 시작했고, 그 안에는 시작과 끝, 설렘과 배신 같은 것들이 접시 위의 제육볶음처럼 새빨갛게 뒤섞여 있었다. 접시 위의 음식이 줄어들고 물방울이 맺힌 빈 맥주병과 소주병이 늘어 갈수록 그녀의 얼굴이 발갛게 달아올랐다. 그리고 불쑥 수줍은 듯 자신을 소개했다. 나는 짝사랑을 수집하는 사람이에요, 나는 그것만큼 잘하는 것이 없어요.

각자의 속도대로 취한 사람들은 키득키득 웃으면서 그녀에게 한 마디씩 건넸다. 그럼 OO 씨, 연애는 안 해요? 짝사랑만 한다는 거예요? 왜 그러는 건데요? 혼자서만 좋아하면 외롭잖아요, 고백해 본 적 있어요?

언제 시켰는지 모르겠는, 깨를 쏟아부은 것처럼 보이는 오징어볶음 더미 안에서 건져 낸 넓적한 파를 오물오물거리면서 자신 앞에 우수수 떨어지는 질문들을 듣고 있던 그녀가 천천히 입을 열었다. 그러려고 한 것은 아니었어요, 처음부터. 그런데 하다 보니까 좋은 거예요, 적성에 맞기도 하고. 짝사랑은 상처가 남지 않아요, 딱지가 앉거나 흉이 지지도 않고요. 짝사랑도 연애랑 똑같아요, 나도 모르게 시작되기도 하고 한참 하고 나서 깨닫기도 하거든요. 그러다가 어느 순간 끝나 버리고, 끝내고 싶어서 애쓰는데 안 되기도 하고, 막 이 사람을 사랑하고 있는데 딴 사람이 눈에 들어오면 바람피운 것처럼 화들짝 놀라고 그래요. 짝사랑은 짝이 없는 것뿐이지 사랑하고 똑같아요. 나는 그래요.

그래서 그다음에 누가 말했더라, 그녀의 짝사랑학개론에 대해 반박하는 말을 늘어놓은 것 같기도 하고, 훌쩍 다른 이야기를 시작했던 것 같기도 하다. 오늘은 뜬금없이 그녀가 왜 떠올랐을까? 나는 그때도 지금도, 짝사랑 같은 건 해본 적도, 해볼 생각도 없는데. 적성에도 안 맞고 재미도 없고. 하지만 다시 떠올려 봐도 그녀의 이야기만큼은 재미있었다. 짝사랑은 짝이 없을 뿐 사랑이랑 똑같다고 했던 그 말에는 고개를 끄덕이기도 했고.

○

사랑은 있었어. 조금쯤, 이라고 할 정도가 아니야. 너는 내 세계의 중심이었어.

— 이치카와 다쿠지, 『연애사진』

소설 속에서 두 주인공이 처음 만난 것은 아직은 사랑을 안다고 말하기엔 풋풋한 열여덟의 봄, 대학 캠퍼스에서였다. 마코토와 시즈루는 함께 사진을 찍으면서 가까워지고, 시즈루는 어느새 마코토에게 사랑을 느끼게 된다. 그러나 마코토에게는 따로 좋아하는 사람이 있어서 시즈루는 소중한 친구일 뿐이다. 시즈루도 그런 마코토의 마음을 잘 알고 있다. 그러나 시즈루에게 사랑은, 서로를 같은 마음으로 좋아할 수 없다면 그만둬 버리고 마는 것이 아니다. 그녀는 마코토에게 말한다. 마코토가 짝사랑하는 상대마저도, 마코토를 좋아하기 때문에 좋아하고 싶었다고.

좋아하는 사람이 좋아하는 사람까지도 사랑하고 싶은 마음. 누군가에겐 그것이 사랑하는 마음인 것이다.

짝사랑은 보통 혼자만의 마음, 이루지 못한 사랑을 뜻한다. 하지만 사랑이 이루어졌다는 의미가 모두에게 같은 것은 아니지 않을까, 소설을 읽다가 문득 그런 생각을 해본다. 어떤 사람에게는 서로의 마음을 확인한 순간이, 또 다른 누군가에겐 반드시 결혼으로, 어딘가에서는 자신의 마음 안에 사랑이 피어난 순간을 뜻할 수도 있을테니까.

아마도 시즈루는 마코토를 사랑하기 시작한 바로 그 순

사랑이 뭘까, 묻고 싶은 밤

간, 사랑이 이루어졌다고 여긴 것 아닐까. 이 거대한 세계 안에서 자신의 사랑을 발견한 순간. 당신을 사랑하기 시작한 바로 그 순간. 어쩌면 가장 순수한 사랑의 정의는 이것일지도 모른다.

타이밍, 그게 무엇이든

— 요아브 블룸, 『우연 제작자들』

뜨거운 것을 잘 먹지 못하는 고양이 혀를 가진 탓에, 주문한 커피가 나오면 한참 바라보고만 있어야 한다. 코를 스치는 향긋한 내음에 설레며 아련하게 피어오르는 투명한 김을 바라보면서, 두 손으로 따끈한 커피잔을 만지작거린다. 어서 맛보고 싶은 급한 마음을 꾹 눌러 가며 입술만 달싹거린다.

이 순간을 참지 못하고, 향기에 취해 입술을 오므려 대고 호로록- 커피 한 모금을 입안에 머금는다면, 예민한 혀의 돌기들이 바짝 서고 매끈한 입천장은 순식간에 부풀어 버린다. 그 후엔 며칠을 무언가 먹을 때마다 불편해하며 그 순간의 나를 탓하게 될 테니까, 몇 번 겪고 나서는 절로 참을성이 길러졌다. 내내 기다렸던 커피 한잔, 좋은 향기와 달콤

쌉싸름한 맛, 그것은 당장 나를 기분 좋게 만들어 줄 것이 분명하지만 잠시 기다린다. 내게 맞는 온도가 될 때까지, 무리하지 않고, 상처를 만들지 않고, 오롯이 느끼고 편안히 즐길 수 있는 타이밍을.

그러고 보면 사는 일도 이와 비슷한 구석이 있다. 구미가 당기는 일에 무턱대고 뛰어들었다가 화들짝 놀라 뒷걸음치게 되거나, 너무나 매력적인 사람에게 홀딱 빠져서는 앞뒤 안 가리고 돌진하다가 엉망이 되어 나가떨어지는 일처럼. 뜨거운 커피 한 잔을 잠시 기다렸다가 마시는 것과 아이스커피의 얼음이 녹기 전에 서둘러 마시는 것과 같이, 사는 일에도, 사랑하는 것에도, 적절한 타이밍은 중요하다.

그러나 속도를 늦추고 기다려야 하는 순간에 조급해하지 않는 것은 생각보다 어렵다. 나와 같은 마음이 아니냐며 상대를 다그치거나, 급한 마음에 혼자 앞서가다가 제풀에 지쳐서 이제 막 마음을 열 준비가 된 상대방을 떠나 버리는 어리석은 일들은 얼마나 많이 일어나는지….

그렇게 몇 번의 실수 끝에, 다행히 우리는 깨닫는다. 삶의 리듬에 자신의 일상을 올려놓는 법, 함께하고 싶은 상대방과 속도를 맞추는 법, 일이 되는 타이밍을 기다리는 법, 다가온 그 순간을 놓치지 않는 요령 같은 것을.

서둘러야 할 땐 몸을 무겁게 할 만한 것들을 미련 없이 내려놓고 달려갈 수 있는 용기와, 기다려야 할 땐 마치 말 없는 작은 나무처럼 굴 수 있는 여유가, 사는 일, 사랑하는 일, 그리고 커피 한 잔 마시는 순간에도 필요하다. 적어도 고양이 혀를 가진 사람들에게는 반드시.

○

사랑은 터지는 게 아니야. 폭발도, 특수효과 같은 것도 아니야. 하늘을 수놓는 불꽃놀이나 커다란 현수막을 달고 날아가는 비행기도 아니야. 사랑은 천천히, 조용하게 살 속으로 스며드는 거야. 눈치채지 못하는 사이에, 교회에서 발라주는 성유처럼. 그냥 따뜻함 같은 게 느껴질 뿐이지. 그러다가 어느 날 눈을 뜨면, 피부 속의 너 자신이 다른 누군가로 감싸여 있다는 걸 알게 돼.

– 요아브 블룸, 『우연 제작자들』

　　　　　　　　　　　　사랑이 뭘까, 묻고 싶은 밤

사랑은 타이밍이라고 말하는 누군가에게, 그 '타이밍'이 우연히 발생한 것이 아니라고 말한다면 어떨까? 보이지 않는 어떤 존재들이 우리 삶의 우연들을 계획하고 만들어 내고 있다면? '타이밍'이라는 단어가 실은 준비된 장면들이었다면?

소설 속 '우연 제작자'들은 사랑이 이루어지는 우연을 계획하기도 하고, 한 사람이 이제까지 삶과는 다른 삶을 살게 하는 계기를 만들기도 한다. 누군가의 삶의 사소한 사건에서부터 세계의 커다란 변화를 일으킬 운명을 타고난 사람까지, 우리가 살면서 마주치는 그 수많은 우연들을 계획하고 이루어지도록 하는 존재들이다.

'우연 제작자 수련 과정' 75기 동기, 가이, 에밀리, 그리고 에릭. 세 사람은 누군가의 사랑을 이뤄 주고, 꿈을 찾도록 하는 등 다양한 우연을 만드는 솜씨 좋은 우연 제작자들이지만, 정작 자신들의 사랑에는 서툰 것이 오히려 인간적이다.

늘 타던 버스를 눈앞에서 놓친 날처럼, 예고 없이 일어난 어떤 사소한 일이 내 삶의 결정적인 선택을 하게 한다면, 우린 그것을 '운명', '우연', '타이밍' 같은 단어로 정의하며 의미를 부여하지만, 어느 순간 깨닫게 된다. 삶의 대부분이 수많은 우연과 우연의 연속으로 이어져 있다는 것을.

갑작스럽게 미뤄진 일정에 시간을 보내려고 들른 서점에서 부딪힌 낯선 사람, 커다란 강의실에서 우연히 옆자리에 앉게 된 바람에 이야기를 나누게 된 어떤 날, 책 속의 그 문장이 참 좋았다는 이야기로 시작된 메일이 도착해 있을 때, 유독 커다란 가방을 메고 나간 날 만원 지하철에서 자리를 양보해 준 사람… 그 모든 우연들이 누군가에겐 시작이거나 끝이 될 수 있으니까.

그러니 이쯤 되면 우린 마음을 바꿔 먹어야 하는지도 모른다. 이제껏 놓쳐 버린 타이밍을 아쉬워하며 후회하기보다는, 앞으로 마주치는 우연들중에서 반드시 붙잡고 싶은 것 앞에서는 용기를 내보겠다고.

사랑이 뭘까, 묻고 싶은 밤

기대와
실망은
같은 맛

사랑이 당신을 실망시키는 순간, 안심하게 되는 기분, 알아요? 아주 사소한 이유로, 흔적도 남기지 않고 흩어져 버리는 찰나에, 솜사탕처럼 달고 가볍게 부풀었던 기대를 순식간에 녹아내리게 하는 실망. 혀에 닿으면 한 방울의 설탕물로 변해 버리는 하얀 먼지 같은 솜사탕처럼, 끈적하고 달짝지근한 한 방울의 실망. 어쩌면 그것이 원래의 제 모습이니까, 부풀어 오른 기대가 허상이었다면, 실망에게 실망하는 것이 이치에 안 맞는 일인지도 모르겠어요. 기대란 실망이 부풀어 오른 것. 부푼 기대가 한순간에 녹아내린 것은 실망. 결국, 그 둘이 같은 것이라서.

익숙한 실망에 끈적해진 혀를 입천장에 문지를 때, 텁텁한 단맛을 음미하며 안심하고 마는 순간. 안심, 그러니까 이번에도 예상대로라서, 수없이 반복하며 겪어 온 장면들과 크게 다르지 않다는 사실에 안심하는 일 말이에요. 우습지만, 실망조차 반복하느라 익숙해지고 나면 안심이라는 직책을 갖게 되고 그러는 게 삶, 사랑이고, 사람이지요. 이건 모두 당신이 일찍이 내게 알려 준 것이에요. 기대하면 실망하게 될 거라고, 그러나 실망하지 않으려고 기대하지 않는 것은 더욱 어리석은 일이라고.

너무 서글픈 체념이 아니냐고 묻는 이가 있다면 이렇게 대답해 주라고 했잖아요. 살아가는 것이 어차피 군데군데 서글퍼서, 사랑 혹은 사람을 그 자리에 잠시 놓는다 해도, 뭐 어떠냐고. 그저 그런 순간도 있는 거라고. 그렇다고 해도 사랑의 찬란한 희열과 사람의 따스한 체온이 없던 일이 되는 것은 아니라고. 실망을 한 모금 삼켰다고 해서 우리가 당장 죽어 버리는 일은 일어나지 않는다고.

로미오와 줄리엣처럼, 오필리어처럼, 햄릿처럼, 안나 카레니나처럼, 니나처럼, 개츠비처럼 굴 필요는 없잖아요. 우리는 아직 살아온 날보다 살아갈 날이 더 많이 남아 있을 확률이 높으니까. 기대하고, 실망하고, 확신을 가졌다가 의심하며 괴로워하고, 사랑하고 사랑했다가 사랑하지 않거나 사랑할 수 없을 테니까. 그 사이사이에 안심하고, 울고, 웃고, 산산이 부서지고, 부서진 조각을 주워 모아 다시 나를 맞추고, 사랑을 사랑하고. 그렇게 영영 찾지 못한 몇 조각쯤 빈 채로, 가끔 바람이 통하는 자신을 데리고 마지막 사랑에게 기댄 채로 끝날 거라고.

당신은 내게 알려 주었지요. 사랑을 하면 반드시 외로워진다고. 외로운 것은 자신과 타인을 처음으로 분명하게 인식하는 것이라고. 외로운 것이 나쁜 것이 아니라, 외로움이 있음에도 불구하고 외롭지 않은 순간의 기쁨을 온전히 느끼지 못하는 것이 불구라고. 사랑을 하기 위해서는 외로움을 알아야 한다고. 아주 많이 외로웠던 당신에게서 나는 사랑을 배웠어요. 덕분에 단단히 여민 마음으로 실망을 한두 알 먹어도 죽지 않고, 외로움에 부서지지 않고, 사랑을 해요. 매일 사랑을 쓰고, 읽고, 그려요. 만지고, 쓰다듬고, 꼭 끌어안고 잠들어요. 한낮에 사랑에 실망해도, 깊은 밤 다시 사랑을 꿈꿔요. 오래도록 살아남아 사랑을 가꾸려고요, 평화로운 사랑이란, 불가능한 두 단어의 접붙임을 이루려고요.

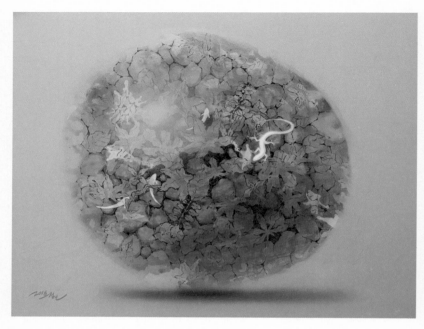

이정연, 〈갇혀진 공간〉, 91×116.8cm, acrylic on canvas, 2018.

사랑이 뭘까, 묻고 싶은 밤

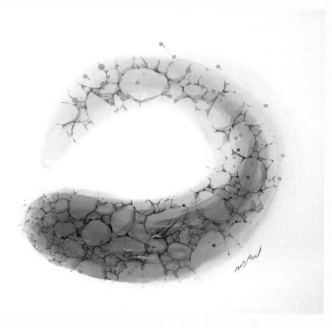

이정연, 〈우연속의 필연〉, 72.7×72.7cm, acrylic on canvas, 2017.

날씨처럼 마음도 풀렸으면

— 캐서린 아이작, 『유 미 에브리싱』

날씨가 풀렸다. 아침에 침대에서 빠져나오며 온몸으로 느낀다. 풀렸다는 표현을 날씨에게 쓰는 것이 신기하면서도, 어쩌면 이렇게 어울리게 짝지었을까 싶기도 하다. 며칠 전 늦은 밤에는 두툼한 겨울옷과 패딩을 정리해서 깊은 서랍에 넣어 두고, 하늘거리고 가벼운 것들을 꺼내 옷장에 걸었다.

봄이라는 계절도 옷을 걸친다면 아마도, 앞섶을 느슨히 풀어 헤치고 한 손으로는 관자놀이를 받친 채 느긋하게 누워 있지 않을까. 구부린 팔이 저리기 전까지, 지루해져서 하품이 나오기 전까지만, 그렇게 잠시 머무를 봄답게. 그리 긴 시간을 내어 주진 않을 테니, 우리는 그 틈에 많은 것들을 바삐 누려야 한다.

봄이 꾸벅거리며 조는 모습을 곁눈으로 흘깃거리며, 재빠

사랑이 뭘까, 묻고 싶은 밤

르게 트렌치코트를 걸치고 스카프도 꺼내어 두른다. 하늘거리는 셔츠 위에 재킷을 얹은 채 한낮의 테라스에 앉아 커피도 마시고, 히아신스나 무스카리 같은 것들을 마주치면 얼굴을 가까이 가져다 대고 향기를 맡아 본다. 벚꽃이 가득 피어나기를 기다리고, 흩날리는 그 아래 서서 사진을 찍고⋯. 설레고 두근거리며, 막 맺힌 싱그러운 연두색 몽우리들과 뾰족하게 솟아난 잎사귀를 다정한 시선으로 문지른다. 봄이라는 계절의 매력에 푹 빠져서 정신없이⋯.

내내 사랑에 대해 쓰며 지내는 날들. 사랑의 시작, 끝, 그리고 그 사이의 소소한 장면들. 스쳐 지나간 순간들, 오래도록 마음의 어딘가에 고여 웅덩이를 이룬 것들을 조금씩 꺼내어 매일 적는다.

사랑이 대수냐며, 그런 것 우습다고 여기던 어린 날의 겁없던, 혹은 겁이 많아서 센척했던 말들을 툭툭 털어 버리고, 괜찮지 않았던 순간들을 아무렇지 않은 척 지나온 과거를 애도하는 글들. 사랑이란 단어가 사람과 닮아 있다는 사실을 곱씹고 또 곱씹다가, 삶이라는 단어와도 어쩐지 겹쳐 보이고 하는 시절이 내게도 왔음을, 천천히 받아들이는 연습을 시작한 봄날.

이제야, 사람이 사랑 없이 살아갈 수 없음을, 꼭 사람과 사랑으로만 삶을 살아 있게 할 수 있다는 것을 인정할 수 있는, 희미한 용기가 생긴 것 같다. 그 사랑의 대상이 사람이든, 글이든, 혹은 자신이든, 어쩌면 작고 보잘것없는 존재일지라도, 반드시 사랑할 수 있는 무언가를 사람은 필요로 한다는 것을. 이 삶을 견디고 가꾸고 지속하기 위하여, 살아가는 내내 이유가 되어 줄 그것. 삶이란 사랑을 핑계 대지 않고서는 불가능하다는 것을 새삼스럽게 배웠던 날들.

하루, 또 하루를, 사랑으로 채웠고, 사랑으로 비웠다. 사랑에 대해 쓰다가 내가 사람인 것을 깨닫고, 사랑에 대해 읽다가 삶이 무엇인가에 대해 생각하곤 했다.

지나온 사랑들을 돌아보며, 빛바랜 모든 것들 사이에서 반짝이는 그때의 나를 발견하고 애틋해졌다가, 다가올 사랑을 상상하며 설레기도 했다. 차에 나란히 앉아 연인의 손을 잡고 어디론가 가고 있을 때, 서로를 마주 안은 채로 가만가만 음악에 맞춰 한 몸처럼 흔들거릴 때, 시시한 농담을 귓가에 속삭이다가 배가 아프도록 함께 웃을 때. 그런 순간의 사랑스러움과, 휴대폰 속의 목소리만으로 서로의 존재가 여전히 같은 세계에 있음을 확인하는 순간의 안타까움을 글

사랑이 뭘까, 묻고 싶은 밤

로 남겨 놓으며 즐거워하기도 했다. 사랑에 대해 이토록 종 알거릴 수 있는 날들이라니, 얼마나 아름답고도 짧은 찰나 일까, 생각하며 슬펐다가 기뻤다가 하던, 막 도착한 봄의 날 들.

그렇게 삶이 또다시 피어난다. 봄처럼, 꽃처럼. 언젠가는 지겠지만, 알면서도 두려워하지 않고. 아니, 언제나 두렵지 만 도망치지 않고.

○

애덤의 갈색 눈이 나를 뚫어지게 바라본다. 나는 손가락이 떨릴 정도로 강렬한 감정에 사로잡힌다. 한때 내가 사랑했 고 미워했던 남자의 곁에 앉아 있으니 불현듯 왜 우리가 헤 어졌는지 기억나지 않는다. 마음 한쪽에서 그만 일어나서 가라는 이성의 속삭임이 희미하게 들린다. 하지만 누군가 를 그저 바라보기만 하는데도 온몸이 뒤집히는 느낌이 너 무 짜릿해서 멈추고 싶지 않다.

지금 나는 그를 갈망한다. 애덤이 내게서 눈을 떼지 않자 새하얗게 달아오른 욕망에 가속이 붙는다. 무엇보다도 이 사실이 떠오른다. 인생이 내게 무엇을 던져 주었든지 간에 지금 이 순간, 나는 살아 있다.

"내 눈에 당신이 얼마나 아름다워 보이는지 알아? 내게는 늘 그렇게 아름다워 보인다는 거 알아?"

그 말을 들으니 눈에 눈물이 맺힌다. 하지만 말하고 싶지 않다. 그저 내 안에서 그의 열기를, 위로 솟아오르며 흔적도 없이 사라지는 느낌을 경험하고 싶다. 우리가 처음 사귀었을 때 그랬듯이.

– 캐서린 아이작, 『유 미 에브리싱』

주인공 제스와 그녀의 전 남편 애덤은, 십 년 전 애덤의 외도가 원인이 되어 헤어진, 더는 나빠질 것도 없는 최악의 사이다. 이혼 후 제스는 애덤을 내내 미워하며 살아왔지만, 이번엔 아들 윌리엄을 위해, 애덤과 5주간 함께 시간을 보내기로 한다. 십 년간 애써 모르는 척해 왔지만, 윌리엄에게도 아빠가 필요하다는 사실을 받아들이기로 했기 때문이다. 그렇게 아주 오랜만에 모이게 된 세 사람이 함께 지내는 동안, 각자의 마음은 어땠을까? 사랑했으나 미워하게 되었던 것처럼, 미워했으나 다시 사랑하게 될 수도 있는 것일까?

뜨겁게 사랑했지만, 서로에게 너무 큰 상처만 남긴 채로 헤어졌던 두 사람이 다시 사랑에 빠지는 것이 과연 가능할까? 만약 두 사람 사이에 엄청난 오해가 있었다면? 그렇게 희망적인 이야기는 소설에서만 가능한 것일지도 모르지만…. 가끔은 소설보다도 더 소설 같은 이야기가 펼쳐지는 것이 우리의 삶이기도 하니까.

사랑이 내내 반짝이기만 하지 않는 것처럼, 상처도 어느 순간 아물기 마련이다. 삶은 찬란한 기쁨과 잔인한 아픔, 그리고 대체로 무던한 평범함으로 이어지는 것이기에. 영원히 변하지 않는 사랑이나 사람이 없고, 무뎌지지 않는 아픔도 없다는 것은, 절망이기도 하지만 희망이기도 하다.

일상과 비일상 사이의 연애

— 알랭 드 보통, 『낭만적 연애와 그 후의 일상』

연애란 일상인가, 비일상인가.

이 질문에 대한 답은 여러 가지가 될 수 있지만 결국은 비일상에서 일상으로 되어 가는 것이, 가장 이상적인 흐름이며 많은 사람들이 원하는 형태일 것이다.

바로 어제까지, 존재조차 몰랐던 두 명의 완벽한 타인이 오늘의 어느 순간 서로를 발견한다. 물론, 오래도록 알아 온 사이에서 연인으로 발전하는 경우도 있지만, 그런 경우에도 말하자면 '그 결정적 순간' 이전에는 몰랐던, 서로의 새로운 부분을 발견하는 것이므로.

오늘, 바로 지금, 이 순간부터 나는 당신에게, 당신은 나에게 특별한 사람이 된다. 그렇게 연인이라는 단어 안에 두 사람이 손을 잡고 입장하는 순간, 연애가 시작된다. 이제 두 사람은 익숙하고, 반복적이며, 예상 가능했던 일상 안에서, 마음껏 들뜬 채 즐길 수 있는 '비일상'을 공유한다.

　연애란 첫 시작부터 어느 시점까지는 반드시 비일상의 영역에 존재한다. 번잡하고 지루한 일상이 아득해지는 순간, 연인과 함께하는 시간 안에서는 삶이, 세상이, 한층 더 생생해진다. 한 번도 시선을 끌지 못했던 길가의 가로수와 행인들, 무덤덤하게 마시던 커피, 습관처럼 틀어 놓던 음악, 허기를 지우기 위해 먹던 식사, 지루함을 달래기 위해 읽던 책, 의미 없이 보던 영화, 그 모든 일상의 장면들이 옷을 바꿔 입고 다시 등장한다.

　연인과 손을 잡고 걸으며 바라본 가로수에 비치는 햇살이나 앞에서 걸어오는 행인의 손에 들린 가방 안에 든 것에 대해 둘이서만 소곤거리는 재미. 혼자서 자주 가던 카페에 처음으로 연인을 데려간 날의 달라진 커피맛. 습관처럼 틀어 놓던 음악들 사이로 당신이 좋아할 것 같은 음악을 골라 내는 신중함. 혼자 먹을 때와는 다르게 테이블 앞에 앉아서 기다리는 당신을 위해 하는 요리에 쏟아붓는 열정. 읽던 책의 인상 깊은 구절을 지금 당장 당신에게 알려 주고 싶어서 안달 나는 마음. 좋았던 영화나 보고 싶은 영화를 체크하며 당연한 듯 옆자리엔 당신을 앉혀 두는 생각. 시간이 흐를수록 비일상이 일상을 점유하기 시작한다. 비일상이 일상으로 전복되려면 아직 시간이 걸리겠지만, 이미 당신의 마음이 연인과의 비일상을 위해 습관처럼 굳어진 일상을 가볍게 흩트릴 각오가 되어 있다면, 얼마 지나지 않아 그렇게 되고 말 것이다.

긴 시간 만들어 온 일상의 틀을 타인을 위해 부수는 것은 쉽지 않다. 어떤 사람도, 자신이 길들여 온 삶의 구조와 스스로 젖어 든 습관 안에서 벗어나고 싶어 하지 않으니까. 가장 익숙하고 지루하며 편리한 자신의 일상 안에서, 가끔 피곤한 일상을 잊고 기분전환을 하기 위한 비일상으로의 연애를 즐기는 것이 손쉽다. 안전하고 설레는 현실도피로서의 연애는 각오나 노력이 필요하지 않으니까.

그러나 비일상의 연애란 오래 지속될 수 없다. 현실도피 혹은 찰나의 유희로서의 연애란 자신을 아무것도 달라지게 할 수 없기에, 조금만 시간이 쌓여도 피로감이 엄습한다. 가벼운 것은 가볍게 흘려보내는 것이 어울린다. 비일상에 과도하게 몰입하게 되면, 비일상이 너무 많은 것을 요구하기 시작하면, 두 발을 딛고 있는 일상이 어그러진다.

그러므로 어느 정도의 각오와 함께 시작한 연애라면, 비일상 속에서 반짝이는 연인을 일상 속으로 안착시키는 것이 목표가 된다. 시작의 흥분과 몰입을 거친 후엔 차분하게 일상을 재구성하는 과정을 겪어야 한다. 서로의 익숙한 일상을 어느 정도 부수고 철거한 뒤, 삶의 새로운 등장인물인 연인의 자리를 새롭게 지어 올린다. 충분한 합의와 조율을 통해 서로 비슷한 정도의 영역을 내준다. 그렇게 일상의 어느 자리에 연인이 부드럽게 끼어드는 데 성공한다면, 드디어 두 사람의 삶이 연결된다.

하나의 흐름을 가지게 된 두 개의 삶은, 두 개의 기차가 하나의 선로 위를 달리는 것, 결국 같은 곳을 향해 달리게 되는 것과 비슷하다. 같은 풍경을 바라보고, 같은 계절을 지나고, 하나의 도착점을 향해 가는 것. 모든 것을 혼자서 결정하며 달릴 때와는 다르게, 연결되어 있는 연인과 함께 속도와 방향을 조율하며 달려가는 것이다. 궂은 날씨에는 조금 천천히 달리자거나, 가끔은 이쪽이 아닌 저쪽으로 가보자는 말에 귀 기울이는 것이다. 내 말에 귀 기울이는 당신과 함께 가는 것이다.

일상이 된 연애와 연인이란 더 이상 눈부시게 반짝거리

거나 두 눈이 질끈 감길 만큼 자극적이지 않다. 가끔은 번거롭고 종종 애써야 할지도 모른다. 그러나 비일상의 연애와 연인으로는 불가능했던 삶의 많은 것들을 가능하게 만들어 준다. 은은한 향과 은근한 온도로 삶의 많은 장면들을, 그 것이 행복한 순간이라면 더 기쁘게, 슬프고 아픈 순간이라면 조금 덜 아플 수 있도록, 다정하게 감싸 안는다. 옳은 사람과 사랑을 선택했다면, 그리고 두 사람이 모두 서로를 제대로 받아들였다면, 그 연애는 반드시 두 연인을 더 나은 사람으로 성장시킨다. 혼자서 고군분투하며 좋은 사람이 되는 것과는 또 다르게, 소중한 거울을 가까이에 두고 살아가는 삶 속에서만 가능한 무언가를 이루게 된다.

노력으로 가능한 전자의 경우와는 다르게 후자는 꽤나 큰 행운이 따라 주어야만 가능한 일이라서, 흔하게 일어나지 않는다. 그러니 당신이 오래된 연인, 일상이 되어 버린 연애를 이미 겪고 있다면 지루하다며 담배나 술을 찾을 때가 아니라, 지금의 관계가 어떤 것인지 집요하게 들여다보아야 한다. 그렇게 진실되게 마주한 관계가 당신에게 기적처럼 주어진 행운이라면, 매일 습관처럼 그릭 요거트나 올리브 오일을 챙겨 먹었을 때와 같은 결과를 가져올 그것을 더욱 소중히 여겨야 한다. 당신을 더 행복하고 건강하게, 그리고 더 나은 사람으로 만들어 줄 테니까.

○

보통 우리가 사랑이라 부르는 것은 단지 사랑의 시작이다. 우리는 러브스토리들에 너무 이른 결말을 허용해 왔다. 우리는 사랑이 어떻게 시작되는지에 대해서는 과하게 많이 알고, 사랑이 어떻게 계속될 수 있는지에 대해서는 무모하리만치 아는 게 없는 듯하다.

좋은 관계를 유지하기 위해 끊임없이 이성적일 필요는 없다. 우리가 익혀 두어야 할 것은 우리가 한두 가지 면에서 다소 제정신이 아니라는 것을 쾌히 인정할 줄 아는 간헐적인 능력이다.

우리에게 가장 적합한 파트너는 우연히 기적처럼 모든 취향이 같은 사람이 아니라, 지혜롭고 흔쾌하게 취향의 차이를 놓고 협의할 수 있는 사람이다.

– 알랭 드 보통, 『낭만적 연애와 그 후의 일상』

소설의 주인공 라비와 커스틴은 여느 커플들처럼 운명적

인 만남과 뜨거운 연애를 거쳐 결혼에 골인한다. 그러나 열정은 시간의 흐름과 함께 식어 가고, 이벤트가 아닌 일상이 된 사랑은 점점 매력을 잃어 간다.

그러다가 사소한 부딪힘이 발생하기 시작하면 두 사람은 생각하게 된다. '이걸 어떻게 평생 견디고 살지?' 서로에 대해 다 아는 것 같다고 여겼던 과거의 자신이 의심스럽고, 확신했던 사랑의 선택은 그 절대적인 지위를 단숨에 잃어버린다. 상대방의 장점이 단점으로 모습을 달리하고, 한때 운명적인 사랑, 영혼의 짝이었던 사람은 어디로 사라졌는지 알수 없어진다.

이런 스토리, 어딘가 너무 익숙하지 않은가? 소설 속 이야기라고만 생각하기엔 얼마 전 끝나 버린 사랑이, 지금 당신을 힘들게 하는 그 사랑이, 떠오르진 않는지. 소설을 읽다 보면 우린 라비, 커스틴, 혹은 두 사람 모두에게서 나 자신을 발견하게 된다.

작가는 우리에게 이렇게 말하고 싶은게 아닐까? 우린 모두 완전히 이해받을 수도, 이해할 수도 없는 불완전한 사람들이라고. 그럼에도 불구하고, 포기하지 않고, 불가능에 가까운 일이라는 것을 알면서도 서로를 이해하기 위한 노력을 멈추지 않는 것이 진짜 사랑이라고. 낭만적 연애란 늘 서두에 불과하고 진짜 '사랑'이란 그 후의 일상을 의미한다고.

사람이기 때문에,
사랑이기
때문에

감정은 상호작용을 일으킨다. 주고받는다는 표현이 어울리는 단어들. 인사, 마음, 감정, 체온… 혼자가 아닌 두 사람이 필요한 단어들.

누군가와 함께 있을 때, 자신의 감정과 기분이 곁의 타인에게 스며들어 전해지는 것이 느껴질 때가 있다. 파란색 잉크에 적셔진 하얀 종이처럼, 한 사람의 기분이 또 다른 사람에게 스며든다. 붉은색 잉크에 담긴 상대방의 마음이 내게로 스며든다. 하나의 종이 위에서 푸른색과 붉은색이 만나 보라색이 되는 것처럼, 두 사람의 감정과 기분도 서로에게 스며들어 관계에 새롭게 영향을 미친다.

억지로 애쓰지 않아도 서로 느낄 수 있는 것이다. 지금 기분이 좋다든가, 함께 있는 순간이 안락하게 느껴진다든가, 하는 것을. 그러니 함께 있을 때는 대부분 쉽다. 눈앞의 상대방에게 무엇이든 말할 수 있고, 심지어 말하지 않아도 알 수 있는 것들이 있다.

어려운 것은 함께 있지 않은 순간의 서로를 성실하게 알아채는 일이다. 그것은 웬만큼 노력해서는 성공하기 쉽지 않다. 메시지창 속의 글자와 이모티콘, 혹은 스마트폰 건너편의 목소리가 전해 주는 뉘앙스로, 서로를 알기에는 너무 많은 것이 부족하니까.

게다가 우린 괜찮지 않아도 괜찮은 척하는 데 얼마나 도가 텄는지, 자신을 얼마든지 능숙하게 감출 수도 있다. 그렇게 서로를 제대로 알지 못한 채로, 그러다 보면 어느 순간 알려는 노력조차 적당히 멈춰 둔 채로, 각자의 일상을 보내게 된다.

관계란 늘 이어져 있는 것처럼 보여도 생각보다 빈틈이 많아서, 함께 있을 때의 가까워지는 거리와 함께 있지 않을 때의 멀어짐이 뒤섞이곤 한다.

가까운 누군가와 멀리 있을 때, 그 거리감에 압도되지 않도록 한 발자국 물러나 바라보면, 희미해지는 상대방보다 지금 내 기분, 감정, 마음만이 또렷하게 확대되어 보인다. 그 순간 자신의 기분과 감정에 매몰되지 않는 것이 중요하다. 관계 안에서 가장 위험한 것은 상대방을 잊은 채로 혼자만의 기분에 취하는 것이기 때문에.

특히나 연인관계란 감정과 비이성의 정점에 있는 것임에도 불구하고, 그것의 지속적인 생존과 성장을 위해서는 상대방은 물론 자신까지도 이성적으로 인식할 수 있어야 한다. 이 얼마나 모순적인지, 하면 할수록 어렵기 짝이 없다. 그래서 우린 수없이 실패했고, 또 실패할지도 모르지만. 그럼에도 불구하고 계속해서 시도해보는 것은, 우리가 사람이기 때문에. 운이 좋다면, 서로가 사랑이기 때문에.

사랑, 이기적인 인간의 딴짓

— 김금희, 『나는 그것에 대해 아주 오랫동안 생각해』

감히, 타인에게 이래라저래라 하고 싶지 않다. 이 마음의 기저에는 '내가 뭐라고'와 '나에게도 그러지 않았으면' 하는 마음이 깔려 있다. 애정이나 친밀함의 농도와는 상관없이, 기본적으로 모든 인간은 완전히 개별적인 존재라고 생각하므로.

연인과의 관계 안에서 소소하게는 헤어스타일이나 옷차림과 같은 것부터 그 외의 많은 삶의 방식들까지, 각자 살아오며 만들어 온 것들을 함부로 터치하는 것은 위험하다. 간혹 상대의 스타일이 그날따라 마음에 꼭 든다면 감탄하는 말을 건네거나, 상황에 맞지 않는 부분이 있다면 조심스럽게 알려 줄 수는 있을 것이다. 그러나 평가하거나 지적하는 일, 혹은 상대방이 자신만의 기준을 가지고 하는 선택을 침해하거나 빼앗는 일은 하고 싶지 않다. 가장 사적인 영역의 친밀한 존재라는 이유로, 타인에 대하여 그런 권한을 가질 수 있는 것일까? 만약 상대방이 그것을 원해서 요청해 온다면 이야기가 다르겠지만, 그런 상황을 제외한다면 누군가의 일방적인 언행은 관계를 망가트릴 뿐이다.

얼마간은 한 사람이 상대방에게 모든 걸 맞추려 노력할 수 있을 것이다. 이래라저래라 하는 것도 애정이라 여길 수 있을 것이다. 과한 자유의 제한마저 관심이라 느낄지도 모른다. 그러나 그것이 언제까지 가능할까? 그런 식으로 연인의 일방적인 요구를 받아 주다가 어느 순간 제풀에 지쳐서 '더 이상은 못 하겠어! 안 할래!'라며 본래의 자신의 의지를 드러내기 시작하면, 오히려 상대방은 깜짝 놀라 뒷걸음치거나 변했다며 화를 낼 것이다. 왜곡에 의해 만들어진 불균형한 균형은 쉽게 무너진다.

어찌 보면 내 의지만으로 선택할 수 없었던 가족과의 관계보다도, 완전한 자신의 선택으로 만들어진 연인 관계가 사적인 관계 중 가장 밀착된 것인지도 모른다. 그런 아름답고 친밀한 관계마저도, 완전한 타인과 타인으로 이루어졌다는 사실을, 그러므로 매 순간 더욱 신중하고 세심한 합의가

사랑이 뭘까, 묻고 싶은 밤

필요하다는 것을, 우리는 어째서 종종 잊어버릴까.

　각자의 삶의 한 부분에, 서로의 자리를 만들어 내준 후
로는, 겹쳐진 그 부분만큼 함께 결정해야 하는 일들이 따라
온다. 관계를 유지하기 위해서는 반드시 두 사람 모두 서로
의 의사를 묻고 존중해야 한다. 어느 정도 나이가 지나고 나
면, 이미 자신만의 규칙과 흐름이 견고해진 데다가, 함께 있
을 때의 짧은 순간을 제외한 대부분의 상대방을 알기란 쉽
지 않은 일이라 그것은 생각보다 어려운 일이다. 배려하려
고 했던 말과 행동이 상대방을 토라지게 하기도 하고, 상대
방의 어떤 말과 행동에 대해 서운한 마음이 들어도 말하자
니 계면쩍어 그대로 묻어 두는 일들도 생긴다. 시간을 들여
서로에게 설명하고 이해시키고 해명해도, 반드시 오해가 생
기고 만다. 그렇게 오해를 쌓아 가는 동시에 그것을 희미하
게 만들기 위해 계속해서 애쓰는 것이 연애다. 상대방에 대
해 이토록 무지함에도, 아는 것보다 모르는 것이 많은 타인
을 곁에 두겠다고 마음먹는 일. 사랑은 사람이 타인과 함께
할 수 있는 일들 중 가장 용기가 필요한 것이다.

　인간이란 아무리 이타적으로 굴어도, 결국 자신의 욕망이

가장 우선인 존재다. 이기란 인간의 생존을 위해 세팅된 가장 첫 번째 본능이자 가장 마지막까지 남아 있는 에고이기도 하니까. 그것을 이길 만큼의 대단한 사랑이란 그리 흔치 않다. 떠올려 보면, 지나온 모든 장면들, 보고 들었던 것들이 전부 다른 듯 비슷한 것도 당연한 일이다. '네가 원한다면 무엇이든 할 수 있어'라는 말 뒤에 가려진 채 쓰여 있던 '사실은 내가 원하는 순간에 원하는 것일 때만이야'라는 행동들. 이기적이고 어리석은 우리는 얼마나 타인을 사랑할 수 있을까, 그 어리석은 질문에 대해 진실한 답을 하는 용기 있는 사람은 존재할까.

하긴, 이 모든 지겨운 실패와 지긋지긋한 실망에도 불구하고 마지막까지, 그 '대단한 사랑'이 꼭 내 것이 될 거라고 믿는 희망을 버리지 못하는 게 이상하지만. 인간이란 처음부터 지금까지 늘 모순된 존재였으니까, 사랑마저도 누군가는 자신보다 더 사랑할 수 있는 타인을 찾아내고 마는 행운을 거머쥐는 일이 일어나곤 하는 게 지구니까. 어쩌면 그 반짝이는 행운의 인간이 내가 될지도 모른다는 상상을 하며, 오늘도 연인을 오해하고 만다. 나를 오해하는 연인에게 웃어 주고 만다.

○

　　"나는 사랑에는 그런 무한정의 투입이 필요하다고 생각해."
영건이는 그렇게 고개를 끄덕이며 내 연애에 동의했고 나는
귀가 솔깃했다.
　　"야, 근데 생각하면 한심하지. 내가 뭐라고 걔 인생을 그렇
게 걱정해. 쓸모없고 안 돌아오지."
　　"안 돌아오니까 좋지. 주는 족족 돌아오면 정 없잖아."

　　　　　　　　　　　　- 김금희, 『나는 그것에 대해 아주 오랫동안 생각해』

　　십여 년 전, 대학 동기인 영건과 주인공은 영어회화 시간
에 짝이 되어 연습하는 시간을 보내며 가까운 사이가 되었
다. '자기 자신을 소개하기'는 우연히 학번으로 엮인 두 사
람이 서로에 대해 알아 가기 좋은 주제였고, 갓 대학생이 된
나이는 자신에 대해 누군가에게 이야기하는 것이 무엇보다
즐거울 때였으니까.
　　당시 주인공은 돌아오지 않는 애정을 일방적으로 쏟아붓
는 형태의 연애, 주변 사람들이 당장 그만두라고 말리는 연
애를 하고 있었다. 그러나 보아의 열성팬이었던 영건은 유
일하게 그녀의 그런 사랑을 인정하고 동의해 주었다. 사랑

이란 원래 '무한정의 투입'이 필요하고, '주는 족족 돌아온 다면 정 없지 않겠냐'며.

그 시절, 순수하고 또 순진했기에 할 수 있었던 사랑이었을까? 누군가를 무한정으로 사랑하는 일. 주고, 또 주면서도 돌아오는 것을 기대하지 않는 사랑을, 할 수 있느냐고 묻는다면. 지금 우린 고개를 끄덕일 수 있을까?

한 커플, 두 개의 기억

— 더글라스 케네디, 『오후의 이자벨』

일이 늦어져 어두운 밤이 되어서 퇴근한 날, 익숙한 길을 생각 없이 습관처럼 걸어가고 있었다. 오피스 거리의 건물들은 이미 불이 꺼져 조용해진 골목. 사람이 없는 길을 방심한 채 걷다가, 대로변으로 이어지는 코너를 도는 순간 흠칫, 놀랐던 것은 셔터를 내린 카페 입구에 두 사람의 실루엣이 보였기 때문에. 무슨 일일까, 걸음의 속도를 슬쩍 늦추며 곁눈질을 해본다. 아직 학생이거나, 많이 보아야 20대의 중후반, 아직은 서른이 멀게 느껴지는 나이로 보이는 여자와 남자.

긴 머리칼의 여자 친구는 계단에 걸터앉아 있고, 남자 친구는 그 앞에 무릎을 꿇고 앉아 고개를 땅에 닿을 듯 푸-욱 숙이고 있다. 차갑고 더러운 길바닥에 무릎을 꿇은 모습이 낯설어 시선을 끌지만, 두 사람에겐 남의 시선 따위 중요하지 않아 보였다(어쩌면 남의 시선이 필요했던 걸까).

무릎까지 꿇게 된 사연이 궁금한 마음이야 한가득 이지만, 남의 연애사에 불쑥 구경꾼으로 끼어들 수야 없으니 슥- 지나치고 만다. 뒤돌아보고 싶은 충동을 꾹 참고, 둘만의 시간이 필요한 커플을 위해 종종걸음으로 자리를 피해 준다.

아마도 커플의 주도권(주도권 같은 게 관계에 꼭 필요한가 의문이지만… 대부분 먼저 좋아한 사람이, 더 좋아하는 사람이 약자의 자리에 위치하고, 그 마음의 대상이 주도권을 갖고 있다고 여겨지니까)은 여자에게 있을 것이고, 여자의 요구에 의해 많은 것이 결정되는 관계일 것이다. 그런 사이에서 남자는 어떤 실수를, 여자가 매우 부정적으로 받아들일 수밖에 없는 결정적인 잘못을 했을 테고…. 그래서 남자는 이토록 과장되고 극적인 사죄의 제스처를 하고 있는 것이리라. 서울 한복판, 어둠의 장막에 조금 몸을 감추었다 해도, 낯선 타인들이 힐끔거리며 지나가는 길에서 무릎 꿇고 잘못을 비는 것이 쉬운 일은 아니니까.

어쩌면 남자는 절박한 마음에 그런 상황을 오히려 이용하고 있는지도 모른다. 봐라, 이만큼 내가 반성하고 있다. 이 정도로 너의 마음을 돌리기 위해 노력하고 있다. 이 정도로

사랑이 뭘까, 묻고 싶은 밤

네가 나에게는 중요한 사람이다. 나는 자존심 따위는 버렸다.

　새초롬하게 반쯤 고개를 돌리고, 차가운 말투로 뭐라 이야기하던 여자의 마음은 어떨까. 분명 이 상황의 원인이 된 남자의 말과 행동에 분노하고 있으면서도, 비일상적인 지금의 상황에 마음이 동하고 있을 것이다. 만약 관계를 정리할 생각이었다면 지나가는 관중들의 시선을 함께 견뎌야 하는 이 순간에 오래 머무르지 않았을 테니까. 약간은 기뻐하거나 우쭐한 기분이 들지도 모른다. 어쨌거나 지금 내 앞에 무릎을 꿇은 남자에게만큼은 자신이 절대 권력을 가진 것처럼 느껴질 테니까. 역시 넌 나 없이는 안 되는 거야, 날 위해서 널 어디까지 내려놓을 수 있는지 증명해 봐.

　두 사람은 함께 연극을 하고 있다. 사랑에 푹 빠진 연인, 사랑싸움을 하는 연인, 매달리는 남자, 절대권력을 가진 여자. 이 극적인 장면은 관계가 회복된 후에 추억이라는 이름으로 포장될 것이다. 내가 널 위해 그 정도로 했었잖아, 그때 그렇게 안 했으면 우린 끝났어. 그러게 왜 잘못을 했어? 그런 투닥거리는 대화를 나누며 키득거릴 것이다. 오랫동안 회자될 특별한 기억, 그런 것을 위해 두 사람은 함께 제 역할에 충실하다.

그러나 무릎까지 꿇어 가며 애썼음에도 불구하고, 헤어지고 만다면 어떨까. 이 순간은 그저 흑역사로 남을지도 모른다. 말도 안 되는 짓이었어, 꼭 그렇게까지 해야 직성이 풀렸을까. 이해할 수 없는 상대방을 매도하고 상황을 왜곡할게 분명하다. 딱히 어디 가서 자랑스럽게 떠벌릴 수 있는 순간은 아닐 테니까.

재밌는 것은 어떤 선택을 하든, 결과와는 상관없이 이 순간이 두 사람에게 전혀 다르게 기억될 것이라는 사실이다. 연애를 하는 동안, 연인과 함께 보낸 시간 그 전부가, 하나의 기억이 아니라 두 개의 기억으로 쓰이고 있다는 사실은 얼마나 아이러니한가. 우리는 단둘이서만 하는 사랑을 두 가지 버전으로 기록하고 있다. 그리고 각자 자신의 기록만을 진실이라 믿는다.

2월의 끝자락, 아직은 쌀쌀하던 그 밤. 퇴근길 스치듯 보았던 그 커플은 어찌 되었을까. 그날의 장면을 추억으로 분류했을까? 아니면… 각자의 기억에 다르게 기록한 채 이미 멀어졌을까.

○

편지를 보내고 나서도 아직 문이 닫히지는 않았는지 확인하고 싶어 하는 심리는 얼마나 흥미로운가? 될 대로 되라는 식으로 돌이킬 수 없는 상황을 만들어 놓고 혹시 되살릴 수 있지 않을까 기대하는 심리는 또 무엇인가?

나는 편지 말미에 '언제까지나 당신의 좋은 친구가 될게.'라고 적어 보냈다. 사랑했던 사람에게 가장 참담한 상처가 되는 말은 이제 친구로 지내자는 말일 것이다. 우리는 자신의 결정을 정당화시키는 온갖 이유를 들어 사랑을 죽이는 말을 할 때, 다시 만날 수 있는 가능성을 스스로 지워 버리는 비열한 말을 할 때, 마치 자신이 대단한 권력의 소유자라도 된 듯 우월감을 느낀다. 아무리 최선의 결정이었다고 자신을 설득해도 사랑의 문이 쾅 닫히고 나면 그제야 자신이 얼마나 크게 잘못된 선택을 했는지 깨닫게 된다. 이별에 대한 모든 책임이 아무런 해결책을 내놓지 않은 상대에게 있기에 그런 끔찍한 선택을 할 수밖에 없었다고 자신을 설득해 봐도 주어진 결과에 대한 책임은 오롯이 자신이 져야 한다.

– 더글라스 케네디, 『오후의 이자벨』

프랑스에서 번역일을 하는 이자벨은 샘보다 열다섯 살이 많은 기혼 여성이고, 샘은 파리에 여행 온 대학생이다. 누구나 한 번쯤 꿈꿔 보는 여행지에서 우연한 만남으로 시작되는 사랑. 두 사람은 그런 사랑에 빠지고 만다. 오후 5시, 이자벨의 작업실인 베르나르 팔리시 9번지는 두 사람이 사랑을 즐기는 은신처가 되어 준다. 그렇게 시작된 사랑은 현실의 여러 제약에도 불구하고 계속 이어진다. 그러나 이자벨은 샘을 사랑한다고 말하면서도, 안정적이고 만족스러운 결혼생활을 그만둘 생각은 없다. 그런 이자벨을 만나러 휴가 때마다 파리에 오는 샘은 이자벨과 늘 함께할 수 있기를, 두 사람이 함께 삶을 만들어 가기를 원하지만… 결국 충족되지 않는 열망에 지친 샘은 다른 여자와 결혼을 결심한다.

그러나 샘의 결혼 후에도 두 사람의 사랑은 끝나지 않는다. 샘의 마음은 여전히 이자벨을 놓지 못하고, 이자벨은 샘을 선택하지 않지만 떠나지도 않는다. 그렇게 선택의 순간이 올 때마다, 두 사람은 서로를 단단히 붙잡지도 깨끗이 놓아 버리지도 못한다.

절대로 너와 헤어질 수 없다며 무릎 꿇고 완강히 버티던 이도, 네가 떠나고 나면 다시는 사랑을 할 수 없을 거라던 이도, 울고, 화내고, 매달리거나 애원하고, 설득하고 달래던… 그 누구라도, 결국엔 새로운 사람과 새로운 사랑을 한다. 그렇다고 떠나 버린 사랑을, 떠나온 자신을, 탓할 것도 아니다. 그것은 마치 계절이 오고 가고, 또 오는 것처럼 자연스러운 일이니까.

샘과 이자벨은 어느 한 계절에만 머무르고 싶었던 걸까? 변하지 않는 하나의 계절 안에서 영영 사랑할 수 있기를 바랐지만, 슬프게도 두 사람이 원하는 계절이 달랐던 것은 아닐까? 아니라면 그저 비겁하고 이기적으로 사랑한 것뿐이었을까. 그것은 사랑, 이었을까?

당신은
내 것이
될 수 있을까

우리는 상대방을 소유하고 싶은 걸까?

연애 관계 안에서 연인을 내 것이라 칭하는 말에는, 타인인 당신을 내가 소유하고 싶다는 욕망, 내가 당신에게 소유당하기를 바라는 욕망이 담겨 있다. 그 마음의 뿌리는 무엇일까?

기본적으로 인간은 자유를, 몸과 마음의 주체적 선택이 가능한 상태를 바라는 존재가 아니었던가. 그런데 어째서 연애 관계 안에서만큼은 서로를 소유하려 하고, 그 욕망이 정당하게 취급받는 것일까. 과연 그것이 가능한 일일까?

분리된 개체로서의 한 사람과 또 다른 한 사람, 보통은 두 사람이 서로를 유일한 연인으로 두겠다는 것에 합의한 뒤 연애가 시작된다. 처음이 어떻든, 대부분은 시간을 쌓아 가며 그에 비례해 애정을 키워간다. 감정의 무게와 색이 짙어질수록,

연애가 순조롭게 흘러갈수록, 두 사람은 서로에게 더 많은 것을 주려 하고 그만큼 받기를 원한다. 그러다 보면 간혹, 아니 대부분, 상대방이 나와 완전히 분리된 타자라는 사실이 희미해지는 순간이 온다. 연인이 내게 속해 있는 존재인 것처럼 착각하게 되는 것이다. 거대한 우주 안의 단 두 사람, 서로를 연결된 것처럼 느끼다가 이내 하나인 것처럼 오해하게 되는 것이다.

그러나 건강한 연대감은 나와 타자를 연결해서, 결국엔 둘이 하나가 되는 것이 아니다. 분리된 상태에서 선명한 거리감을 인지하고, 노력을 통해 서로의 존재를 있는 그대로 인정하는 것이다. 두 사람이 연결되어 하나가 되는 것은 불가능하다는 사실을 잊지 않는 것이다.

어리석은 우리들은, 너무 쉽게 상대방을 다 안다고 여기고, 연인의 모든 것을 내 맘대로 해도 되는 것처럼 취급한다. 소유할 수 없는 것을 이미 가졌다고 여기고, 내 것이 될 수 없는 타인을 나의 일부인 것처럼 다룬다. 자신도 연인에게 그렇게 여겨지기를 바라면서.

그리고 엉켜 가기 시작한다. 당연하게도 두 사람은 전혀 다르기에, 서로를 전부 알 수 없으므로. 이미 다 안다고 여기는 것은 반드시 오해니까.

우리가 연인의 자리에 놓아 둔 타인을 가끔은 아주 가깝게, 종종 너무 멀게 느끼는 것은 왜일까. 서로를 소유하는 것이 불가능함에도, 왜 그런 욕망에 잠식당해서 모든 것을 엉망으로 만들고 후회하는 걸까. 이제 전부 알았다고 여기는 순간, 모든 것이 답이 아닌 질문으로 모습을 바꾼다. 어쩌면 그래서, 모든 사랑이 늘 처음 같은 것일까.

민율, 〈나무의자〉, 53×72.7cm, oil on canvas, 2021.

민율,〈나무의자〉, 80.3×100cm, oil on canvas, 2020.

사랑이 뭘까, 묻고 싶은 밤

봄은 오고, 또 가겠지만

— 서유미, 『홀딩, 턴』

　사랑에 대해 이야기하는 것보다 이별에 대해 이야기하는 것이 더 어려운 걸까? 어쩌면 우린 설렘에 관대한 것에 비해 상실과 헤어짐에는 너무 가혹한 것 같아.

　요즘 날이 참 좋지, 출근길 매일 만나는 목련에 드디어 꽃들이 활짝 피었어. 탄성 지르며 기뻐한 것도 잠시, 하루 이틀 사이에 그 도톰하고 뽀얀 꽃잎들을 하나둘 떨구기 시작하더라고. 언젠가 이야기했었지, 봄비가 오기 시작하면 조마조마하다고. 떨어진 꽃잎들이 누워 있는 길을 걸을 때면 까치발로 조심조심 걸어야 할 것 같아서. 예쁜 꽃잎이 밟혀서 더러워지는 것을 보면 울고 싶어지는 마음이 드는 건, 아름다운 것은 시드는 모습마저도 아름답기를 바라는 욕심 때문인 것 같다고.

공간을 옮겨 다니다 보니 기억도 동네별로 남아 있는 기분이 들어. 그 시절과 그 공간, 그때의 사람들과 내가 한데 모아져, 그 동네란 액자 안에 예쁘게 담겨 있는 것 같아. 연남동에 있었을 땐 벚꽃 아래를 자주 걸으며 사랑이야기를 했었지. 흐드러지게 핀 장미들이 가득 늘어진 벽돌담 앞에서는 사람들이 사진을 많이 찍었고, 나는 너와 그걸 보는 게 좋았어. 사랑에 빠진 사람들처럼, 그들 뒤의 배경이 되어 주는 장미처럼, 모두 화사하게 웃고 있었으니까. 누구도 장미 앞에서, 벚꽃 아래서는 찡그리지 않잖아. 개나리가 피고 지고, 초록잎으로 뒤덮이고, 부드러운 핑크색 벚꽃이 가득 달린 나뭇가지가 바람에 흔들리는 것을, 좋아하는 카페의 창으로 영화를 감상하듯 바라보곤 했었지.

깜깜해진 밤에도 벚꽃은 여전히 아름다워서, 자꾸만 고개를 들어 바라보게 되잖아. 밤 벚꽃 아래서, 장난스럽게 나무를 흔들어 꽃비를 내리는 사람들을 구경하며 킥킥대기도 했었는데. 네가 그들처럼 나무를 흔들려는 시늉을 하면 하지 말라며 말리곤 했지. 그때, 살짝 닿았던 네 손은 참 따뜻했어. 늘 차가운 내 손이 오해한 걸까.

그땐 어딘가에 그렇게 적었더라. 봄에는 어쩐지 사랑에 대해 이야기해야 할 것 같다고, 설렘으로 시작하는 연인의 뒷모습만 봄과 어울린다고. 미지근해진 감정이나 멀어진 사이 같은 것, 헤어짐 혹은 그리움은 빛바랜 가을에 나누는 게 좋겠다고 말이야.

여전히 그 말엔 동의해. 봄은 언제나 사랑스럽고 벚꽃도 늘 부드러우니까. 그렇지만 어쩐지 올해의 봄에는, 다른 이야기를 해도 좋을 것 같아. 계절과는 상관없이 그저 만나고 헤어지는, 사는 이야기를 말이야.

네가 원한다면, 이별, 헤어짐, 상실과 상처에 대해 이야기해도 좋아. 따뜻한 봄 햇살 아래서라면 아픈 이야기를 나누어도 조금 덜 따끔할 것 같거든. 잠시 머무르면 서늘해지는 나무 그늘 아래 말고, 해가 가득 비추는 곳에 앉아서 이야기를 나누자. 나란히 서서 한참 걸어도 좋을 거야. 따끈한 봄 햇빛이 정수리와 어깨, 그리고 이마를 충분히 데워 줄 때까지. 너무 뜨거워졌다면 내 차가운 손으로 달궈진 이마를 식혀 줄게. 누군가의 이마에 손을 얹어 본 적 있어? 네 손과 그 이마가 꼭 맞아떨어지는 건 우연이 아니야. 너를 위로하기 위한 타인의 손을 만난 거니까. 누군가의 손이 꼭 네 이마와 같은 크기인 것은 그런 의미인 거야. 그러니 눈을 감은 채로 말없이 있어도 좋아, 차가운 손과 뜨거운 이마의 온도가 같아질 때까지 기다려 줄게.

우리 총천연색의 설렘으로 채워진 봄이 여럿 있었잖아. 그러니 조금은 흐릿한 봄이 하나쯤 있어도 괜찮아. 봄은 너무 짧잖아, 이것도 금세 지나갈 거야. 늘 그랬듯이.

예쁜 곳으로 한두 번 바람 쐬러 다녀오자. 우리가 좋아하는 진한 라테를 마시자. 그러다 보면 벚나무가 모두 잎사귀로 옷을 갈아입고, 정수리 위의 해가 더 뜨거워질 거야. 카디건을 정리해서 옷장 깊숙이 넣어 두고, 드러낸 맨 어깨와 팔에 여름 비가 촉촉이 스며들기 시작한다면, 다 괜찮아질 테니까.

우리 그때 다시 사랑이야기를 하자. 이번엔 여름의 사랑에 대해서, 여름의 설렘에 대해서, 여름의 연인에 대해서 이야기하면 될 거야. 여름이 너무 이르다면 느긋한 가을의 사랑도 좋아. 네가 조금 늦장 부리고 싶다면 추운 겨울의 하얗고 느릿한 사랑도 괜찮아. 계절이 오고 가는 것을 예민하게 알아채고 섬세하게 즐기는 것만큼이나, 우리 사이엔 계절의 구분이 필요 없기도 하니까.

　　　　　　　　　사랑이 뭘까, 묻고 싶은 밤

○

푹 젖은 세탁물이 물속에서 고요하게 돌아가고 젖은 옷들이 미미한 소음과 출렁이는 물결을 따라 흔들리는 걸 보면 이상하게 마음이 편해졌다. 세탁기의 외양에는 아무 변화가 없는데 안에서는 코스에 따라 정해진 일이 진행된다는 것, 때를 빼기 위해 통 속에서 솟구친 물살이 빨래를 돌리고 누르고 비비며 분주하게 일한다는 것, 안에 든 것들은 이리저리 치이며 시달리지만 결국 깨끗해진다는 것을 확인하는 과정이 묘한 안도감을 주었다. 그게 왜 자신의 마음을 다독이는지 설명하기는 어려웠다. 그저 인생의 어떤 순간에는 세탁의 시간을 지나는 것 같았다. 코스의 어디쯤에서 물이 차기를 기다렸다가 그 과정을 지나면 다음 코스로 넘어간다. 유쾌한 기분이라고 할 순 없지만 더 나빠질 건 없다는 생각으로 몸의 힘을 뺀다. 지금은 거품이 일지만 다음 코스, 그다음 코스를 지나면 결국 세제가 씻겨 내려갈 거라는 사실에 몸을 맡긴다. 어떤 일이든 시간의 흐름과 함께 지나가리라는 믿음이 필요한 때가 있다. 그래서 가끔은 세탁기의 버튼을 눌러놓고 바라보았다.

– 서유미, 『홀딩, 턴』

주인공 지원은 괜찮은 사람을 만날 수 있지 않을까, 하는 기대로, 고등학교 시절의 낭만적인 추억을 떠올리며 스윙댄스 동호회에 가입한다. 그리고 그곳에서 남편 영진을 만나게 된다.

두 사람은 다수의 연인이 그렇듯, 약간의 호감과 어떤 우연, 누군가의 기다림 같은 것으로 사랑을 시작한다. 마치 세계에 둘만이 존재하는 것 같은 순간들을 겪으며, 사랑을 고백하고, 동화의 결론과 같은 결혼에 골인한다. 그렇게 '오래오래 행복하게 살았습니다'라고 마무리 될 것 같았던 클라이막스에 함께 도착했지만, 현실의 삶은 동화와는 전혀 다르게 흘러간다.

지원이 느끼기엔 우연한 시작, 그리고 당연한 순서라는 듯 자연스럽게 이루어진 사랑의 순간들과 같이, 두 사람의 끝도 그저 와야 하기에 온 것 같았다. 상대만을 탓하고 원망하며 이별의 이유를 전부 떠넘기기엔 어쩐지 올바르지 않은 것 같은 기분도 든다. 그렇다고 자신에게서 잘못을 찾자니 스스로의 행복을 야무지게 챙기지 못한 것에 대한 자책이 고개를 들 뿐….

사랑이 뭘까, 묻고 싶은 밤

완전한 타인이었던 두 사람이 연인이 되고, 사랑을 하고, 결혼을 통과해 이혼으로 흘러가는 시간들을 겪으며, 지원은 생각한다. 어떤 일이든 시간의 흐름과 함께 지나가리라는 믿음이 필요한 때가 있다고. 언제나 정해진 순서대로 결과물을 내놓는 세탁기의 버튼을 눌러놓고, 그것을 바라보며.

새로운 관계가 무르익는 것은 기적

— 백수린, 『친애하고, 친애하는』

하지만 어쩌다 출퇴근 시간의 지하철역에서 환승하기 위해 계단을 바삐 올라가는 수없이 많은 이들의 뒤통수를 보거나 8차선 도로의 횡단보도에서 보행자 신호가 바뀌어 내 쪽을 향해 걸어오는 인파를 보다가 가끔씩, 나는 지구상의 이토록 많은 사람 중 누구도 충분히 사랑할 줄 모르는 인간인 것은 아닌가 하는 공포에 사로잡힐 때가 있다. 우리가 타인을 사랑한다고 말할 때, 그것은 대체 어떤 의미인 걸까?

– 백수린, 『친애하고, 친애하는』

스물두 살, 휴학 중인 주인공은 할머니 댁으로 가서 할머니를 돌봐 드리라는 엄마의 전화를 받는다. 일로 늘 바빴던

사랑이 뭘까, 묻고 싶은 밤

엄마를 대신해 어린 시절 주인공을 돌봐 주었던 할머니. 타의로 시작된 생활이지만, 아픈 할머니를 돌봐 드리며 할머니와 엄마, 그리고 나로 이어지는 3대의 삶이 어떻게 연결되었는지, 서로가 서로에게 주고 싶었던 것과 받고 싶었던 것이 무엇이었는지, 어쩌다 사랑만큼이나 많은 상처를 주고 말았는지 생각해 보게 된다.

연애관계, 부부관계, 친구관계, 가족관계… 어떤 종류의 이름을 앞에 붙이더라도 '관계'를 시작하고, 만들어 가고, 긴 시간 건강하게 유지하기 위해서라면 많은 노력이 필요하다는 것은 같다. 그러므로 내가 아닌 타인에게 '사랑'을 말하기 위해서는 무엇보다 각오와 용기가 충분해야 한다. 사랑은 절대 호락호락하지 않으니까. 이토록 수많은 사람들이 제 곁의 소중한 사람들을 제대로 사랑할 줄 몰라 헤메이고 있는 것은 그 때문이겠지.

○

새로운 사람과 좋기만 한 시절을 보내는 것은, 서로에 대한 호기심으로 가득 찬 두어 달쯤. 혹은 길어야 서너 달.

그 정도의 시간을 지내고 나면, 첫 번째 관계의 변화가 온다. 그리 길지 않은 시간이지만 서로에 대한 약간의 정보가 쌓이고, 그것을 기반으로 상대방의 보이지 않는 부분도 얼추 그려 볼 수 있게 된다. 낯선 감각들이 익숙함으로 상쇄되기 시작한다. 그러다 보면 슬슬 예상과는 다른 부분이 등장하고 고개를 갸웃거리는 순간들이 생긴다. 이 고비를 잘 넘기면 한두 계절쯤은 또다시 무난하게 흘러갈 것이고, 첫 번째 둔덕에 걸려 멈추는 정도의 관심과 의지였다면 이쯤에서 자연스럽게 관계를 마무리하는 인사를 나누게 된다.

이것은 어쩌면 시작되는 모든 새로운 관계에 대입해 보아도 크게 오류가 없을 공식. 어느 날 당신 앞에 불쑥 등장한 새로운 사람, 가끔 어느 지점이 나와 꼭 닮았나 싶어 반갑다가도 순식간에 전혀 다른 외계인처럼 느껴지는 타인. 그러니 관계를 만들어 가는 것은 얼마나 많은 노력과 의지가 필요한 일인가. 일상을 보내며 상대방의 존재가 눈앞에 없을 때도 상대방을 떠올리고, 내 일상에 편입시키려는 노력을 끊임없이 해야 한다는 것이.

사랑이 뭘까, 묻고 싶은 밤

내 입맛에 맞춰 세팅해 둔 일상을 상대방을 위해 조정하고, 심지어 이것을 두 사람이 동시에 적절히 해야만 관계가 자연스럽게 유지된다. 두 사람이 시간을 엮어 가는 일은 둘 중 한 사람이라도 머뭇거리거나 박자를 놓치면 금세 엉망이 되어 버리니까.

그러니 당신이 만들어 가고 있는 어떤 관계가 무리 없이 잘 유지되고 있다면, 시간의 흐름이 더해질수록 그 색과 향이 깊어지고 있다면. 그것은 기적에 가까운 일.

완벽한
연애의
행방

연인은 당신의 손을 꼭 쥔 채 자꾸만 이야기한다. 너무 행복하다, 왜 이렇게 행복하지, 이래도 되는 걸까, 꿈꾸는 것 같아, 이런 말을 유행어처럼 반복한다. 그럴 때면 당신은 장난기 어린 목소리로 그를 놀려 주고 싶어진다. 그럼, 꿈 깨게 해 줄까? 자꾸 꿈이냐고 의심하면 사라진다—라면서. 물론 빙글거리는 표정으로 웃음을 섞어 그런 말을 하는 순간, 연인은 당신을 바라보며 주인에게 혼난 강아지 같은 표정을 짓기 때문에, 계속하기는 쉽지 않겠지만.

두 사람이 엄청 특별한 날들을 보내기 때문에, 그런 말을 주고받는 걸까? 그저 여느 연인들처럼, 일주일에 한 번쯤 퇴근길에 만나 커피 한잔하며 짧게 얼굴을 보고, 주말의 하루 정

사랑이 뭘까, 묻고 싶은 밤

도 시간을 맞춰서 반나절쯤을 함께 보내는, 평범하고 흔한 날들을 쌓아 가고 있을 뿐인데. 영화 보고, 산책하고, 카페에 가고, 맛있는 것을 먹고, 그 모든 순간에 쉬지 않고 이야기를 나누고. 특별할 건 단 하나도 없다. 그러니 연인의 감탄은 오로지 두 사람의 관계 안에서 발생하는 만족감에 기인하는 것이 아닐까. 재밌는 것은 이렇게 완벽한 연애와 연인이 제 곁에 있다는 현실이 꿈일지도 모른다는 의심을 하는 한 사람의 곁에서, 상대방은 그의 말에 키득거리며 동조하기도, 정반대로 생각하기도 한다는 것이다.

일, 사람, 사는 동안 만나게 되는 어떤 것이든. 무언가를 이루기 위한 과정에 너무 많은 고난과 역경, 걸림돌이 등장한다면, 그것은 그의 삶과 맞지 않는 것일 수 있다. 그 모든 어려움을 견디고 이겨 내는 것도 분명 보람 있겠지만, 그렇게까지 애쓰고 또 애쓰기엔, 그저 살아가는 것만으로도 너무 고된 것이 생이니까. 살아 있는 것, 살아가는 것, 그 자체만으로도 우리는 몸과 마음에 단단히 힘을 주고 각오를 다지며 버티느라 진이 빠질 때가 얼마나 많은가. 그러니 이 삶에 주어지는 일, 사람, 혹은 스스로 선택한 그 어떤 것이든, 자연스럽게 이루어지는 것이 그 삶과 잘 맞는 것이 아닐까 싶은 것이다.

그중에서도 관계는 더욱 그렇다. 꼭 모든 상황이 완벽하게 세팅되어서 똑같이 생각하고 행동하는 두 사람이 만나야 한다는 게 아니라, 말 그대로 물 흐르듯 이루어지는 어떤 순간과 사람을 말하는 것이다. 관계의 시작과 과정 모두, 누구 하나 무리하지 않아도 자연스럽게 이루어지기도 하니까. 그렇게 관계가 이어지는 동안의 이런저런 변수와 일상의 바쁨, 서로를 받아들이는 태도, 삶을 살아가는 방식 같은 것들이 너무 많이 다르지는 않아서, 당연히 발생할 수밖에 없는 둘 사이의 간극을 적당히 오고, 또 가며, 조율할 수 있는 사이의 두 사람.

이와 다르게 서로에 대한 호기심과 애정에 비례해 걸림돌이 너무 많이 주어지는 관계도, 누구나 한 번쯤은 겪어 봤을 것이다. 그럴 땐 아쉽게도 두 배, 세 배, 노력하고 애써도 관계를 이어가기가 녹록지 않다. 마음의 크기나 무게와는 상관없이, 상황과 사건들이 두 사람 사이에 오해를 심고, 서로의 모습이 잘 보이지 않도록 빠르게 그 키를 키운다. 관계는 속절없이 멀어지고, 오해의 뒤편으로 희미해지는 상대방을 어느 순간 지쳐서 놓아 버리게 된다. 그러니 관계도, 사람도, 어느 정도는 운이나 타이밍에 영향을 받지 않을 수 없는 것이다. 삶이라는 게, 가끔은 그렇게 똑떨어지게 설명할 수 없는 순간들이 있으니까.

　두 사람의 삶이 교차되는 찰나의 타이밍, 운 좋게 서로를 발견하고, 자연스럽게 서로를 연인의 자리에 앉힌다. 다행히도 관계를 이어 가는 데 크게 방해되는 것도 없다. 삶을, 타인을, 대하는 태도에서도 서로를 이해할 수 없을 만큼 크게 부딪히지 않는다. 적당히 수용할 수 있는 정도의 간극을 무리 없이 인정할 수 있다. 이런 수많은 행운에 상대방에 대한 애정이 더해져 그런 감탄을 하게 하는 것이리라. 아, 어떻게 이렇게 모든 것이 완벽할까, 어쩌면 당신의 모든 것이 좋을까.

　그런 감탄을 내뱉는 이의 연인은 재미와 두려움을 동시에 느끼게 된다. 완벽이란 존재할 수 있는 것일까, 늘 의심하는 것이 사람이라서. 완벽이란 존재할 수 있다 해도 찰나와 같은 것이라고 배웠으므로. 모든 관계의 시작이 반짝거렸던 기억과 시간의 흐름을 따라 그 빛을 잃어 가던 기억, 이미 수없이 잃어버린 관계들이 떠오를 테니까.

　그러나 다행스럽게도, 그는 한 가지 더 알고 있다. 연인의 그 모든 감탄과 고백이 이 순간의 진실이라는 사실을. 그러니 미리 두려워할 필요는 없다는 것도. 세상에 변하지 않는 것은 없고, 영원이란 단어는 문학에서나 쓰이는 것이지만, 그럼에도 불구하고 연인을 앞에 둔 채로 불쑥, '영원'이나 '완벽'이라는 사치스러운 단어를 입에 머금게 되는 것이 또 연애의 사랑스러움이라는 것을.

연인과 함께 쌓아 가는 시간들. 그것이 어느 순간 빛이 바랜 유물이 되어 기억의 박물관에 저장될지, 시작의 설렘과 새로움의 매력이 소진된 뒤에도 익숙함과 편안함으로 단련되어 길들여질지, 결국 일상이 되어 삶의 한 부분으로 스며들게 될 것인지는 아직 알 수 없다. 두 사람이 올라탄 자연스러운 흐름은 어디로 향하고 있을까. 언제나, 누구도, 예상할 수 없기에 더욱 흥미로운, 연애의 행방.

사랑이 뭘까, 묻고 싶은 밤

당신이 원하는 건 무엇일까?

― 앨리스 먼로, 『미움, 우정, 구애, 사랑, 결혼』

우리는 왜 여전히 확신하지 못하는 걸까.

타인과의 관계 안에서 내가 원하는 것이 정확히 무엇일까. 세밀한 기준을 가지고 있다고 생각하다가도 영 모르겠다는 기분이 들 때가 있다. 왜 그럴까, 그 순간의 감정의 변화 때문에? 아니면 자신의 감정을 정직하게 들여다보지 못해서? 욕구를 제대로 인지하지 못해서? 무엇을 원하는가? 어떤 사람과 어떤 관계를 맺고 싶은가? 관계 안에서 어떤 태도를 취하고 싶은지, 어떤 역할을 원하는지, 상대방에게 주고 싶은 것과 얻고 싶은 것은 무엇인지.

마치 빈틈없이 꼭 맞는 맞춤옷처럼, 나만을 위해 준비된 것 같은 타인을 기대하고 있는 것일까? 갑작스러운 행운처럼, 불쑥 내 앞에 나타나서는, 내 마음에 딱 들어맞는 말과 행동만을 하는 타인을. 게다가 그가 원하는 단 하나의 타인이 나이기를, 나 또한 그에게 한 치의 오차도 없이 완벽히 맞아떨어지는 상대이기를 꿈꾸는 걸까.

이런 생각이 정말 아직도 당신에게, 그리고 나에게 남아 있다면, 그 사실이 무엇보다 가장 놀랍다. 어떻게 그토록 긴 시간, 수많은, 다양한 실망과 실망, 환멸과 절망, 포기와 체념을, 겪고 또 겪어 놓고 여전히 어리석을 수 있을까. 희망을 버리지 못하고, 순진하게 꿈꿀 수 있을까. 이것이 인간의 회복탄력성일까, 그렇다면 정말 무시무시한 생명력이 아닌가….

상대방이 내 기대와 다른 말과 행동을 할 때 우리는 실망한다. 그렇다면 그 기대는 정당한 것일까? 나를 실망시킨 상대방을 나쁘다고 단정 지을 수 있을까?

문득 그런 생각이 든다. 관계란 무엇인가. 관계는 나와 타자로 이루어져 있고, 두 사람은 감정과 그 외의 많은 것들을 주고받는다. 어떤 관계냐에 따라 종류와 형태는 다르겠지만, 기본적인 구조는 동일하다.

그런 다양한 관계 안에서, 우리는 어째서 상대방을 예상할까? 소박하다 못해 허술한 근거들을 가지고 너무 쉽게 타

사랑이 뭘까, 묻고 싶은 밤

인을 예상하고, 예상이 어긋나거나 맞아떨어질 때, 실망하거나 안도한다. 혹은 두 가지 감정을 동시에 느끼기도 한다. 이런 예측을 멈출 수는 없을까? 오류 가득한 예상을 멈추고 눈앞의 타인과 지금을 있는 그대로 바라보고, 받아들이고, 보다 정확한 이해와 소통이 가능하려면 어떻게 해야 할까.

한 사람이 또 다른 한 사람을 빈틈없이, 오류 없이, 오차 없이, 완벽히 만족시킬 수는 없다. 어떤 노력을 해도, 삶을 전부 받친다 해도 그것은 불가능하다. 그러니 우리는 이 사실을 인정하는 것부터 시작해야 한다. 당신과 내가 불완전한 존재라는 것, 우리의 관계는 언제든 무너질 수 있다는 것, 그러므로 서로에게 완벽함과 완전함을 요구하지 말아야 한다는 것.

○

"음, 우리가 다시 만났더라도 옛날과 다른 뭔가가 시작되진 않았을 것이다. 혹 만나지 않았더라도 마찬가지겠지만. 자신의 자리를 알고 있는 사랑만이 제자리에서 달콤한 실개

천이나 지하의 암반수처럼 계속 살아남는 것이다. 그 위를
덮은 이 새로운 정적과 봉인의 무게를 안은 채 그 어떤 모
험도 무릅쓰지 않고."

– 앨리스 먼로, 『미움, 우정, 구애, 사랑, 결혼』

　주인공은 오래전 어느 여름방학에 함께 어울렸던 친구
마이크를 중년이 되어 우연히 만나게 된다. 그 시절 아침이
면 그와 놀기를 기대하며 하루를 시작하곤 했지만, 그는 어
느 날 예고 없이 사라졌고, 그렇게 헤어짐의 인사조차 하지
못한 채 추억은 종료되고 말았다.

　어떤 마음의 준비도 없이 사라져 버렸기에 더 아름다운
기억으로 남았던 걸까? 주인공은 우연한 재회 앞에서 다시
마음이 흔들리는 것을 느낀다.

　그러나 두 사람의 재회 속 클라이맥스와 같은 장면에서
마이크의 어떤 고백은, 그녀의 흔들림을 가만히 잦아들게
한다. 그녀는 깨닫는다. 오래전 우리가 공유했던 시간과 감
정은 과거의 그 순간, 제자리에서만 원래의 모습을 유지할
수 있다는 것을. 지금 다시 만난 나와 당신은 그때의 우리와
다른 사람이라는 것을.

　　　　　　　　　　　　　　　　사랑이 뭘까, 묻고 싶은 밤

계산으로 안 되는 것, 사랑

— 니콜라 윤, 『에브리씽 에브리씽』

    한 사람에게 자신을 전부 내어 주는 것을 두려워하는 사람들의 이야기를 듣다 보면 알게 된다. 우린 상처 받고 싶지 않아서, 손해보고 싶지 않아서, 몸을 사리는 데 너무나 익숙해졌다는 것을.

    지금 곁에 있는 사람의 어느 부분을 좋아하면서도, 그가 줄 수 없는 또 다른 부분에 대한 아쉬움이 자꾸만 다른 곳을 살펴보게 한다. 좀 더 내게 맞는 사람, 내가 찾고 있는 바로 그에 가까운 사람이 나타나지는 않을까, 하는 기대로 여지를 둔다. 가끔은 각자 다른 매력으로 나의 빈 곳을 채워 주는 여러 명의 좋은 사람을 동시에 곁에 두려고도 한다.

    그러면서 쿨한 척, 상대방에게도 자유롭게 누구든 만나라고 말하거나, 나는 되지만 너는 안 돼, 라는 식의 이기적인 헛소리를 하기도 한다.

그렇게 이리저리 머리를 굴리며, 최대한의 효율을 추구한 사람들은 최적화된 관계를 얻을 수 있었을까? 그렇지 않은 이들보다 더 큰 만족을 느끼고 있을까? 여러 명을 동시에 만나고, 고르고 골라 자신의 부족한 점을 가장 잘 채워 줄 것 같은 상대를 선택해 퍼즐처럼 자신의 삶에 끼워 맞출 때, 더욱 완전체에 가까워졌을까.

그러나 어째서인지 그런 사람들의 이야기 끝엔 늘 '아직' 이라는 단어가 등장한다. 아직 잘 모르겠어, 아직 아닌 것 같아. 아직 못 만났어… 아이러니하게도 확신에 찬 목소리 와 단어들은, 지금 이 관계가 만족스럽다고 말하는 이들은 그들과 정반대의 어리석고 무모한 사람들이다.

계산할 틈 없이, 퍼즐의 빈 공간을 찾아서 신중히 채워 넣 는 요령 따윈 피울 새도 없이. 그냥, 네가 좋아서, 서로가 되 어 버린 사람들. 허술하고 빈틈 많은 단둘뿐인 관계들이 덜 그럭거리면서도 유쾌하게 굴러간다. 단 한 사람에게 자신을 전부 내어 줄 때, 언제든 물러날 수 있는 여지를 없애고 상 대방의 두 손을 꽉 잡았을 때. 두려움과 손익계산은 내던져 버리고, '우리'를 받아들일 때. 그렇게 용기를 내야만 얻을 수 있는 것. 이토록 손익계산에 철저한 세계 안에서, 어리석고 무모한 사람들만이 사랑을 한다.

○

우리는 서로를 마주 바라보고 아무 이유 없이 웃었다. 아니 이유가 없지는 않았다. 세상이 이제 특별하게 느껴졌기 때문이다. 우리 둘이 만났다는 것, 우리 둘이 사랑에 빠졌다는 것, 지금 이 시간 우리 둘이 함께 있다는 건 둘 다 절대 가능하다고 생각하지 못한 일, 아니 그 너머에 있던 일이었다.

– 니콜라 윤, 『에브리씽 에브리씽』

주인공 매들린은 17년 동안 집 안에서만 생활해 왔다. SCID라는 중증복합면역결핍증을 앓고 있어서 세상 모든 것에 알레르기를 일으킬 수 있기 때문에, 완벽하게 무균 처리된 집 안에서만 세상을 바라본다. 그런 그녀에게 불쑥 등장한 옆집 남자애 올리는 처음 겪는 세계의 시작이자 전부

다.

그녀는 올리를 만나고, 그를 통해 세상을 알게 되고, 그를 사랑하고 또 사랑받으며, 둥지를 벗어날 용기를 얻는다. 처음으로 집 밖의 세상을 원하게 된다. 그녀가 이제껏 살아온 세계, 안전한 집 안에서만 머물러 온 삶과는 정반대인, 위험으로 가득 찬 집 밖의 평범한 삶, 자유, 그리고 사랑을.

매들린은 계획한 적 없는, 원하거나 제대로 꿈꿔 본 적 없었던 '사랑'을 만나 버린 것이다. 그녀는 이제 사랑을 위해 자신의 모든 것을 건다. 말 그대로 자신의 삶을 걸고 사랑을 한다. 그리고 결국엔 자신을 걸고 이룬 사랑이, 그녀를 사랑하기 전과는 다른 사람으로 변화시킨다.

사랑이 뭘까, 묻고 싶은 밤

사랑이라는 모험이
끝나면
도착하는 엽서

모험을 싫어하는 평범한 사람조차 피할 수 없는 것. 그게 바로 삶에서 주어지는 가장 난이도가 높은 모험인 사랑이라는 게, 역시나 아이러니해요. 사랑에 대해 쓰면 쓸수록, 수수께끼가 풀리는 것이 아니라 더 복잡해지는 것은 그래서일까요. 마치 지도를 손에 든 채로 길을 잃은 것 같아요.

언젠가, 내 곁의 연인을 이해하려 애쓰고 또 애쓰다가, 너무 많이 좌절한 후에, 그제야 알았어요. 당신을 이해하는 것은 불가능하다는 걸, 그러나 이해불가인 당신을 사랑하는 것은 가능하다는 걸. 그렇게 모순으로 가득한 것이 우리의 연애라는 걸, 뒤늦게 깨달았었죠.

뾰족하고 날카로왔던 내 안의 어떤 부분들이, 시간과 상황의 작용으로 둥글게 마모되어 가는 것은 성숙해지는 것이라 여겨지지만, 어떨 땐 자신의 고유한 부분이 퇴색되는 것은 아닐까 하는 생각도 들어요.

섬세하고 예민한 사람임에도 이런저런 단련을 통해 이만큼 평정심을 가장할 수 있게 되었으니… 여기까지 온 스스로가 대견하기도 하지만, 가끔은 참 안쓰럽기도 하거든요.

아마 당신도 비슷하겠죠?

당신 안의 가장 깊은 곳, 오랫동안 고집스럽게 자기주장을 펼치던 어떤 부분마저, 사랑하느라 조금씩 달라지는 것을 느껴 본 적 있겠죠. 그런 자신의 모습에 놀라기도 하고, 당황스럽기도 했을 거예요.

우린 무엇을 내어 주고 사랑을 얻은 걸까요?

하지만 그렇게 얻은 과거의 사랑은 지금 곁에 없는걸요. 이상하죠, 사랑은 무언가를 앗아 가고, 또 무언가를 남겨요. 마치 먼 곳으로 다녀왔던 여행을 기념하는 엽서처럼.

이제 우린 그곳을 떠나왔고 당신은 곁에 없지만, 나는 그 순간을 기억하죠. 엽서에 적혀 있는 날짜는 오래전이지만, 내 안에 남아 있는 어떤 장면은 마치 어제처럼 생생하니까.

이제 막 도착한 새로운 엽서 한 장을 들여다봐요. 당신이 보낸 것인 줄 알았는데 아니었어요, 당신을 사랑하던 그때의 내가 적어 둔 것이었네요. 한참 당신이라는 미로 안에서 거침 없이 모험을 하며 남긴 기록들이, 그 모든 것이 끝나고 난 뒤 도착했어요.

김지유, 〈편지〉, 45.5×53cm, 장지에 채색, 2020.

김지유, 〈12월의 봄〉, 65.1×80cm, 장지에 채색, 2020.

어떻게 만났어요? 소개팅? 아니면…

— 안드레 애치먼, 『그해, 여름 손님』

어떻게 만났어요? 두 사람은.

우리 이 말 참 많이 하고, 또 듣잖아요. 그래서 어떻게 만났어요? 지금 곁에 있는 그 사람을, 처음 만난 건 언제였어요? 서로를 발견하게 된 바로 그 순간 말이에요.

새로운 사람들을 끊임없이 만나는 일을 하니까, 가끔은 사적인 이야기를 나누는 순간들도 생겨요. 언제나 타인의 사는 이야기를 듣는 걸 좋아하는 나라서(어쩌면 쓰는 사람들의 특징일까요), 이런저런 이야기에 늘 귀를 기울이곤 해요.

학생 시절이야, 당연하다는 듯 주변에 사람이 많으니, 누군가를 만나는 일이 애쓰지 않아도 자연스럽게 일어나죠. 그러나 사회생활을 시작하고 나면, 한 살씩 나이를 더해 갈

수록 어려워지는 것이 새로운 인연을 만나 연인이 되는 일이잖아요.

결국 어느 나이쯤 이후로, 가장 흔한 시작은 역시 '소개팅'이죠. 한 사람이 매개가 되어, 연인을 찾는 (서로의 존재를 모르고 있는) 두 사람을 연결해 주는 것. 몇 가지 요약된 정보와 전화번호, 그리고 사진 한두 장쯤 주고받은 뒤 어느 날, 약속한 장소에서 두 사람은 처음 만나게 되죠.

다양한 이들의 경험담을 모아 보면 재밌어요. 소개팅으로 만나서 행복하게 지내는 커플들의 해피앤딩 스토리와 그 반대편의 수많은 실패담이 뒤섞인 채 존재하지만, 아직까지는 현실세계에서 가장 확실하고 빠르게, 새로운 사람을 만나는 방법임에는 틀림없어 보여요.

물론 두 사람이 만났다고 해서, 전부 연인이 되어 사랑을 찾게 되는 것은 아니죠. 어쩔 땐 혼자 떠난 여행 혹은 출장길에, 비행기 옆자리에 우연히 앉은 누군가와 사랑에 빠지는 것만큼이나 비현실적으로 느껴지기도 해요.

그런데 요즘엔 또 다른 방식으로 새로운 사람을 만나는 일도 꽤나 많아졌다고 하더라고요. 가입자가 수십만, 하루에도 그에 달하는 사람들이 이용한다는 데이팅 앱. 내가 써

본 적 없다고 해서 저 멀리 있는 다른 세상 이야기가 아니더라고요. 마치 이전 시대의 '듀오'처럼, 지금 시대엔 '데이팅 앱'이 새로운 만남을 위한 플랫폼으로 자리 잡은 걸까요? SNS에 익숙한 사람들에겐 사진과 글, 영상으로 자신을 표현하고, 그중 마음에 드는 이를 찾아내서 만나고 하는 것이 자연스러울지도 모르겠어요.

사람들은 끝없이 자신 이외의 한 사람, '우리'가 될 수 있는 타인을 찾아 헤매는 것을 멈출 수 없을 테니까. 그 필요를 충족시키기 위한 다양한 방식의 플랫폼들이 만들어질 테니, 언젠가는 데이팅 앱도 흔하고 구시대적인 것이 되겠죠. (그러나 아직은, 어쩐지 영 와닿지 않는 것은, 역시나 나이를 먹어서일까요? 아니면… 겁이 많아서?)

그래서, 지금 곁에 있는 사람과 어떻게 만났나요?

만나서, '아! 이 사람이구나!' 하고 어떻게 알았어요?

드디어 서로를 발견했다는 사실에 기뻐하며, 이제껏 서로를 모른 채 살아온 날들을 안타까워하며, 앞으로 그보다 더 오랜 시간을 함께 쌓아 가게 될 것을 기대하며. 같은 지구상에 존재하는지조차 모르던 두 사람이, 세상에서 제일 가까운 타인이 되기까지, 그 시작의 순간은 어땠나요?

아마도 누군가의 소개로, 혹은 영화처럼 우연히. 그 시작의 장면이 어떤 것이라도, 두 사람에겐 가장 특별한 기억이겠죠.

그러고 보면, 어떻게 만났으면 어떤가요. 결국, 중요한 건 우리가 만났다는 사실, 지금 함께한다는 현실, 그리고 언제까지나 서로의 곁을 지키겠다는 확신일 텐데.

하나하나 떠올려 보면, 모두 특별했던 처음. 우리의 시작. 사랑이 끝난 뒤에도, 가장 설레었던 기억으로 면죄부를 얻는 유일한 장면. 가끔은 이렇게 묻고 싶어져요. 당신의 가장 설레었던 처음은 언제였을까, 어땠을까, 어쩌면 지금일까, 하고 말이죠.

○

언제나 내 삶의 일부였지만 어디에 있는지 몰라서 찾지 못한 것을 그가 찾도록 도와준 느낌이었다. 꿈이 맞았다. 마침내 집에 온 느낌이었다. "네 이름으로 나를 불러 줘. 내 이름으로 너를 부를게." 태어나 처음 해본 일이었다. 그를 내 이름으로 부르는 순간 나는 그 전에, 어쩌면 그 후에도 타인과 공유한 적 없는 영역으로 들어갔다.

– 안드레 애치먼, 『그해, 여름 손님』

1983년 이탈리아의 여름. 주인공 엘리오는 매년 가족들과 머무는 별장으로 찾아온, 그해의 여름 손님 올리버를 만난다. 매력적인 올리버에게 엘리오는 강렬한 끌림을 느끼고… 17세, 예고 없이 첫사랑이 시작된다. 엘리오는 처음 겪는 감정을 숨기려 애써 보지만, 숨기고 싶은 마음은 어느새 올리버가 알아주기를 바라는 마음으로 모습을 바꾼다. 그렇게 점점 더 간절해져 가는 사랑에 어쩔 줄 몰라 하는 엘리오에게 어느 날 올리버가 말한다. 나도 너를 처음부터 원하고 있었다고.

그리고 두 사람이 처음으로 '우리'가 되는 순간, 서로를 서로의 이름으로 부른다.

사랑하는 사람을 나의 이름으로 부르는 것, 그 사람이 나를 자신의 이름으로 부르는 것은 어떤 의미일까? 내내 나를 부르던 익숙한 이름으로 당신을 부른다면, 아직은 낯선 당신도 평생을 함께 해온 나의 이름처럼 가깝게 느껴질까. 당신이 내가 되고, 내가 당신이 된 것처럼 여겨질까.

　사랑. 내가 아닌 타인이 나이기를 바라게 되는 욕망이자 타인이 나라고 믿게 하는 신앙과 같은 감정. 오직 그런 사랑만이 우리를 비이성적으로, 비과학적으로, 불가능을 꿈꾸게 한다.

마음은 시간과 돈

— 스미노 요루, 『너의 췌장을 먹고 싶어』

누군가 당신에게 마음이 있는지, 알고 싶다고요?

당최 잘 보이지 않는 상대방의 마음이 궁금해서, 타로점이라도 보러 가볼까, 생각하고 있나요? 그렇다면 아주 간단한 답이 있어요. 눈에 보이지 않는 '마음', 누군가의 마음이 당신에게 다가온다면 어떻게 알 수 있을까? 시간, 그리고 돈. 누군가 당신에게 자신의 시간과 돈을 아낌없이 나눠 주고 있다면, 그것은 그의 마음이 당신에게 있다는 뜻이에요. 중요한 것은 반드시 둘 다여야만 한다는 것.

너무 쉽게 단정 짓는 것 아니냐고요? 그렇지만 생각해봐요. 우린 자본주의 사회에서 살아남기 위해 매일 자신의 시간을 돈으로 바꾸잖아요. 가끔은 그렇게 번 돈을 시간과 바

사랑이 뭘까, 묻고 싶은 밤

꾸고요. 그러니 그토록 소중한 것을 당신에게 아낌없이 나눠 주는 것, 그것이 마음이 아니라면 무엇이겠어요.

바쁘고 또 바쁜 와중에, 어떻게든 시간을 내어 당신을 보러 온다면. 당신에게 맛있는 것을 사 먹이고, 좋은 곳에 데려가느라 돈을 쓰는 것이 즐거워 보인다면. 심지어 당신에게 그에 대한 대가 혹은 자신이 준 만큼 돌려받기를 바라지도 않는다면. 그것은 자신의 소중한 것을 당신과 함께하고 싶은, 상대방의 마음이죠.

반대로 생각해 봐요, 당신도 그럴 거예요. 내 마음이 자꾸 가는 그 사람에게, 당신의 시간과 돈을 나눠 주고, 주면서 더 기뻐하죠. 얼마큼 줬는지, 준 만큼 돌려받을 수 있을지 계산하지 않고, 그냥 좋아서 주는 것. 당신의 소중한 시간과 돈을 그 사람과 함께 누릴 때, 혼자일 때보다 더 행복하니까.

그렇게 서로에게 계산 없이, 아까워하지 않고 자신의 것을 나눠 주는 것. 눈에 보이지 않는 마음은 그렇게 눈에 보이는 것으로 확인할 수 있어요. 그러니 누군가의 마음이 헷갈린다면, 곰곰이 생각해 봐요.

어쩐지 내게는 커피 한 잔 사는 것도 망설이는 듯 보이는 사람이, SNS에는 다른 사람들과 어울리며 즐긴 화려한 음식과 장소들로 가득 차 있다면, 그 사람의 마음은 당신에게 있지 않은 거겠죠. 물론 당신도 그럴 거예요. 어떤 이에게는 주고 또 주고, 그러면서도 더 주고 싶은데, 이미 마음이 떠난 이에겐 잠깐의 시간이나 약간의 돈도 쓰고 싶지 않잖아요. 잠시 얼굴이라도 보여 달라고, 집 앞으로 나와 줄 수 있는지 묻는 말조차 귀찮으니까. 그 시간에 당신의 포근한 침대에 누워 넷플릭스를 보는 게 더 행복하게 느껴지니까요.

우린 서로의 마음이 알고 싶어서, 뜬눈으로 밤을 지새우기도 하죠. 타로카드를 신중히 뒤집기도 하고, 주변 사람들에게 '들은 얘긴데—'라며 은근슬쩍 상담도 해보고요. 그런데 실은, 다 알면서, 그저 다른 답이 필요해서 그런 것은 아니었나요? 이미 상대방의 마음이 헷갈리기 시작한 순간, 그 마음이 잘 보이지 않아서 전전긍긍하는 날들이 늘어 간다면, 당신 곁에는 그 사람의 마음이 없다는 것을. 그 사람의 마음이 당신 곁에 꼭 닿아 있었을 땐, 아무것도 궁금하지 않았잖아요.

가끔 우린 그런 말을 하죠, '그 사람에 대한 내 마음을 나도 잘 모르겠어', 어쩌면 그것조차 핑계는 아니었을까. 당신의 마음이 그에게 가 있다면, 망설일 시간에 이미 달려가고 있을 테니까. 함께 밥을 먹고, 영화를 보고, 꽃을 선물하고, 휴가 일정을 맞춰 보고 있을 거예요. 그러니 마음을 알기 위해 필요한 것은 타로카드나 주변 사람들의 조언이 아니라 용기. 자신의 마음을 정직하게 바라보고, 보이는 그대로 받아들일 수 있는 그것이겠죠.

머릿속으로 계산기를 두드리고 있지는 않았나요? 상대방이 관계를 두고 셈하는 듯 느껴지나요? 그런 희미하고 미지근한 마음은 우리, 놓아주기로 해요. 분명히 재고 따지지 않을 만큼, 그럴 필요 없는 선명하고 따뜻한 마음을 만나게 될 테니까.

마음, 눈에 안 보인다고요? 아니요. 어쩌면 가장 잘 보이는 것이 마음일지도 몰라요. 당신의 눈빛, 목소리, 손짓, 그 모든 것에서 당신의 마음이 묻어나는 걸요.

○

아니, 우연이 아냐. 우리는 모두 스스로 선택해서 여기까지

온 거야. 너와 내가 같은 반인 것도, 그날 병원에 있었던 것도, 우연이 아니야. 그렇다고 운명 같은 것도 아니야. 네가 여태껏 해온 선택과 내가 여태껏 해온 선택이 우리를 만나게 했어. 우리는 각자 자신의 의지에 따라 만난 거야.

– 스미노 요루, 『너의 췌장을 먹고 싶어』

우리의 만남이 우연이었다고 말하는 주인공에게 상대방은 단호히 말한다. 우리의 만남은 우연 같은 게 아니라고. 각자 이제껏 해온 선택들이 결국 우리를 만나게 한 거라고. 그러니 우리의 만남은 우리의 의지에 의해 이루어진 것이라고.

쾌활한 성격으로 학교에서 인기가 많은 소녀는 가족 외에는 아무도 모르는 자신의 비밀, 시한부 삶을 살아가는 중이라는 사실을 우연히 병원에서 마주친 주인공에게 들켜 버린다. 놀란 것도 잠시, 두 사람은 비밀을 공유하게 된 것을 계기로 단순히 클래스메이트였던 이전과는 다른 사이가 된다.

췌장암으로 시한부 삶을 사는 소녀와 보내는 시간들. 주인공은 그녀를 알아 갈수록 자신 안으로만 웅크리던 마음이 조금씩 기지개를 켜는 것을 깨닫는다. 아직 어린 나이지만 이미 너무 많은 것을 알아 버린 것 같은 그녀의 말들, 원하지 않는 죽음을 준비하며, 길지 않은 생애를 돌아보다가 알게 되었을 삶의 속성들.

그렇게 둘의 사이가 가까워질수록, 관계에 무심하고 적당히 거리를 두며 살아왔던 주인공은 삶과 관계에 대해 새로운 것들을 깨닫고, 자연스럽게 변해 간다.

우린 모두 언젠가 죽음에 도착하기 때문에, 지금에 함께 머무르고 있는 존재를 언제든 상실할 수 있다. 그러나 누군가와 관계를 만들어 가는 것은 그런 두려움을 감당하고도 해볼 만한 가치가 있다. 그렇게 매번 두려움을 견디고 용기가 필요한 선택을 이어 가는 것이 자신의 의지로 삶을 살아가는 것이니까.

진실한 사랑

― F. 스콧 피츠제럴드, 『리츠 호텔만 한 다이아몬드』

지키지 못할 말을 늘어놓는 연인은 질색이었다. 아니, 그런 사람은 연인이 아닌 누구라도 곁에 두고 싶지 않다.

지키지 못할 말을 하느니 아무 말도 하지 않는 것이 낫다고 여길 만큼, 말만 앞서는 사람이 되고 싶지 않았기에. 지키지 못할 약속은 하고 싶지 않아서, 순간의 진실마저도 냉정하게 따져 보고 입을 열었다. 그러다 보면 대부분은 입을 꾹 다물게 되었지만….

그러니 더욱, 연인의 입에서 나오는 말은 전부 진실이기를 바랐다. 둘 사이의 수많은 약속들이 실은 절반의 진실임을 알면서도. 그것이 이루어질지, 흐지부지 사라질지, 누구도 예상할 수 없음에도.

감정을 드러내거나 사랑을 맹세하거나 불가능한 영원을 둘 사이에 가져오는 말처럼 거대한 것이 아닌, 사소하고 소소한 것들마저 진실을 이야기해야 한다고 여겼다. 말이란 게 얼마나 가변적인지 알아서, 오히려 책임이 무겁다고 여겼으니까. 나처럼 당신도 그러기를 바랐다.

　오늘 한 말을 내일 잊어버릴 만큼 가볍게 취급될 거라면, 차라리 입 밖으로 꺼내지 말았으면 했다. 그런 말은 한 적 없다는 듯 순진한 얼굴로 나를 바라볼 거라면, 내 머릿속의 또렷한 기억을 먼저 지워 주기를 바랐다. 이따가 전화할게-라고 말한 다음 그때가 오면 전화벨이 울리기를, 3시에 데리러 갈게-라고 말한 뒤 5분 전 3시가 되면 도착했다는 메시지가 오기를, 그 영화 같이 보자-라고 말한 얼마쯤 뒤엔 언제로 예매할까 물어보기를.

　너무 작고 사소한 말들.

　우리 사이의 그 모든 말들이 전부 당장의 현실이 아니더라도 얼마 후엔 현실이 되기를, 그리고 저 먼 곳에서 이루어질 약속을 했다면 함께 기억하고 그 순간에 다가가는 즐거움을 누릴 수 있기를 바랐다.

그러나, 그렇게 조심스럽게, 마치 사건을 파헤치듯 감정의 진위여부를 가려가며 내뱉은 사랑들조차, 지키지 못한, 아니 지키지 않은 약속의 시체들로 뒤덮이는 것을 막을 수는 없었다. 우린 영원히 사랑하지 않았고, 서로만을 곁에 두지 않았으며, 함께 가기로 한 곳에 가지 못했으니까. 그렇게 연인의 약속은 낡고, 빛이 바래고, 결국은 무의미해졌다. 우리의 연애는 후회의 책장에 한 칸 자리를 차지하고 말았다.

거짓말쟁이 연인들. 그것은 나와 당신의 또 다른 이름이었지만, 나는 여전히 희망을 버리지 않고 있어. '진실한 사랑'이라는 진부한 표현을 여전히 동경하거든.

○

그래. 갈 테면 가라, 그는 생각했다. 4월은 흘러갔다. 이제 4월은 이미 지나가 버렸다. 이 세상에는 온갖 종류의 사랑이 있건만 똑같은 사랑은 두 번 다시 없을 것이다.

— F. 스콧 피츠제럴드, 『리츠 호텔만 한 다이아몬드』

주인공은 한 여자를 사랑한다. 그녀는 그의 세계의 중심

　　　　　　　　　　　　사랑이 뭘까, 묻고 싶은 밤

이자 모든 것이다. 그녀 외엔 아무것도 중요하지 않다. 그의 삶은 그녀를 기준으로 재구성된다. 그녀를 위해서라면 자신의 삶, 아니 자기 자신조차 어찌 되어도 상관이 없다. 그러나 그토록 순진하고 완전한 사랑이, 아이러니하게도 사랑을 잃게 만든다. 사랑의 열병을 겪느라 일상을 내던져 버린 주인공은 자신을 그렇게 만든 사랑에게 버림받는다. 사랑만을 원했을 뿐인데, 그는 자신의 모든 것을 잃고, 그 모든 것과 바꾸려 했던 단 하나 사랑마저 잃어버리고 만다.

그렇게 사랑을 잃어버린 주인공은 이제 일에 몰두한다. 자신의 젊음을 일과 바꾸고 절망으로 성공을 빚어낸다. 그리고 다시 그녀를 찾아간다.

그러나 돌아간 그 자리에 그의 사랑은 없었다. 과거의 순진하고 완전한 그의 사랑은 이미 지난 것이 되었다. 그는 이전의 그와 다르고 그의 사랑도 이전의 사랑과 다르다. 그제서야 그는 깨닫는다. 이 세상엔 온갖 종류의 사랑이 있으나 그것은 전부 다르다는 것을. 똑같은 사랑은 두 번 다시 없음을.

약속은
자주
죽어 버린다

많은 약속은 하루살이와 같다. 사람 수명의 기본값이 백 년
이 된 지금도, 여전히 약속은 너무 일찍 죽어 버린다. 하루살
이라고 적었지만 그보다 못한 것들도 흔하다. 마치 영원의 부
속품처럼 여겨지는 약속이지만, 약속만큼 그것을 자주 배신하
는 것도 없다. 가끔, 아주 드물게, 생각보다 오래 살아남는 것
이 있지만, 그것이 나의 약속이거나 내게 주어진 약속이 되는
것은 쉽지 않다.

너무 일찍, 약속의 시체들이 쌓여 있는 것을 보았다. 지켜
지지 않았던, 지키지 못했던, 지나온 날들의 흔적과 엉겨 붙은
무수한 죽어 버린 약속들의 덩어리. 약속이란 관계 안에서 발
생하는 것이기에 지켜지지 않은 약속들의 결과물은 후회 혹
은 실망이다. 내가 나에게 하는 약속조차 나와의 관계를 더 견

고하게 만들어 주거나 멀어지게 한다. 나밖에 모르는 자신과의 약속조차 이렇다면 타인과의 관계 안에서의 약속은 어떨까, 그것은 언제나 결정적인 역할을 차지한다. 약속을 주고받은 두 사람의 삶을 단단히 엮어 서로를 꽉 붙들게 하거나 다시는 이어질 수 없도록 단호하게 잘라 버린다.

나이를 더해 갈수록, 영원과 약속이라는 단어에 신뢰를 잃어 간다. 약속이란 지키기 위해 하는 것이라고 믿었는데, 실은 지켜지는 것보다 지켜지지 않는 것이 대부분이라는 것을, 알고 싶지 않았으나 알아 버리고 말았다. 그렇게 약속을 점점 두려워하게 되는 것이다. 아주 사소한 약속조차 내뱉는 것에 신중해지고, 자신에게 하는 약속에도 인색해진다. 타인에게 약속을 말하게 될까 봐, 타인의 약속을 듣게 될까 봐, 조심스럽게 입과 귀를 여미고 피해 가는 요령을 익혔다.

약속은 삶과 죽음만큼이나, 탄생하는 순간의 찬란함과 소멸하는 순간의 처연함 사이의 간극이 너무 커서, 그것의 탄생 앞에서 기뻐하고 죽음 앞에서 슬퍼하지 않을 수 없다. 약속이란, 영원히 머물고 싶은 순간 서로에게 내뱉게 되는 것이라 아름답지 않을 수 없으니까. 그러나 아름다운 기억의 낡아버린 뒤태, 녹이 슨 약속의 모습을 보는 것은 괴롭다. 두 사람의 이

름과 지켜지지 않은 약속이 적힌 자물쇠가 잔뜩 매달려 있는
철조망의 부식된 자리에서 나는 쿰쿰한 냄새를, 약속의 시체
들이 썩는 냄새를 어찌 견뎌야 할까, 아름다웠던 첫 모습을 떠
올리기 힘들 만큼 역하고 남루하고 흉물스러운 그것들을 어찌
두려워하지 않을 수 있을까.

약속은 가볍게 왔다가 무겁게 내려앉고, 지켜지지 않은 것
일수록 고집스럽게 매달린다. 그러나 사는 내내 겁먹은 채 못
본척하며 지낼 수도 없다. 약속 없이 사는 삶이란 발이 땅이
닿지 않은 채로 걷는 것처럼 허무하니까. 나는 먼저 스스로에
게 이런저런 약속들을 해본다. 타인의 약속과 마주칠까 봐 길
을 피하고 싶어지는 순간에는 마음의 벽에 채워진 녹이 슨 자
물쇠들이 동시에 고리가 열려 후드득 떨어지는 상상을 해본
다. 상상은 어느 순간 현실이 되어 벽을 허무는 법을, 산을 이
룬 그것들을 소각하는 법을 알아 간다. 매달리는 과거를 가볍
게 툭 쳐내는 무심함에 능숙해진다.
지키지 못한 약속과 지켜지지 못한 약속들을 충분히 애도
한 뒤에는 상처와 낙서로 훼손된 벽마저 부숴 버려도 괜찮다.
삶의 모든 장면을 간직할 필요는 없다. 이미 낡아진 것, 필요
없어진 것들을 부지런히 비워 내는 일은 꼭 물건에만 적용되

는 것은 아니다. 잘 살아가기 위해서, 계속 생을 이어가기 위해서는 기억도, 약속도, 비우는 것을 잊으면 안된다. 그렇게 텅빈 자리에 깨끗한 바람이 오가기 시작하면 다시, 가벼운 마음으로 살아가면 된다.

어쩌면 우리가 약속에게 너무 무거운 기대를 걸어 둔 건 아니었을까. 사는 일과 사랑하는 일이 그렇듯 약속도 그저 지켜지거나 지키지 못하거나 그뿐인 것을.

매일 시시콜콜한 이야기를 나누자

— 마쓰이에 마사시, 『우아한지 어떤지 모르는』

나 왜 이렇게 시시콜콜한 이야기를 하고 있지?

응? 우리 매일 나누는 이야기가 시시콜콜한 것들이지. 우리 그러려고 연인이 된 거지. 누구에게도 별로 말하고 싶지 않은 시시콜콜한 일상, 이야기할 필요도 없는 자질구레한 일상을 서로에게 알려 주려고.

아침에 시리얼을 먹었는지, 모닝빵을 먹었는지. 갑작스럽게 차를 점검해야 해서 점심시간을 모두 썼다든가. 아침에 커피 마시러 간 카페가 그날따라 정기휴무여서 덜덜 떨면서 편의점 커피를 마신 일들. 중요하지 않은 장면들, 그러나 우리의 삶 대부분을 차지하는 시시콜콜한 순간들을 세상에서 가장 재밌고 중요한 일인 것처럼 들어주고 싶으니까. 이야기하고 싶으니까, 당신에게만.

타인에 대해서 진정으로 알고 싶다면, 우리가 할 수 있는 일은 무엇이 있을까? 당신이 어떤 사람인지, 어떤 삶을 살아가고 있는지, 어떻게 해야 알 수 있을까. 나라는 사람에 대해서, 당신에게 알려 주려면 어떻게 해야 할까. 아마도 우리에겐 단 한 가지 방법만 주어졌는지도 모른다. 서로에게 시간을 들이는 것, '함께'라는 단어를 오랫동안 품는 것. 마주 앉아서 밥을 먹고, 커피를 마시고, 나란히 서서 길을 걷고, 영화를 보고, 팔과 다리가 얽힌 채로 잠을 자고, 익숙한 곳에 머물거나 낯선 곳으로 떠나기도 하며, 그렇게 함께 시간을 보내는 것. 수없이 많은 장면들을 수집하는 일을 멈추지 않고 부지런히 하는 것.

오직 한 사람을 알기 위해, 우리는 알고 싶은 마음에 비례해서 성능을 업그레이드 하는 슈퍼컴퓨터가 된다. 그렇게 내가 아닌 타인에 대해서 배워 간다. 언젠가는 당신을 백퍼센트 정확하게 예상할 수 있기를 기대하면서. 언제 잠들고 언제 일어나는지, 아침밥으로 먹는 걸 좋아하는 메뉴는 무엇인지, 하루 중 어느 시간을 가장 좋아하는지, 선호하는 계절과 색, 촉감과 향, 특이한 잠버릇, 못 먹는 음식, 인생 영화와 책, 음악과 도시… 사랑과 이별의 기억, 상처를 견디는 방식과 두려움을 대하는 태도까지. 끝이라고는 없는 한 사람에 대한 무한한 정보들을 매일매일 공들여서 수집한다. 그렇게 우린 같은 점과 다른 점, 약간 비슷하거나 조금 다른 점, 어쩐지 내가 당신에게 맞춰 주고 싶은 것, 아무리 당신이라도 절대 바꾸기 힘든 것, 그런 것들을 찾아내고, 서로 다른 크기의 손바닥을 마주 대며 즐거워하듯 신기해한다.

내가 아닌 타인을 안다는 것은 뭘까. 누군가를 곁에 두게 되면 스스로에게 묻게 된다. 자신을 알아 가는 일조차 사는 내내 해낼 수 있을지 확신하지 못하면서, 그렇게 서툰 우리가 타인을 받아들이는 것, 누군가를 이해하는 것, 알아 가는 것이 가능한 걸까. 어릴 땐 한두 가지 장면만으로도 누군가를 전부 알아 버렸다며 시시해했다. 타인은 나의 단면만을 보고, 그와 다른 모습을 발견할 때마다 내게 변했다고 말했다. 그렇게 서로를 잘못 알고, 오해하고, 실망한 뒤에 급히 뒤돌아 섰던 날들. 누구의 잘못인지 따져 보는 것조차 하지 않고, 그저 서로를 탓하면서, 나를 탓하는 타인을 외면하며.

그러나 이젠 이것 하나는 확실히 알 것 같다. 아니, 분명히 알게 되었다. 많은 날들을 서툴게 지나오며 상처와 상처를 주고받고, 또 아무는 시간을 견뎌 내고 나서야. 나는 영원히 당신을 전부 알 수 없을 거라는 것을. 나는 자신에 대해서도 종종 오해하고 계속해서 수정해 가고 있으니까. 당신에 대해서도 오늘 알게 된 모습에 놀라워하며 어제의 메모를 수정해야 하는 일이 자주 있을 것이 분명하니까.

그러므로, 앞으로는 곁에 둔 당신을 알아 가는 일을 멈추지 않겠다고 생각한다. 곁에 둘 당신에게 쉽게 질려 하지 않겠다고. 스스로에 대해서, 날 때부터 여태껏 단 한 순간도 떨어져 본 적 없는 자신에 대해서 알아 가는 것도 이렇게나 애를 써야 하는데, 새로운 등장인물인 당신을 알아 가는 일은 그보다 더 시간이 필요한 일일 테니까.

각자의 삶을 살아오며 이렇게 만들어진 우리가 서로를 발견하고, 서로를 알기 위한 공부를 시작하는 것. 아마도 각자 살아온 시간만큼을 들여야 겨우, 작은 실마리를 찾을 수 있지 않을까.

좋아하는 마음이 살아 있는 동안, 그러니까 당신이 내 안에 담겨 있는 내내, 내가 당신 안에서 살아 숨 쉬는 시간 동안에. 우리는 서로에 대해 시시콜콜한 이야기를 나누게 될 거야. 함께 시간을 보내는 것, 각자의 일상을 보내는 순간을 이야기하는 것. 당신의 시시콜콜한 일상의 장면들을 도토리

를 모으는 다람쥐처럼 성실하게 주워 담을 거야. 당신이라
는 퍼즐을 즐겁게 맞춰 가고 있으니까. 언젠가 멋진 그림으
로 완성되기를 기대하면서.

○

아니.

나는 멈춰 서듯 다시 생각했다.

그래서는 언제까지고 타인이다.

그런 관계로 만족할 생각인가.

가나와 함께 밥을 먹고, 함께 자고, 시시한 이야기를 하며
함께 웃고 싶다. 나이를 먹어서 정신이 흐려질 때까지. 아
니, 흐려진 뒤로도.

  ……

몇 번이고 가나와 이야기하자. 집이 완성되고 나서도 늦지
않다. 우아하다는 말은 이제 그만 듣고 싶다.

– 마쓰이에 마사시, 『우아한지 어떤지 모르는』

주인공 마흔여덟 살의 다다시는 우아한 돌싱남이다. 취향

사랑이 뭘까, 묻고 싶은 밤

도, 성격도 전혀 달랐던 아내와의 결혼생활은 거래처 여직원 가나와의 불륜 사실이 드러나 끝이 났다. 아내가 이혼을 요구했을 때는 이미 가나와 헤어진 후였지만, 다다시는 순순히 이혼을 받아들이고 집을 나왔다.

그렇게 집을 나와 혼자서 오랫동안 살아갈 집을 찾던 중 운이 좋게 마음에 꼭 드는 곳을 만나게 되고, 그곳을 자신의 취향에 맞게 고쳐 가며 새로운 형태의 삶에 적응해 가는 중이다. 아마도 이렇게 우아하고 고요하게, 간결한 혼자로, 생의 후반부를 보내게 되리라 생각하면서.

그러던 어느 날, 우연히 국숫집에서 옛 연인 가나와 재회하게 된다. 이사한 새집 근처에서 아버지와 살고 있다는 그녀. 자연스럽게 두 사람은 다시 가까워지게 되고, 다다시는 그녀의 아버지와 관련한 일에 도움을 준다. 그리고 두 사람은 연인이었던 과거와는 또 다른 새로운 관계로 발전하게 된다.

예상치 못한 재회로 시작된 가나와의 두 번째 연애는 몸이 불편한 연인의 아버지로 인해 전혀 우아하지 않다. 취향껏 꾸민 아름다운 집에서 가볍게 살아가는 중년의 1인분의 삶과는 거리가 멀다. 배려와 인내, 희생과 합의, 노력과 솔직함 같은 것들이 끝없이 필요하다. 어쩌면 다다시의 젊은 시절 결혼생활보다도 더.

그러나 다다시는 연인의 아버지를 함께 돌보겠다고 결심하고 가나에게 동거를 제안한다. 이제야 여유를 가지고 관계를 만들어 갈 수 있는 요령이 생긴 걸까? 이 정도 삶을 살아 보고 나서야, 실패라고 말하기엔 슬프지만 많은 실수를 저질렀던 결혼생활을 정리하고 나서야, 소중한 타인과 함께 삶을 살아갈 각오를 다질 수 있게 된 것일까. 우아하다는 말은 이제 그만 듣고 싶다고 고백하는 주인공에게 한 번쯤 물어볼 수 있다면….

연애의 기억 속 연인과의 추억

— 손원평, 『프리즘』

　연애란 단둘이서만 아는 것들을 부지런히 만드는 과정. 두 사람만 쓸 수 있는 암호와 같은 말장난, 연인만 이해하는 장난스러운 몸짓 같은 것들을 차곡차곡 쌓아 가는 시간들.

　혼자 겪은 일은 머릿속에 기억으로 저장되지만, 둘이서 겪은 일은 추억이 되어 둘 사이의 앨범에 간직된다. 기억과 추억이란 사전적 의미와는 또 다르게, 그런 차이가 있다.

　언제든 혼자서 떠올리고 곱씹어 볼 수 있는 기억은, 실은 타인과 공유하는 것이 불가능하다. 아무리 세밀하게 묘사해도 자신의 머릿속에만 존재하는 기억은 타인에게 완벽히 전달되지 않으니까. 그 순간을 함께 겪지 않는 이상 알 수 없는 것들이 너무 많다. 직접 경험한 것과 누군가의 입을 통해 어떤 순간을 전해 듣는 것 사이엔 좁힐 수 없는 간극이 있다.

추억은 그 순간을 함께 겪은 타인이 있을 때 만들어진다. 당신이 경험한 그 장면 속에 함께 등장하는 타인. 그 순간의 당신을 지켜봤던 관중이자 또 다른 주인공. 두 사람이 어떤 순간을 지나오며 그때를 함께 겪고 있는 상대방을 지켜봤기에, 동시에 떠올리며 이야기를 나눌 수 있는 과거. 그것을 두 사람의 추억이라고 말할 수 있지 않을까.

그러니 연인이란 가장 부지런히 추억을 쌓아 가는 사람들이다. 둘이 주인공으로 등장했던 순간들이 두 사람만 아는 암호와 같은 장면들로 저장된다. 함께 갔던 어느 카페의 불편했던 의자는 이후로 카페에 함께 갈 때마다 농담거리가 되고, 처음 함께 마셨던 술은 그 후로 마시는 술들의 비교 기준이 된다. 함께 본 영화, 읽은 글, 언젠가 연인이 했던 말, 그런 단둘이서만 겪었던 것들이 시간에 비례해 쌓여 갈수록, 연인은 차츰 당신의 추억이 담긴 앨범이 되어 간다.

어느 순간 상대방이 자신의 '기억'으로 남지 않기를 바라며, 쌓여 가는 두 사람만의 '추억'들을 소중히 다루는 연인들. '연애의 기억'과 '연인과의 추억'이란 닮은 듯 참 다르다.

　　　　　　　　　　　　　사랑이 뭘까, 묻고 싶은 밤

○

프리즘을 조심스레 집어 들어 흰 벽에 대고 햇빛을 통과시
켰다. 작은 조각이 뻗어 내는 아름다운 빛깔. 길고 짧은 파
장의 빛이 벽 위로 자연스럽게 용해되어 색깔은 분명하지
만 색간의 경계는 흐릿한 부드러운 무지개를 만들어 낸다.
누가 내게 다가온다면 난 이렇게 반짝일 수 있을까.
또 나는 누군가에게 다정하고 찬란한 빛을 뿜어내게 하는
존재가 될 수 있을까.
그랬으면 좋겠다. 누군가를 빛내 주는 빛나는 사람이 되고
싶다.

– 손원평,『프리즘』

소설엔 네 사람이 등장한다. 제각기 사랑에 대한 다른 정
의를 내린 사람들이.

같은 건물에서 일하는 예진과 도원은 점심시간이면 건물
1층에서 나란히 앉아 커피를 마신다. 적당한 거리를 두고 별
뜻 없는 가벼운 대화를 나누며. 두 사람 중 누군가 살짝 다
가간다면 더 가까운 사이가 될 수 있을 것 같지만, 관계는
제자리를 지킬 뿐이다. 그리고 또 다른 두 사람, 얼마 전 남

편과 이혼한 재인과 그녀의 베이커리에서 아르바이트 중인 호계가 등장한다. 우연한 계기로 예진과 호계가 만나게 되고, 네 사람은 함께 연극을 보게 된다.

그날이 계기가 되어 네 사람의 사이는 헝클어져 새롭게 얽히고, 사랑은 늘 그렇듯 어긋나거나 이루어진다.

굳이 소설 속에서 찾을 필요 없이, 사랑은 늘 우연히 시작되고 예상치 못하게 끝이 나니까. 짧지 않은 시간의 간격을 건너 운명처럼 재회하거나, 다시는 마주치는 일 없이 소멸한다. 인연은 질기게 이어지기도, 허무하게 끊어져 버리기도 한다. 그런 사랑의 피고 지는 흐름 앞에서 누군가를 탓하기엔 그저 그 자체로 사랑의 속성일 뿐.

그렇게 사는 내내 반복되는 사랑의 탄생과 죽음, 그리고 재탄생. 우린 모든 빛을 잃었다가도 다시 한 번 찬란하게 빛난다. 아이러니하게도 사랑의 그을음이 남은 자리에서 또 다른 새 사랑이 아름답게 피어난다.

당신의 잠과 밤을 지켜 준 타인

— 무라카미 하루키, 『일인칭 단수』

타국에서의 어느 밤. 뒤척이는 자신을 위해, 잠들 때까지 끌어안고 토닥여 주었던 타인에 관해 적은 어느 시인의 글을 읽다가, 떠올려 보는 것이다. 나를 품에 안고 재워 주었던 타인을.

내가 잠드는 것을 지켜봐 준 누군가. 하루가 끝나고 누운 침대 위에서, 뒤척이는 나를 안고 가만히 등을 토닥여 주던 타인을.

혹은 마주 보고 모로 누워, 손을 잡은 채로 속닥거리던 어느 밤, 눈에 익은 어둠 속에서 더 포근하게 느껴지던 타인의 눈빛. 나지막하게 들려오던 목소리에 마음이 놓이던 새벽, 그러다가 나도 모르게 스며든 잠에 기대어 두 눈을 감았던. 내 잠과 밤을 지켜 주었던 파수꾼, 그 다정한 타인을.

반대로 나는 누군가의 잠을 기다려 준 적이 있었나, 한 번 더 떠올려 본다. 당신의 이마를 가만히 쓸어 보고, 등을 토 닥이고, 작은 목소리로 이야기를 들려주고, 꼭 쥔 손을 꼼지 락거리며 체온을 나눠 주면, 마음 놓고 두 눈을 스르륵 감는 당신의 얼굴을 지켜보던 밤. 고른 숨소리를 확인하고 나서 야 내 두 눈도 마저 감을 수 있었던 새벽.

이미 혼자서 잠드는 것이 익숙한 사람들에게, 타인과 함 께 잠드는 순간은 유의미하다. 타인의 곁에서 먼저 잠든다 는 것은 무방비 상태의 자신을 그에게 내어 주는 것이니까. 내 곁의 당신이 나에게 완전히 무해한 사람이라는 확신 없 이는 절대 할 수 없는 일이니까. 심지어 그가 나의 잠을 지 켜 줄 거라 믿는 순간에만 꿈 없이, 설익은 겉잠이 아닌 깊 은 잠에 들 수 있으니까.

그러니 겁 없이 누군가를 믿는다는 것은, 그가 당신을 믿 고 있다는 것을 확인하는 방법은, 함께 잠드는 것이다.

오랜 친구와 떠난 긴 여행에서, 많은 날을 나란히 잠들며, 그가 내 삶에 존재하는 것이 너무 당연한 사실임을 여러 번 확인한다. 커다란 침대에 나란히 누워 이야기 나누는 밤과 새벽, 늦은 아침. 조식을 먹으러 나갈까, 먼저 씻을래, 음악은 무엇을 틀까, 그런 일상의 순간을 나누다가 둘 중 누구라도 먼저 잠들거나 일어나도 괜찮은 사이.

연인과의 순간은 어떤가. 침대 위에서 캐러멜이 되곤 하는 연인들은, 마치 녹아서 하나가 되기라도 할 것처럼 따끈하게 데워진 채 얽혀 든다. 그러다가 누구든 먼저 잠이 들어 깊어진 숨소리가 들려오면, 가만히 그 소리에 귀 기울이다가 다른 한 사람도 따라서 잠이 든다. 연인들은 서로의 잠이 연결되기라도 한 것처럼, 녹아서 끈적해진 캐러멜처럼 달라붙어서는 잠이 든다. 그렇게 제각기 잠에 빠져들었다가도 손끝에 닿은 연인을 끌어당겨 다시 품에 안고, 품에 안긴 채, 나란히 한 번 더 깊은 잠에 든다.

타인의 곁에서 잠들었던 날들을 떠올려 본다. 설레거나 불편했던, 즐겁거나 차가웠던, 들뜨고 유쾌했던, 편안하고 안락했던 순간들. 침대의 옆자리에 나와 다른 무게의 존재가 자리했다는 사실에 기대어 잠들기도 했고, 뜬눈으로 지새운 적도 있었다. 잘 기억나지 않는 희미해진 밤도, 여전히 또렷하게 기억하는 새벽도 있었다.

긴 머리칼을 오래도록 쓸어 넘겨주던 타인의 따스한 손길에, 어수선한 마음도 정리되는 것 같았던 날. 잠들 수 없을 것 같았던 그 밤을 덕분에 수월하게 건널 수 있었다. 아주 어릴 적 부모 곁에서 능숙하게 잠들던 날에서 한없이 멀어진 후로, 우리는 타인의 곁에서 잠드는 법을 새로 익힌다. 그러기 위해서, 신뢰할 수 있는 타인을 애써 찾아내어 사랑하는지도 모른다. '내 잠을 맡아 주겠어요'라고 묻고 싶은 당신을 발견하면 기뻐지니까. 당신이 뒤척이는 밤이 온다면, '내가 재워 줄게요'라고 말하고 싶어서.

○

하지만 설령 사랑이 사라져도, 사랑을 이루지 못한다 해도, 내가 누군가를 사랑했다, 연모했다는 기억은 변함없이 간직할 수 있습니다. 그것 또한 우리에게 귀중한 열원이 됩니다. 만약 그런 열원이 없다면 사람의 마음은 —그리고 원숭이의 마음도— 풀 한 포기 없는 혹한의 황야가 되고 말겠지요. 그 대지에는 온종일 해가 비치지 않고, 안녕安寧이라는 풀꽃도, 희망이라는 수목도 자라지 않겠지요.

— 무라카미 하루키, 『일인칭 단수』

사랑이 뭘까, 묻고 싶은 밤

소설 속에서 원숭이는 주인공에게 자신의 사랑이야기를 고백하며 말한다. 사랑이 이루어지지 않았다 해도, 연모했던 기억은 간직할 수 있다고. 그런 귀중한 열원이 없다면 사람처럼 원숭이의 마음도 황야가 되고 말거라고. 하루키의 소설에서 영리한 원숭이가 등장하는 것은 낯설지 않지만, '사랑'을 하고, 사랑에 대한 지론을 펼치는 원숭이라니. 아마도 원숭이의 입을 빌어 듣게 된 하루키의 이야기겠지만.

사랑이란 그 존재만으로도 유의미한, 극소수의 것들 중 하나다. 우리가 한 번의 생을 사는 동안 엄청난 무언가를 이루지 못한다 해도, 매번 시도할 때마다 작은 성공과 실패를 오가고, 희망과 실망 사이에서 오락가락 한다 해도, 존재만으로 완전한 가치를 지니듯. 사랑 또한 사람처럼, 이루어져도 이루어지지 않아도, 오래도록 이어져도 스치듯 닿았다가 사그라져 버려도, 그 기억만으로도 어떤 흔적을 남기니까. 그렇게 사랑은 한 사람의 생을 아름다운 무늬로 수놓는다. 아름다운 무늬가 새겨진 각자의 생을 추억하며 살아간다.

울고 싶어지거나
울 수조차
없었던

사랑이 끝나던 날에, 당신은 울었나요. 아니면 사랑이 끝난 줄도 모른 채, 이미 재가 되어 버린 사랑의 흔적을 툭툭 털어 내고 있는 연인의 앞에서 철없이 웃고 있었나요. 알면서, 다 알면서도 모른 척하고 싶은 마음에 자꾸만 실없는 소리만 던지지는 않았는지. 혹은 이미 불씨마저 사그라든 제 안의 사랑을 발견하고 쓸쓸해진 채로, 애써 내 마음을 돌려 보려는 연인의 간절한 얼굴에 어쩔 줄 몰라 했는지.

아마도, 이 모든 장면의 주연이자 상대역으로 매번 자리를 옮겨 가며 살아왔겠죠. 내가 그랬듯이, 당신도.

반드시 두 사람이 이별을 말하는 날이 사랑의 끝은 아니라는 걸, 이제 우리는 알아요. 여러 번의 사랑이 당신 안에서, 그리고 내 안에서, 발화하고 타오르다가 그만 사그라들기를 반

사랑이 뭘까, 묻고 싶은 밤

복하면서 배운 것들이죠. 사랑의 흔적들이 모두 재가 되어서 가벼운 바람에 흩날리는 순간의 쓸쓸함을 통해서 알게 된 것들이죠.

심지어 어느 사랑은 활짝 꽃 피우기도 전에, 작은 씨앗이 싹을 틔운 것을 충분히 반가워해 주지도 못한 채로 썩어 가는 것을 봐야 했고, 그것을 파내던 날엔 망가진 두 손 보다도 파헤쳐진 마음이 더 엉망이 되어 버렸으니까.

잘 자라던 사랑이 예기치 못한 폭우나 갑작스러운 한파에 툭 하고 꺾여 버리는 것은 또 얼마나 흔한 장면인가요. 아프단 비명도 지르지 못한 채로, 찰나의 아름다움과 기억나지 않는 희미한 향만 남겨 두고 죽어 버렸던 사랑들.

이 모든 사랑의 죽음들 중에서도 가장 슬픈 것은 어쩌면 잘 꽃 피운 사랑이 열매를 맺고, 연인의 존재가 이미 내 삶의 일부가 되었을 때, 비일상의 당신이 나의 일상이 된 후에 온 조용한 끝, 아니었을까요. 이별이 다가오는 것을 분명히 예감하고, 담담하게 그것이 도착하기를 기다린 후에 맞이하는, 두 사람의 합의된 이별. 당신도, 나도, 이별을 듣는 이와 말하는 이, 그게 누구의 역할이어도 상관없는 소멸에 가까운 사랑의 끝은, 이의 제기할 이 없음이 더 슬펐으니까요.

사랑의 시작에 대해, 그 눈부신 설렘의 순간에 대해 너무 많이 알고 있는 것과는 달리, 우리는 이토록 다양한, 사랑의 끝에 대해서는 얼마나 무지한가요. 덕분에 몇 번이고 겪을 때마다 처음처럼 허둥대고, 당황하고 말잖아요. 지나온 이별이 모두 아문 자리 위에 한 번 더 새롭게 남겨지는 상처를, 그저 바라보는 것 말고는 별 수 없었으니까.

아무리 반복해도 두근거리는 탓에 가만히 한 손을 가슴에 얹어 두게 되는 것은 사랑의 시작. 사랑의 끝은 그렇게 요동치던 설렘이 사그라드는 것을 붙잡으려고 양손으로 가슴을 여미는 것. 그 아릿한 통증과 치미는 슬픔, 후회와 그 뒤를 따르는 수많은 이름의 비애, 영영 반가워할 수 없는 것들의 입장을 막지 못해서 울고 싶어 지는 그때. 당신은 큰 소리로 울고 말았나요, 아니면 울음조차 나오지 않아서 그만, 그 자리에 그림자처럼 가라앉아 버렸나요.

이은지, 〈폐허 02〉, 90.9×65.1cm, oil pastel on canvas, 2021.

이은지, 〈폐허 03〉, 116.8×80.3cm, oil pastel on canvas, 2021.

사랑이 뭘까, 묻고 싶은 밤

나와 당신 사이의 거리가 사라질 때

— 로런 그로프, 『운명과 분노』

신기해. 우리 절대로 타인을 이렇게 만지지 않잖아. 누구도 나에게 이렇게 손대게 하지 않잖아.

그렇지. 아기를 제외하면, 가족 간에도, 친구 사이에도, 그 누구와도 당연하게 적당한 거리를 유지하지. 아무리 가까운 사이라 해도, 두 사람의 타인이 맨몸으로 서로를 안지는 않으니까.

그러니 연인이란 정말 특별한 존재야. 이 세상에 단 한 사람, 나를 가장 가까이에서 바라보는 사람이니까. 내게 그렇게 해주길 바라는 사람, 그렇게 해도 된다고 허락한 사람, 그리고 나 또한 그렇게 해주고 싶은 사람.

둘 사이에 거리를 없애는 것이 가능한, 유일한 타인. 모든 것을 드러낸 채로 서로를 안는 존재. 두 눈, 두 손, 입과 코,

귀, 결국엔 온몸으로, 서로를 어루만지는 관계. 심지어 나보다 나를 더 많이 만져 보는 타인. 내 손이 닿지 않는 곳조차, 나는 볼 수 없는 내 몸의 어딘가도, 하나도 빠짐없이 탐험하는 타인. 그렇게 해도 좋다고 허락한 나 이외의 유일한 존재 말이야.

정말 신기하지, 어떻게 이럴 수 있을까. 아무런 꾸밈없이, 무방비 상태의 서로를 끌어안는 이유가 '사랑'이라니. 이토록 슬프고 위험한 세계 안에서, 이렇게 아름다운 이유로 타인을 대하는 게 가능하다니.

○

어떤 시각에서 보느냐의 문제. 태양의 위치에서 보면 결국 인류란 추상에 지나지 않는다. 지구는 그저 회전하며 깜박거리는 빛일 뿐이다. 가까이서 보면 되는 다른 매듭들 사이에 위치한 하나의 빛의 매듭이고, 더 가까이서 보면 건물들이 서서히 분리되고 희미한 빛을 뿜는다. 새벽녘의 창문에는 변함없이 사람들의 모습이 나타난다. 구체적인 것은 한 곳에 초점을 맞출 때에야 보인다. 콧구멍 옆의 점, 잠자는 동안 건조해진 아랫입술에 들러붙은 치아, 겨드랑이의 종잇장 같은 피부.

- 로런 그로프, 『운명과 분노』

두 개의 챕터로 나뉜 두툼한 소설책, 그 안의 주인공인 두 사람은 대학에서 만나 결혼한 부부로 누가 봐도 완벽한 호흡을 자랑하는 커플이다. 서로를 만난 후로 삶의 모든 것을 공유하고, 서로가 없이는 각자의 삶이 완성되지 않을 것만 같은, 꼭 들어맞는 퍼즐조각처럼 보인다. 어쩌면 거울 앞에 서서 자신을 들여다보듯, 서로를 투명하게 비추는 상대방을 마치 또 다른 자신으로 여기며 사랑하는 것 같다. 여자와 남자, 그렇게 시작된 관계가 해와 달, 산과 바다, 기쁨과 슬픔으로 확장된다.

그렇게 거대한 우주 안에서 희미한 점에 가까운 두 사람이 만나 부부가 되고, 두 개의 삶이 녹아들어 뒤섞여 하나의 무언가로 재탄생된다. 두 사람이 만나고, 서로를 삶에 들여놓고 또 들어감으로 인해 새로운 세계를 창조한 것이다.

그러나 책을 다 읽고 난 후 알게 된 것은 뜨거운 사랑이 아니었다. 운명의 상대와 진실된 사랑을 이룬 이야기가 아닌, 서로를 전혀 알지 못했던 두 사람의 고백. 운명에 의해 삶을 살아간 한 사람과 분노로 삶을 견뎌 낸 한 사람이, 사랑이라는 단어를 함께 뒤집어쓴 채 열연한 연극을 보고 난 것 같은 허탈함을 느끼며 마지막 장을 덮었으니까.

저 멀리서 당신을 발견했을 땐 그저 주변의 많은 사람들과 비슷한 존재에 불과했지만, 가까이 다가가 당신의 구석구석에 초점을 맞추면 그제야 많은 것들이 제대로 보인다. 웃을 때 습관처럼 당기는 입꼬리, 장난스럽게 그려 놓은 낙서 같은 이마의 주름, 귓바퀴에 숨겨진 작은 점, 가슴팍에 남아 있는 오래된 흉터 같은 것들…. 당신이 당신이라고 바깥으로 내보이는 것들이 아닌, 당신 안에서 차곡차곡 당신을 채워 온 것들이. 우리가 서로를 알기 위해서는 그런 것들을 알아볼 수 있어야 한다. 일부러 보여 주지 않는 것들, 당신의 가장 깊은 곳에 남아 있는 생의 흔적들….

연인의 과거를 사랑하는 것은

— 레이첼 조이스, 『뮤직숍』

지나간 인연들은 당신에게 무엇을 남겼을까.

이미 오래전 멀어져 버린 과거의 사람들. 사람은 사라졌지만, 그가 건넨 어떤 것들은 여전히 당신 안에 남아 있다. 하나의 특별한 타인을 연인이라 부르게 되면 벌어지는 일. 당신은 연인에게, 당신의 연인은 당신에게, 우리는 서로에게 많은 것을 주고 또 받는다.

이제까지 살아온 모든 순간이 담긴 한 사람, 그런 타인이 내게 온다는 것은 어떤 의미일까.

사는 내내 몰랐던 한 시인의 글을, 당신 덕분에 알게 된 어느 날. 그 후로 많은 시간이 흘러 당신은 곁에 없지만, 시인의 글은 여전히 내 안에 남아 있다. 나는 아직도 봄이면 종종 시인의 이름을 떠올리고 문장을 찾아 본다.

어느 밤, 와인에 곁들여 당신에게 들려주었던 그 노래도, 나는 이미 지워졌을 당신 안에 아직 남아 있을까. 어쩌면 여전히 내가 알려 준 순서대로 커피를 내려 마시고 있을까.

우린 서로를 잊어 간다. 그것이 언제, 누구였든, 상관없이. 성실한 시간의 흐름을 따라 과거의 등장인물들은 자연스럽게 마모되어 간다. 희미해지는 얼굴, 이름, 목소리, 그리고….

그러나 이미 내 것이 되어 버린 글과 음악은 시간이 흐를수록 더욱 선명해진다. 신기하게도, 사람은 사라져도 그것들은 살아남는다. 누군가를 추억하게 하는 흔적에서, 그저 나의 기억이 되어 버린 것들. 나라는 사람 안에 담겨서 나의 한 부분이 되어 버린 기억들. 어쩌면 과거의 연인들이 남긴 것들 중 유일하게 아름다운 것들은 이런 것이 아닐까.

이제 우리는, 서울의 어느 길을 걸어도, 맛있다는 무언가를 맛보아도, 좋다는 것을 보고 들어도, 이런 농담을 건넬 수 있는 사람들이니까. '전 애인과 왔던 곳이구나?'라며, 장난스럽게 흘겨봐도 어쩔 수 없는 과거를 가진, 이미 많은 것을 겪어 온 사람들.

이제껏 살아온 시간, 겪어 온 사람들, 보고, 듣고, 먹고, 읽고, 만지고… 그 모든 과거의 기억들이 만든 한 사람. 그런 당신을 나의 연인으로 두었을 때, 그때 나는 생각했어. 연인의 지나온 과거마저 내 것으로 여기겠다고, 당신이 내게 왔을 때, 당신 안에 담긴 기억들이 함께 왔으니까. 그 모든 과거가 만든 지금의 당신을, 사랑하게 되었으니까.

○

재즈는 음표 사이의 공백이 중요한 음악이다. 내면에서 울리는 소리에 귀를 기울일 때 벌어지는 일들을 담은 음악이다. 재즈는 간극과 틈이 포인트다. 추락을 두려워하지 않을 때만이 진정한 삶이 펼쳐지듯이.

– 레이첼 조이스, 『뮤직숍』

1988년, 영국 유니티스트리트에서 엘피 가게를 운영하는 프랭크. 자신의 가게에 찾아온 손님들에게 꼭 필요한 음반을 찾아 주고, 사람들은 그가 추천해 준 음악들로 상처를 보듬는다. 그렇게 특별한 재능을 가진 따뜻하고 친절한 프랭크를 좋아하는 사람들과 함께, 소박하고 평화로운 일상을 살아가고 있던 어느 날. 녹색 코트를 입은 낯선 여자가 나타나 그의 가게 앞에서 기절한다. 그녀는 정신을 차리자마자 홀연히 사라져 버리고, 프랭크는 어쩐지 그녀가 다시 나타나기를 기다리게 되는데….

그렇게 특이한 시작으로 만나게 된 두 사람의 인연은 음악을 매개로 시간을 쌓아 가며 조금씩 사랑의 색채를 띠게 된다. 서로를 알아 갈수록, 서로를 알기 전의 과거도 궁금해진다. 이미 너무 많은 삶의 장면들로 채워진 지나온 시간들을 전부 설명하려면 얼마의 시간이 필요할까? 어떤 음악들이 두 사람을 설명할 수 있을까….

두 사람은 어떤 음악이 어울리는 사랑을 하게 될까? 소설은 음악 이야기와 더불어 두 주인공의 사랑 이야기뿐만 아니라 등장인물들 저마다의 사연도 들려준다. 그 많은 이야기들 사이에서 하나의 공통점이라면, 모두 과거의 상처를 보듬으며 더 나은 미래를 희망하며 살아간다는 것. 유니티 스트리트 사람들은 현실의 어려움에 부딪혀 실망하는 순간들이 있어도, 끝내 삶에 대한 의지를 내려놓지 않는다.

오르막과 내리막, 평지가 들쭉날쭉 이어지는 삶을 살아가는 것은 어쩌면 재즈를 연주하는 것과 비슷한 것 아닐까. 즉 홍연주가 매끄럽게 흘러갈 수 있는 것은 실패를 두려워하지 않는 용기와 지금, 이 순간 자신의 내면에서 들려오는 소리를 믿기에 가능한 것처럼. 삶도 사랑도 상처받는 것을 두려워하는 마음을 이겨 내야만 마침내 진짜를 만날 수 있으니까.

예의 바른 이별이
약속시간에
딱 맞춰서 도착했다

봄은 아니었지만, 꼭 오늘처럼 날씨가 좋았던 과거의 어느 지점, 한낮. 친구와 어딘가 높은 곳에서 창밖의 빌딩들을 결눈질로 구경하며 이야기를 나누고 있었다. 그 사이사이, 끊어질 듯 가늘게 이어지던 핸드폰 진동.

불규칙한 리듬으로 카톡 메시지를 보내오는 이와, 몇 번의 계절을 함께 지냈을까. 우린 같은 계절을 몇 번 반복했을까. 이미 둘 사이에 남은 계절이 더는 없다는 것을 알면서도, 선뜻 그 말을 꺼내지 못한 채 애매한 계절을 지나고 있었다. 언젠가는 내가 말했고, 또 언젠가는 네가 말했던 이별. 그땐 그렇게 내지르듯 뱉어 내고 금세 후회하며 주워 담았다. 누가 먼저였을까, 헤어지자고 말한 사람과 그러자고 대답한 사람 둘이 울면서 끌어안은 적도 있었고, 그렇게 울다가도 서로의 품 안에서 다시 웃던 기억이 아직은 생생했는데. 우리는 앞으로 남아 있는 생 안에서, 다시는 서로를 찾지 않겠다는 약속을, 함께 지나온 여러 색의 계절을 이젠 흑백으로 기록하겠다는 체념을, 그 무거운 말과 마음을, 가볍게 카톡으로 주고받는 중이었다.

하얀 종이에 멋들어진 사인을 할 필요도 없이, 그저 익숙한 핸드폰 화면 안에 익숙한 글자들을 적어 넣는 것으로 끝낸, 두 사람의 마지막 세리머니.

'여행은 못 가겠다'

'응.'

'그래.'

'잘 지내.'

'그래, 너도…'

'응.'

구구절절한 설명은 물론, 마침표나 쉼표조차 필요 없는 합의. 수백 일을, 아니 아마도 천 일쯤, 매일을 수많은 문장과 이모티콘으로 서로의 일상을 묻고 답하던 두 사람의 마지막은 미니멀리스트라도 된 것처럼 심플했다. 노란 숫자 1이 사라지는 것을 확인하고는 핸드폰을 내려놓았다.

몇 초쯤 지났을까. 찰나의 시간이 흐르는 사이 이별을 겪었다.

허전해진 오른손으로 빨대를 쥐고 이리저리 움직이다가, 커피 안에 잠긴 얼음이 투명한 유리잔에 부딪히며 찰그랑거리는 소리를 들었다. 마치 이별의 도착을 알리는 알람처럼, 그 순간 둘에서 혼자가 되었다. 둘이 되기 전 원래 혼자였으니, 긴 여행 후에 집으로 돌아왔을 때처럼 약간은 노곤하고 홀가분한 기분이었다.

그러는 중에도 친구와의 대화는 막힘없이 이어지고 있었다. 이별을 겪는 동안에도, 연인을 잃은 후에도, 둔덕에 걸린 듯 잠시 덜컹거린 마음이, 곧 제자리를 찾았다.

매일 아침이면 잘 자고 일어났는지, 점심엔 뭘 먹었는지, 저녁이면 별일 없이 집에 도착했는지, 밤이면 잠들기 전까지 서로의 순간을 묻고 답하던 분주한 습관은 이제 일자리를 잃었다.

연애라는 화면 속 커서가 빠른 속도로 왼쪽으로 달리기 시작한다. 두 사람이 함께 만들어 온 약속과 습관들이, 멈추지 않고 위로 위로 올라가는 커서가 지나가면 순식간에 사라진다. 서른몇, 그 나이 후의 서로를 알 수 없게 되는 것이다. 어

사랑이 뭘까, 묻고 싶은 밤

쩌면 다행인 걸까, 서로의 기억 속에서 젊은 날의 모습으로만 남아 있게 된 것은.

슬퍼하기엔, 너무 많이 준비한 순간이었다. 딱 한 번뿐인 엔딩씬에서 실수라도 할까 봐, 그렇게 눈물을 쏟고 가슴 아파 하며 리허설을 두 번 세 번씩 했었던 걸까. 덕분에 두 사람은 완벽히 제 역할을 해냈다. 이 연애에 '앞으로'가 더 이상은 없 다는 것을 알고, 받아들이고, 적당히 홀가분해하며, 두 손을 겹친 채 케이크를 자르듯 연애를 끝냈다.

어떤 이별은 그렇게 담담하게, 약속시간에 딱 맞춰 온 상대 방처럼 예의 바르게 도착하기도 한다. 그런 이별은 맑은 날, 한낮에, 카톡으로 해도 괜찮았다.

누구나 한 번쯤 주인공

— 무라카미 하루키, 『여자 없는 남자들』

언젠가, 연인과 마주 앉아서 고민해 본 적 있다.

사랑이 뭐라고 생각해? 사랑한다고 말했던 적 있어? 그럼 그땐 사랑이라고 어떻게 알았어? 사랑한다고 말했을 때, 사랑을 들었던 사람이 여럿이었다면, 전부 다른 이유로 사랑을 말했어? 사랑한다는 말을 하게 된 순간의 장면이 모두 달랐어? 그러니까⋯ 당신은 사랑이 뭐라고 생각해?

우리는 나름의 심각함으로, 저녁이 밤이 되고, 밤이 새벽이 될 때까지, 서로에게 묻고 답했다. 그러나 이제와 돌이켜 보니, 어떤 결론을 내렸었는지 잘 기억이 나질 않는 걸 보면⋯ 아마 명쾌한 답을 찾지는 못했던 것이리라.

이런 이야기는 필히 과거의 기억을 근거로 삼아 이야기할 수밖에 없으므로, 지금 연애 중인 두 사람이 마주 앉아서 하기에 적당한 이야기가 아닐지도 모른다. 하지만, 어쩐지 그런 날이 있지 않은가. 그날따라 사랑이 무엇인지 궁금해졌다거나, 마침 곁에 있는 서로의 안에서 정의되고 있는 사랑이, 어떤 모습인지 알고 싶어졌다든가 하는.

당신은 누군가에게 사랑을 말해 보았을까. 사랑한다는 말, 그 한마디가 어딘가에서 싹을 틔우고 몽글몽글 몸집을 키우더니, 꼭 다물고 있던 입술을 견디지 못하게 만들어 결국은 사랑해, 라는 세 글자를 말할 수밖에 없었던 그 순간을, 기억하고 있을까.

그 말을 들었을 땐 어땠을까. 당신 앞의 타인이, 당신의 얼굴을 바라보며, 두 눈을 맞추며, 품에 끌어안으며, 따스한 두 손으로 양 볼을 감싼 채 하던 말. 사랑해. 그 짧은 순간, 당신의 귓가에 스며든 한마디가 온몸을 물들이던 찰나를 기억하고 있을까.

우리는 말하고, 또 들었던 그 단어 하나를 온전히 알기 위해 한 번의 생을 전부 소진하고 마는지도 모른다. 그렇게 해서라도 알게 된다면 행운, 그렇게 당신에게 사랑을 알게 해 준 연인과 오래오래 함께하게 된다면 그것은 기적. 행운과 기적이란 어쩌면 로또보다도 이런 것 아닐까.

사랑한다고 말할 때, 우리는 생의 한가운데 우뚝 선 채 주인공이 된다. 사랑한다는 말을 들을 땐, 상대방의 삶에서도 주인공이 된다. 사랑할 때, 자신의 생의 주인공이 됨과 동시에 연인의 삶에서도 주인공이 되는 것이다. 일인극이 펼쳐지던 삶이라는 무대가 상대역이 있는 이인극으로 변했으니까. 우린 서로를 또 다른 주연으로 만들고, 함께 무대에 올라 새로운 각본을 써나간다. 그리고 클라이맥스에서 서로에게 고백하는 것이다.

불현듯 깨닫는 그 순간. 생의 군데군데 찍혀 있는 아름다운 결정적 장면들. 두루뭉술하게만 느껴지던 사랑이라는 것이, 사랑을 말해도 되는 이유가, 그냥 당신이라는 것. 특별한 이유도 거창한 결심도 필요 없이, 그저 지금 이 순간, 당신에게 내 마음을 알려 주고 싶어서, 나도 모르게 내 마음이 당신에게 하는 말. 사랑해.

○

사랑한다는 것은 원래 그런 것이다. 자기 마음을 컨트롤 할 수 없고, 그래서 불합리한 힘에 휘둘리는 기분이 든다. 즉,

당신은 딱히 일반 상식에서 벗어나 이상한 체험을 하고 있는 것이 아니다. 그저 한 여자를 진지하게 사랑하는 것뿐이다.

– 무라카미 하루키, 『여자 없는 남자들』

쉰두 살까지, 유부녀나 진짜 연인이 있는 여자들과 만나던 주인공 도이카는 예상치 못하게 사랑에 빠지고 만다. 그리고 자신도 어쩔 수 없는 사랑이라는 신호가 켜진 마음에 대해 이렇게 고백한다.

결국, 사랑한다는 것에 대해 정의 내리는 것, '사랑'이라는 단어의 의미를 깨닫는 것, '사랑해'라고 말할 수밖에 없는 그 순간에 대해 이야기할 수 있는 것은, 사랑을 해본 사람만이 가능한 것이다.

사랑은 정상적인 것, 상식적인 것과는 닿아 있지 않다. 사랑이라는 단어가 가지는 아름다운 뉘앙스와는 다르게, 그것은 한 사람을 압도하고 뒤흔들어 버리니까. 그렇게 쉐이커 속의 알콜들처럼 무자비하게 흔들린 후에 투명한 잔에 쏟아지는 영롱한 색의 칵테일처럼 사랑을 내뱉게 되니까. 그 과정에는 어떤 정해진 공식도 정답도 없다. 서로에 대한 사랑은 사랑하는 두 사람 사이에서 늘 완벽하다.

　쉰두 살, 아직은 그 나이가 어떨지 상상조차 할 수 없지
만, 꼭 이 소설속의 주인공이 아니더라도, 그때에도 사랑이
있다는 것은 알겠다. 아마 백두 살이 되어도 사랑은 우리를
놓아주지 않을 거야. 사랑은 늙지 않고, 낡지 않고, 영영 새
것처럼 살아 있을 테니까.

　　　　　　　　　　　　　　　사랑이 뭘까, 묻고 싶은 밤

디스패치 봐봐, 해외를 제집처럼 드나드는 아이돌도 다 연
애해. 시간이 없다는 말, 그거 제일 비겁한 핑계야. 누군가의
호감을 정중히 사양할 때, 자주 쓰는 말 있잖아. 지금은 연애
할 시간이 없어서요, 혹은 마음의 여유가 없네요, 같은. 그걸
믿는 사람이 있어?

우리는 알고 있다. 사실은 말하는 사람도, 듣는 사람도, 알
면서 모른 척해 주는 것이다. 좋게 말하면 하얀 거짓말, 서로
에게 예의를 차리는 것. 시간이 없는 게 아니라 '당신에게 내
어 줄 시간이 없다'라는 사실을, 마음의 여유가 없는 게 아니
라 '당신이 자리할 마음의 여유가 없다'라는 사실을, 있는 그
대로 말하면 상처받을 테니까, 나쁜 사람이 될 테니까.

사람들은 심오하고 복잡해 보이지만 생각보다 훨씬 단순하고 본능적이다. 사회적인 체면이나 상처받고 싶지 않은 두려움 뒤에 숨지 말고, 있는 그대로 스스로를 정직하게 들여다볼 수 있다면, 많은 질문에 명쾌한 답을 찾을 수 있다. 돌이켜 보면 어떤 선택 앞에서, 밤잠 설치며 고민했던 날들이 무색해질 만큼, 우리의 결정이나 선택은 감정적이었으니까.

당신이 너무 바쁜 사람이라고 가정해 보자. 회사 일에 치여 주말도 없이, 새벽 출근과 야근을 반복하는 날들이 이어지고 있다. 그러던 어느 날 예기치 못한 순간에 너무 매력적인 상대를 만나게 된다. 게다가 기적처럼 상대방도 당신에게 호감을 갖고 있다.

자, 이제 생각해 보자. 당신은 이런 상황에 놓였을 때 어떤 선택을 할까. 일이 너무 바쁘고 시간이 없어서, 이제껏 느껴 본 적 없는 감정을 알게 해준 상대방을, 앞으로 이런 사람이 또 있을까 싶은 그런 사람을, 그대로 놓치고 말까? 당신이 너무 좋지만 지금은 연애할 때가 아닌 것 같네요, 혹은 시간이 너무 없어서 아쉽지만 어쩔 수 없네요, 그런 핑계를 대면서? 물론 이 지구상의 어딘가엔 그런 바보 같은 사람, 아니, 철저히 이성적이고 합리적인 사람도 분명 존재하겠지만. 보통의 사람들은 그렇지 않다. 강렬한 끌림 앞에서, 욕구와 욕망 앞에서는 없던 것도 있게 하는 게 대다수의 사람이니까.

출근이든 퇴근이든 짬 내서 오 분, 십 분이라도 얼굴을 보고, 잠을 줄여서라도 상대방과 함께하는 순간을 만들고 만다. 스스로 원하기 때문에 가능한 것이다. 어차피 잘 거라면 당신과 함께 잘게, 밥은 먹어야 되니까 같이 먹자. 사람들은 생각보다 하고 싶은 것은 반드시 한다. 하기 싫은 것을 최대한 하지 않는 것처럼.

우리는 꽤나 단순하고 솔직한 존재다. 심오한 척, 복잡한 척, 해보지만, 실은 좋은 건 계속하고 싶고, 싫은 건 절대 하기 싫은 것뿐이다. 아주 단순한 진리이자 진실, 당신이 그런 사람이듯 타인도 그렇다. 그러니 관계 안에서는 상대방을 원하는 감정의 강렬함만큼 그에 비례하는 정도로 노력하기 마련이다. 이것은 본능에 가까운 행위라 꾸며 낼 수도 없다. 관계뿐이겠는가, 정말 좋아하는 일, 정말 먹고 싶은 음식, 정말 가보고 싶은 곳, 정말 갖고 싶은 물건… 사람이 살아가면서 하는 모든 행위에 이 공식이 적용된다.

그러니 스트레스 받아 가며 고민할 필요도, 말도 안 되는 상상을 더해 의심할 필요도 없다. 미심쩍은 순간이 있다면 우선 스스로를 돌이켜 보라. 좋아하는 사람을 만나기 위해 시간을 내는 일이 불가능했는지, 좋아하는 일을 하기 위해 잠을 줄이는 것이 괴롭기만 했는지.

'요즘 내가 너무 바빠서, 회사 일이 너무 많네, 정신이 좀 없네', 누군가 당신에게 이런 말을 했다면, 상대방을 안쓰러워할 시간에 자신을 챙기는 것이 낫다. 이미 당신은 상대방의 우선순위에서 한참 밀려나고 말았을 테니까. '일이 많아서, 정신이 좀 없어. 그래도 우리 짬 내서 보자. 오늘 퇴근길에 잠깐 들려도 될까, 주말에 출근해야 하지만 아침은 같이 먹을 수 있어', 당신이 여전히 가장 중요한 사람이라면, 분명히 다르게 말할 것이다. 원하는 것 앞에서 사람은 어떻게든 그것을 이루기 위해 답을 찾아내는 존재니까.

관계를 만들어 가는 것에는 당연히 에너지가 필요하다. 사는 일에 품이 많이 든다는 것을, 우린 이미 오래전에 깨닫지 않았던가. 그 모든 삶의 번거로움을 차치하고도 이어 가고 싶을 만큼의 관계만이 오래오래 살아남는다. 친구, 연인, 가족, 동료, 그게 무엇이든. 누군가의 대체품이 되거나 어중간한 순위에 놓여도 괜찮을 만큼 한가한 사람은 어디에도 없다.

사랑이 뭘까, 묻고 싶은 밤

하이경, 〈여름 기억(Summer memory)〉, 60.6×80.3cm, oil on canvas, 2020.

하이경, 〈겨울 기억(Winter memories)〉, 37.9×45.5cm, oil on canvas, 2021.

사랑이 뭘까, 묻고 싶은 밤

당신을 좋아하는 이유

— 프레드릭 배크만, 『하루하루가 이별의 날』

'좋아하는 사람이 두 가지 메뉴를 고르면, 그것을 함께 나누어 먹을 수 있다는 게 너무 좋다.'

갑자기 느껴지는 허기에 충동적으로 들어간 중국집에서, 올해의 첫 콩국수와 어딘지 묘한 우육탕면을 그릇에 나눠 담으며 말하는 당신.

어떤 사람을 좋아하게 되는 이유는 이 세상의 사람 수만큼 많을 텐데, 누군가 좋아지고 나면 그 사람의 좋은 점과 그 사람과 함께해서 좋은 것들이, 빠르게 수를 늘려 간다. 모든 헤어짐의 이유들이 너무 사소하고 사적이라 누구도 생각지 못한 것들일 때가 대부분인 것처럼, 좋아지는 이유 또한 그런 것이다. 게다가 좋아하는 마음이 시작되어 버리면, 그 사람의 고유한 특성들마저 좋아하는 이유로 탈바꿈되니까.

당신이 좋은 이유? 동그란 두 눈이 반짝여서, 웃는 얼굴이 맑아서, 목소리가 좋아서, 손이 예뻐서, 향이 좋아서, 나랑 말이 잘 통해서, 요리를 잘해서, 말을 예쁘게 해서, 다정해서, 친절해서, 건강해서, 글을 잘 써서, 밝아서, 침착해서….

그렇게 점점 좋아하는 이유의 범위가 확장되고 세밀해지다가 이런 지경에 이르고 만다. 코가 하나여서, 발가락이 열 개여서, 손톱이 동그래서, 눈을 깜빡일 때 귀여워서, 쌍꺼풀이 있어서 혹은 없어서, 코를 고는 소리가 적당해서… 결국, 끝이 없을 이 좋아함의 이유 목록은 딱 한 문장 안에 포함된다. 당신이라서, 너라서, 그러니까 좋아. 싫은 이유 또한 같은 문장이라는 것이 아이러니지만.

좋은 네가 하는 모든 것들이 좋아지고, 싫은 네가 하는 모든 것들이 싫어. 당신이라서 좋고, 당신이라서 싫어.

인간이란 어쩌면 이렇게 모순으로 가득 차 있고 맹목적일까. 하긴, 그래서 종종 지긋지긋하고, 자주 귀엽지만.

나도 이제 좋아. 두 가지 메뉴를 고르는 것이. 내가 고른 걸 당신과 함께 먹는 게 좋아. 음식이 나오면 먼저 앞접시에 단정히 나눠 담아 건네주는 것도, 물을 따라 주고 내가 먼저 먹기 시작할 때까지 지켜보고 있는 것도.

○

"그리고 계속 글을 쓰래요! 한번은 선생님이 인생의 의미가
뭐라고 생각하는지 쓰라고 한 적도 있어요."

"그래서 뭐라고 썼는데?"

"함께하는 거요."

할아버지는 눈을 감는다.

"그렇게 훌륭한 대답은 처음 듣는구나."

"선생님은 더 길게 써야 한다고 했어요."

"그래서 어떻게 했니?"

"이렇게 썼어요. 함께하는 것. 그리고 아이스크림."

할아버지는 잠깐 생각하다가 묻는다.

"어떤 아이스크림?"

노아는 미소를 짓는다. 자기를 이해해 주는 사람이 있다는
건 기분 좋은 일이다.

– 프레드릭 배크만,『하루하루가 이별의 날』

할아버지는 점점 기억을 잃어 간다. 삶의 끝자락이 다가
오고 있다는 것을 느끼며, 그것이 자연스러운 일이라는 것
을 알면서도 사라져 가는 소중한 기억들을 어떻게든 놓치지

않고 싶은 마음은 어쩌지 못한다.

통하는 게 많은 할아버지와 손자가 함께하는 일상의 순간들은 아름답기만 하다. 찬란하고 사랑스러운 동시에 아쉬움으로 가득하다. 할아버지는 자신이 언젠가 손자의 곁을 떠나야 함을 어떻게 알려 줘야 할지 알 수가 없다. 이렇게 삶의 끝자락에 서서 돌아보니, 사랑하는 아내와 함께 했던 평생도 짧게만 느껴지고, 손자와 함께 삶은 찰나와 같다.

단 한 번 주어지는 이번 생이, 눈 깜빡할 새에 지나가 버린 것처럼 느껴지는 순간에 누구나 도착하겠지만, 시간이 흐를수록 소중한 사람들과 함께한 기억들은 희미해져 가겠지만. 그럼에도 불구하고 우리가 함께했다는 사실만이 우리의 삶을 의미 있게 한다. 사랑했다는 증거로 함께한 기억들이 쌓여 있다.

특별할 것 하나 없는 어느 하루, 당신과 마주 앉아 나눠 먹었던 평범한 음식들, 고단한 얼굴을 감싸 주었던 익숙한 손길… 그런 기억들이 우리의 삶에 사랑이 있었다는 증거가 되어 준다. 당신의 손짓, 미소, 웃음소리, 고개를 갸웃거리는 동작 하나까지도 내게 기쁨이었으니까.

사랑이 뭘까, 묻고 싶은 밤

할아버지가 떠나고 난 후에도 손자는 오래도록 기억할 것이 분명하다. 아이가 자라 할아버지가 된 후엔 자신의 손자와 나란히 앉아서 할아버지와 주고, 받은 이날의 대화를 떠올리며 미소 지을 것이다.

　그러니 우리, 언젠가 반드시 헤어질 수밖에 없다면, 지금을 미루지 말아야 한다. 마음껏 사랑해야 한다.

말보단 글, 글보단 말

— 한나 렌, 『매끄러운 세계와 그 적들』

누군가 말보다 글이 좋은 이유로, 휘발되지 않고 (어쩌면 영원히) 새겨짐을 들었다. 또 다른 이는 같은 이유로 글이 싫다고 했다. 두 사람의 차이는 어디에서 기인하는 걸까.

한 사람은 시차 없이 내뱉게 되는 말의 즉흥성과 가벼움, 말을 한 사람에게도 듣는 사람에게도 완전한 모습으로 남지 않고 왜곡된 채 기억되거나 대부분은 그마저도 남기지 못하고 사라지는 것에 대한 아쉬움으로 그렇게 생각했을 것이다. 머릿속에 떠오른 문장을 화면 혹은 종이 위에 적는 행위 사이에, 충분한 시차를 두고 적절한 정제를 거친 글이, 그 모습 그대로 훼손 없이 보존되는 것에 안도감을 느끼며. 아마도 그는 자신을 있는 그대로, 순간적으로 드러내는 것에

사랑이 뭘까, 묻고 싶은 밤

두려움이 있을지도 모른다. 수줍어하는 성향이거나, 신중한. 자신의 생각이나 마음을 최대한 오류 없이 타인에게 전하고 싶어 하는 사람일 것이다.

그렇다면 후자는 어떨까. 그는 지워지지 않는 혹은 지우기 어려운 흔적을 남기는 것이 두려운 사람일지 모른다. 그 순간, 찰나의 진심을 믿는 사람. 있는 그대로의 자신을 즉시 꺼내 보이고 싶은 사람. 흐르는 시간 속에서 찰나라는 작은 점을 생생하게 느끼려는 사람. 삶을 너무 무겁게 생각하고 싶지 않은, 사는 동안 변하지 않는 것은 없다고 여기는 이일지도 모른다.

그렇다면 나는 어떤 사람일까. 그리고 당신은 어떤 사람일까.

셀 수 없이 작게 찍힌 순간과 찰나라는 모래알로 삶을 채우면서도, 최대한 많은 것을 붙잡으려 끝없이 적는다. 그러면서도 영원을 믿지 못하고, 자신을 포함한 이 세계의 모든 것이 매 순간 달라짐을, 변하지 않는 존재란 지구상에 없다고 여긴다. 그래서 이렇게 적어 두는 글조차 이미 지나온 순간의 진실이라는 것을 알아서, 약간의 슬픔으로 양념한 안도를 느끼며, 성실히 쌓아 간다.

아마 당신도 나와 조금 다르고, 또 비슷할까.

오늘 적어 둔 글 안의 당신은, 그 순간 당신의 어느 부분. 어쩌면 오랫동안 보관될. 다음 날이 되면 그 순간의 당신과 조금 다른 사람이 되어 있겠지만, 어제 남겨 둔 글은 여전히 그 자리에, 그 모습 그대로 남아 있을 것이다. 우린 변하지 않는 자신의 파편을 여기저기에 흘려 두고, 허물을 벗는 나비처럼 매일 조금씩 변하며 살아가니까.

다행이라면, 그런 서로의 모습을 곁에서 지켜볼 수 있다는 것. 당신이 흘려 둔 조각들을 주워서 작은 주머니에 담아 두고, 가끔 지나간 당신을 꺼내어 보는 즐거움을 누리며, 어제와 아주 조금 다른 오늘의 당신을 신기하게 바라보는 재미. 당신은 어떨까. 나의 여전한 어떤 모습을 어제와 같이 오늘도, 그리고 내일도 좋아하고 있을까. 누구도 눈치채지 못하는 나의 어떤 작은 변화를 알아채고 놀라워하고 있을까.

○

너는 이 이야기의 결말을 안다. 네가 바로 이 이야기의 결말이니까.

－ 한나 렌,『매끄러운 세계와 그 적들』

다차원의 세계에 여러 개의 내가 동시에 살아가고 있다면 어떨까. 그렇다면 우린 어느 상황, 어떤 사람에게 매달릴 필요가 없어진다. 이곳에서의 삶이 지루하다면 저곳으로 건너가면 된다. 그곳에서의 당신과의 관계가 틀어졌다면 이곳으로 돌아오면 된다. 저곳에서 일어난 사건 속에서 아픔을 겪었다면 또 다른 어딘가로 건너가면 그만이다.

여러 개의 삶을 선택할 수 있는 자유가 주어진다는 설정 속에서 주인공은 다른 사람들과 다르게 어디로도 건너갈 수 없게 된 한 사람을 위해, 또 다른 세계들을 포기하고 그 사람의 곁에 머물기를 선택한다. 어디로도 도망치지 않겠다고 결심한다. 이곳에서, 하나의 삶에 매달릴 수밖에 없는 당신의 곁에서, 함께 살아가겠다고. 평생 당신을 지켜봐 주겠다고.

그러나 이 세계는 소설과 달리 또 다른 세계의 자유가 주어지지 않음에도, 자신만은 동시에 여러 개의 선택권을 가질 수 있다는 듯이 구는 어리석은 사람들이 있다. 그렇게 아무것도 포기하지 않고, 결정하지 않고, 오직 자신의 이기만을 추구하며 타인의 사랑을 더럽히는 사람들. 그들은 과연 모르고 있을까? 우리가 서로를 사랑하려면, 단 한 사람을 제외한 모두에게서 사랑의 가능성을 포기해야만 한다는 것을. 이 사람을 사랑하면서 저 사람도 사랑하는 것은 그 누구도 사랑하지 않는 것과 같다는 것을.

멈추지 않고 흐르는 서로의 하루를 자신 안에 기록할 수 있다는 사실에 기뻐할 수 있는 사람들에게, 사랑만큼은 아쉬움이 없다. 한 사람을 선택했다는 사실에 오히려 자부심을 느낄테니까. 사랑이란 내 안에 당신이라는 이야기를 적어 가는 것. 당신 안에 나를 기록하는 것. 그렇게 두 사람의 삶이 하나의 결말이 되는 것이라서.

사람이 녹아 사랑이 되는 것

— 앨런 홀링허스트, 『수영장 도서관』

사랑에 대해 매일 적는 것은, 참 쉽지.

사랑을 하던, 하지 않던. 사랑을 떠나보내는 중이던, 사랑이 다가와 마음을 살짝 두드릴 때에도. 우린 사람이라서, 사랑을 바라고 기대하니까. 사랑이 당신 안에 머무를 때, 주변을 맴돌 때, 심지어 사랑에게 버려져 하루하루를 견디는 날들을 지날 때조차, 사랑을 생각하니까.

사랑을 말하고, 쓰고, 생각하는 것, 그것을 위해 연인의 유무는 중요하지 않다. 사랑이란 반드시 목적어가 되어 줄 타인이 있어야만 떠올릴 수 있는 것은 아니니까. 누군가의 따뜻한 품에 안겨 있을 때, 혹은 차갑게 식은 침대 위에서 홀로 뒤척일 때, 온도의 차이가 있을 뿐 사랑에 대해 쓰는 것은 어렵지 않다. 사랑은 그 자체로, 사람에게 질문이자 답이 된다.

사랑은, 여러 이름으로 불리운다.

바람, 구름, 비, 햇빛, 어느 날은 달콤한 허니라테, 아삭한 토마토, 케첩을 잔뜩 뿌린 볶음밥, 꾸덕한 요거트, 쫄깃한 당근케이크, 돌돌 말린 나폴리탄, 귀여운 노란색 오믈렛, 하얀 장미가 풍성히 담긴 바구니, 소복이 쌓인 샐러드, 투명한 와인잔에 찰랑이는 황금빛 포트와인, 보풀이 적당히 올라온 포근한 니트, 절반쯤 남아 있던 향이 좋은 캔들, 건네주던 책, 표지를 넘기면 적혀 있던 힘준 글씨, 코끝에 스치는 새콤한 귤향… 수많은 사랑의 이름들은 사람들 안에서 끝없이 늘어만 간다.

오고 또 가고, 머무르는 타인들. 서로를 아주 모르는 채 마주친 바람에 당황스러운 것도 잠시, 둘 사이의 작은 간격조차 용납할 수 없어서 꼭 붙어 다니다가 연인이란 단어를 함께 입는다. 2인 3각 경기를 하듯, 박자를 맞추어 사랑을 걷는다. 그 길은 늘 끝이 있지만, 길이와 폭과 넓이가 전부 달라서 매번 처음처럼 새롭다. 그렇게 걷는 동안, 우리를 스치는 모든 것들을 사랑이라고 부르지 않을 수 있을까. 바람, 햇빛, 땀방울, 모래알, 그 무엇이든.

길이 끝나면, 같은 방향을 향해 걷던 두 사람은, 함께 묶여 있던 사랑을 풀어 버리고 각자의 방향으로 떠나지만, 혼자 걷는 길 위에도 사랑은 있다. 사랑은 당신을 만나기 전에, 우리로 머무를 때, 그리고 다시 혼자로 돌아왔을 때도 늘 곁에 있으니까. 영원히 사람을 떠나지 않는 것이 있다면, 어쩌면 그것은 사랑 아닐까. 그러니 사랑에 대해 쓰는 일에 끝이 있을까.

지겨운 사랑, 거울 속의 내 얼굴처럼 한 번도 나를 떠난 적 없는. 사람과 꼭 닮은 이 글자를 누가 만들었을까.

미움이 당신의 온기로 조금씩 녹아내려 이응이 되어간다. 그렇게 당신이라는 한 사람이, 내 안에서 하나의 사랑이 되었을 때. 그것을 부드럽게 바른 마음에선 고소한 향이 난다. 네모난 모양으로 자른, 단단한 버터를 갓 구운 핫케이크 위에 올려놓았을 때처럼, 동그랗게 녹아내리는 사랑을 맛보려는 기대감에 입맛을 다시게 된다.

○

그는 나보다 수영을 훨씬 잘했고 나는 그 사실을 인정해야 했지만, 강굽이를 함께 돌 때면 키가 큰 내가 때때로 그보다 앞서갔다. 시합이 끝나면 그는 숨을 헐떡거리며 눈부신 미소를 보였고, 나는 물속에서 그의 곁에 머물거나 그의 어깨에 팔을 두르며 "너무 아슬아슬했어"라고 말했지만 속으로는 '사랑해, 사랑해, 사랑해' 하고 생각했다.

- 앨런 홀링허스트, 『수영장 도서관』

  곁의 당신에게 꼭 하고 싶은 말이 떠올라 고개를 들어 당신을 본다. 있지, 하고 말을 걸면 당신은 나를 바라보고, 그렇게 우리의 시선이 마주하는 순간, 잠시 아득해진다. 그러면 원래 하려던 말은 까맣게 잊어버리고 '사랑해'하고 말해 버리는 것이다.

  무방비 상태에서 나의 고백을 받은 당신은 내가 사랑하는 얼굴로 웃는다. 온 얼굴로 내 사랑에 화답한다. 그리고 살짝 끌어안아 귓가에 속삭인다. 나도 사랑해. 그렇게 잠시 해야 할 말도 해야 할 일도, 함께 잊어버리고 만다. 사랑으로 멈추는 것이다. 사랑만 있는 찰나, 그때 하려던 말은 무엇이었을까? 이젠 기억이 나지 않지만, 그 순간의 장면만큼은 또렷하게 남아 있다.

  가끔 사랑을 핑계 삼아 하려던 말을 묻어 두거나 사랑을

사랑이 뭘까, 묻고 싶은 밤

말하고 싶은데 숨겨야 할 때, 그럴 때 우린 능숙한 연기를 펼친다. 사랑한다는 고백이 삐져나오려는 순간, 마음을 꾹 잠그고 입을 움직인다. '밥은 먹었어?(사랑해)', '오늘 날씨가 많이 춥대(사랑해)', '저번에 알려 준 책 재밌더라(사랑해)'. 그렇게 상대방은 영영 알아채지 못할 혼자만의 이중언어로 말하는 것이다.

너무 능숙해져 버리면 말해야 할 때 말할 수 없게 될지도 몰라. 언제까지나 사랑을 숨길 수는 없을 테니까. 그것보다는 할 말을 잊어버리고 사랑을 남발하는 게 나은 것 아닐까? 시시콜콜한 할 일들을 챙기는 것보다는 사랑을 한 번 더 말하는 게 낫지 않을까.

돌려줄래?
나의
푸른색 원피스

어느 소설 속에서, 여주인공은 문득 떠올린다. 자신의 푸른색 원피스가 헤어진 지 꽤 시간이 흐른 구남친의 집에 있다는 사실을. 언젠가 두 사람이 세상에서 가장 가까운 사이였을 때, 그의 집에 두고 온 푸른색 여름 원피스. 하필이면 이제와서, 그것의 부재가 떠오를 건 뭐람.

하긴, 특별할 것 없는 이야기 아닌가, 영화나 소설, 드라마, 어디서든 종종 볼 수 있는 상황. 이미 끝난 관계, 지나간 과거의 인연, 다시 볼 일 없는 가까웠던 사람. 그가 내게 주었던 선물, 그가 두고 간 물건, 그의 장소에 두고 온 나의 물건, 내가 선물한 어떤 것….

끝난 인연, 그러나 두 사람이 맞잡고 있던 끈을 한 사람만 놓아 버리고 떠났을 때. 남겨진 다른 이는 손에 쥔 끈을 차마 놓지 못해 더 힘겹다. 이미 의미를 잃어버린 인연의 끈은 아무런 쓸모도 없으니 나도 그만 놓아 버리면 되는데, 어째서 미련이 남을까. 이까짓 것 그만 툭 놓아 버리면 그만인데.

물건을 핑계 삼아 멀어져 버린 과거의 당신을 한 번 더 보고픈 미련, 돌이킬 수 없는 것이 그리운 간절함, 혹은 심통일까. 당신은 아직 잡고 있는 끈의 맞은편에, 그 사람이 없다는 사실이 새삼 분해서, 약속을 저버린 상대방이 미워서.

이미 당신에게 줄 마음이 더는 남아 있지 않다며 떠난 사람, 나 역시 너 없이도 괜찮다며 담담한 일상을 보내고 있었는데, 어쩌다 그만 떠올려 버렸을까. 이젠 아무런 의미도 없는 물건인데, 일찍이 버렸을 것이 뻔한데, 그것 없다고 큰일 나는 것도 아닌데.

늘 얽혀 있던 두 사람의 손가락에 끼워져 있던 같은 모양의 반지, 당신에게 잘 어울린다고 말해 주었던 푸른색 원피스, 당신을 상상하며 골랐다던 향수, 익숙한 글씨가 첫 페이지 모서리에 적혀 있는 책들, 비 오는 날 급히 사서 건네주었던 투명한 우산, 어느 날 두고 간 당신의 모자, 긴 머리칼을 올려 묶던 머리끈, 습관처럼 손등에 꾹 눌러 짜던 핸드크림, 추워서 빌려입고는 그대로 당신의 옷장에 머무르게 된 그 사람의 카디건

같은 것들. 특별할 것 없는 물건 하나가, 단지 특정한 타인의 기억이 얽혀 있다는 이유만으로 당신의 마음을 이토록 뒤흔든다. 이것을 돌려주기 전에는, 그것을 되찾기 전에는, 멈출 수 없을 것 같은 생각들이 꼬리를 물고 이어진다.

그렇게 분명 후회할 것을 알면서도, 볼품없이 쭈그러든 문자를 보내고 마는 것이다. '그 원피스 돌려줄래?', 혹은 '네 카디건과 책들 가져가'라며. 아무렇지 않다는 듯 연기하는 얼굴로.

그러나 야속한 배신자는 차갑고 담담하게 '버려 줘'라는 짧고 무성의한 답을 보내올 뿐이다. 혹은 그마저도 없이 묵묵부답으로 일관한다. 그러면 당신은 한 번 더 화가 나서, 네가 나한테 어떻게 이럴 수 있느냐며 퍼부어 주고 싶어졌다가 그만김이 샌다. 그래, 우리 끝났지, 그것도 이미 오래전에. 이까짓 물건이 뭐라고.

보낸 문자를 후회하며, 지질하기 그지없는 제 모습의 한심스러움에 눈물도 약간 고였다가 의외로 기운차게 집 정리를 시작한다. 대청소를 하고, 구석구석에 숨어 있던 잊힌 것들을 전부 끄집어내어 쓰레기봉투를 꽉꽉 채워 내놓고 나니 어쩐지 개운해진다. 말끔해진 집, 익숙한 소파에 앉아 마음도 이렇게 비울 수 있다면 얼마나 좋을까, 생각하며 시원한 캔맥주라도 한 잔 할지도 모른다.

그렇게 시간은 성실히 흐르고 당신은 깨끗이 비워 놓은 자리에 새로운 사람을 가지런히 놓아두게 된다. 그리고 푸른색 원피스 따위는 언제 있었냐는 듯 새카맣게 잊혀진다. 당신에겐 이미 특별한 물건들이 한가득 있으니까. 우리 함께 고른 반지, 잘 어울릴 것 같다며 선물한 머플러, 어느 날 깜빡 잊고 두고 간 셔츠, 욕실 한쪽에 놓인 낯선 디자인의 크림….

처음 겪는 당신, 그리고 우리와 여름

— 사쿠라기 시노, 『둘이서 살아간다는 것』

　적지 않은 날을 살아왔어도, 처음이란 마르지 않는 샘처럼 자꾸만 여기저기서 흐른다. 처음 보는 하늘, 처음 맡는 냄새, 처음 먹어 보는 맛, 처음 읽는 책, 그리고 처음 겪는 당신.

　우리는 이만큼 살아 봤다고, 더는 새로울 것도, 기대할 것도 없다는 말을 읊조리다가 불쑥 서로를 마주친다. 그리고 예상치 못한 처음의 홍수 안에서 서로의 손을 쥐고 허우적거린다.

　'처음이야, 이런 적은' 혹은 '누군가와 함께 이런 것은 처음이야'. 이미 낡아지고 길들여진 우리가 서로에게 말하는 순간들. 아마 시간이 흘러 같은 계절을 여러 번 지나, 어느 해의 여름이었더라- 하고 헷갈리는 날이 오더라도. 그날도

사랑이 뭘까, 묻고 싶은 밤

우리의 처음이 몇 방울쯤은 서로를 적실 수 있을 거란 걸, 이제는 안다.

우리가 처음 만난 계절이 언제인가, 는 생각보다 많은 여운을 남긴다.

겨울이었다면, 코끝을 스치는 차가운 공기와 하얀 눈이 쌓인 길, 미끄러운 빙판을 조심스럽게 걷거나 따뜻한 커피를 손에 쥐고 이야기 나누는 장면들이 첫 장에 새겨질 테고, '함께' 존재하기 시작했다는 이유로 겨울을 포근하고 따스하게 추억할 수 있을 테니까.

우리의 처음이 봄이었다면, 피어나기 시작하는 꽃들 사이에서, 하늘거리며 정수리에 내려앉은 벚꽃잎이나 얇아진 옷차림처럼, 부드러운 설렘이 볼을 문지르던 기억들로 시작될 것이다.

뜨거운 여름이라면 어땠을까. 끈적이는 땀이 흐르는 후덥지근한 날에도, 좋다고 손을 마주 잡거나 에어컨 바람 아래서 차갑게 식혀진 서로를 끌어안는 기억들로 처음을 기록하게 되겠지.

반복은 익숙함으로 연결되는 것이라 배웠는데, 어째서일

까. 나는 서른몇 번째 계절을 겪으면서도 여전히 낯설고, 매번 새롭고, 서툴러서 처음 같다고 느낀다. 그래서일까, 우리의 계절마저도 매번 새로운 것은. 언젠가 여러 번의 계절이 쌓여 익숙해지는 순간이 올까, 그것은 대체 언제쯤이나 되어야 할까. 얼마큼의 계절을 함께 겪어야 하는 걸까.

○

"선물해 준 빵 같이 먹고 싶은데, 그래도 될까?" 사유미는 고개를 힘껏 끄덕였다. 멜론빵의 겉면은 처음에는 바삭한 식감과 은은한 단맛이 퍼지며 입속에서 녹더니 속살과 어우러져 목구멍을 넘어갔다. 남자와 여자도 이런 식이면 안 되는 걸까.

– 사쿠라기 시노, 『둘이서 살아간다는 것』

서로가 서로에게 한없이 가깝다고 느껴질 땐 모든 것이 쉽게만 느껴진다. 나와 당신이 '우리'라는 단어로 불리 운다면 살아가는 동안 마주하게 될 순간들이 더없이 수월할 거라고. 그러나 그런 기분은 얼마나 가볍고 손쉽게 사그라드

사랑이 뭘까, 묻고 싶은 밤

는지. 분명 어젯밤 다정하게 인사를 나누고 잠이 들었는데, 뾰족한 이유도 없이 오늘 만난 당신의 표정, 혹은 한마디 말에서 서운함이 생기고 만다. 평소와 같이 단골 음식점에 가서 늘 먹던 메뉴를 나눠 먹는데 어쩐지 둘 사이엔 묘한 불편감이 흐른다. 왜일까? 연인 사이란 어째서 이렇게 미묘하고 복잡한 걸까? 그 알 수 없음이 매력적이면서도 가끔은 피곤하고 지치는 건 어쩔 수 없는 걸까.

사유미는 어느 날 옛 직장 동료의 집을 방문하며 빵을 사들고 간다. 갑작스럽게 사라진 이유가 궁금하기도 하고, 걱정스럽기도 한 마음에 불쑥 찾아간 곳에서, 예상치 못한 이야기들을 듣게 된다. 그러나 이미 이야기를 털어놓는 이의 얼굴과 목소리엔 자신의 삶을 담담히 받아들이고 난 후의 차분함이 있다. 사유미가 선물한 빵을 함께 나누어 먹으며 두 사람은 말로 다 하지 못한 감정들을 가만히 내려놓는다. 구구절절 설명하지 않아도, 모든 것을 샅샅이 알지 못해도, 괜찮으니까.

연인과의 사이도 그럴 수 있다면 좋을 텐데. 아이러니하게도 어떤 관계보다도 가까운 서로를 낯설게 느끼는 순간이 있다. 그럴 때, 어찌할 바 모르겠다는 생각에 당황스러워질 때면 아득한 피로가 몰려온다. 말하지 않아도 알 수 있는 것, 설명하지 않아도 이해할 수 있는 것은 연인과는 어울리지 않는 문장인 걸까.

잘 지내

— 조이스 캐럴 오츠, 『그림자 없는 남자』

    길지도 않은 세 글자, 그 한마디로 함께한 시간에 마침표를 찍는다. 한 달, 일 년, 혹은 그보다 더 긴 세월을, 연인이라는 단어로 함께했던 타인과 삶을 분리하는 순간은 찰나에 불과하다. 겹쳐 온 시간이 얼마나 되었든, 함께하기 위해 들인 노력과 애정이 얼마가 되었든, 이별을 맞이하는 순간의 허무함은 같다.

    잘 지내, 라고 내뱉는 순간, 함께했던 반짝이는 기억들이 빛을 잃어버리고, 함께하기로 했던 약속들은 허공에 흩어진다. 그렇게 우린 연인을 상실하고, 연애에 마침표를 찍고, 원래의 나로 돌아온다. 당신을 만나기 전의 나, 그러나 그전과는 달라진 나로.

잘 지내, 라는 말엔 어떤 것들이 담겨 있을까. 이젠 추억으로 자리를 옮겨 간 당신이 앞으로도 잘 살기를 바라는 마음. 나와 당신이 '우리'로 지내며 좋았던 순간들과 그렇지 못했던 순간들을, 전부 잊거나 기억하기를 바라는 마음. 기대했던 것들에 대한 실망과 실망시킨 것들에 대한 후회. 그리고 더 이상 관계가 어긋나는 순간을 견디지 않아도 된다는 안도감. 다시는 볼 수 없을 거란 아쉬움, 다시는 마주치지 않았으면 하는 탄식. 시작하지 말았어야 했는데, 라는 자책…. 너무 많은 마음의 파편들이 뒤엉킨 그 한마디가, 묵직하게 마음에 자국을 남긴다.

잘 지내.

한동안 가장 가까이에 두었던 당신을 툭, 잘라 떠나보내며 건네는 말. 그리고 잘라 낸 자리에 남은 상처를 쓰다듬으며 스스로에게 하는 말.

사람은 늘 가져 본 적 없는 것보다, 가졌다가 잃어버린 것을 아파하니까. 사랑이 겪게 하는 따뜻함을 너무 잘 알아서, 한 번씩 운 좋게 가졌다가 잃어버리면, 그렇게 슬퍼지나 봐.

○

E. H.가 마고를 안아 위로해 준다. 이제껏 이런 식으로 마고 샤프를 안아 준 사람은 없었다.

마고 샤프와 엘리후 후프스가 이토록 친밀하게 몸을 맞대고 있었던 적이 없었다. 두 사람이 이렇게 오랫동안 단둘이 있었던 적이 없었다. 방금 전 자신이 한 행동과 지금 하는 행동이 아주 잘못되었다는 걸 깨달은 마고는 심장이 걷잡을 수 없이 빨리 뛰는데도 이 남자의 가슴에 얼굴을 묻는다. 그녀의 얼굴이 닿아 있는 부드러운 캐시미어 울과 불과 몇 센티미터 떨어진 가슴속에는 기억상실증 환자의 심장이 따뜻하게 뛰고 있다.

아름다운 사람이야. 아름다운 영혼. 이 사람이 내가 사랑하는 사람이야. 다른 사람이 아니고.

– 조이스 캐럴 오츠, 『그림자 없는 남자』

70초밖에 기억할 수 없는 남자를 수십 년간 사랑한 주인공. 만날 때마다 자신을 새로운 사람으로 대하는 남자, 기억을 공유할 수 없는 남자를 그녀는 어떻게 사랑할 수 있었을까? 사고로 인해 기억상실증 환자가 된 엘리후 후프스와 그를 연구하는 신경과학자 마고 샤프의 관계는 무엇이었을까.

영원히 현재만을 반복해서 살아갈 수밖에 없는 남자에게 여자는 자신의 삶을 전부 바친다. 덕분에 일적으로 인정받고 성공하게 되지만…. 연구 대상으로만 대해야 하는 그에게 품어서는 안 되는 감정이라는 것을 알면서도, 함께 지내는 시간에 비례해 그를 향한 마음도 점점 커진다. 그녀는 그 사랑을 멈추지 못한다.

눈에 보이지 않는 사랑, 손에 잡히지 않는 사랑, 그런 사랑은 대체 어디에 존재하는 걸까? 오래되어 잊혀진 사랑은, 기억할 수 없는 사랑은, 없던 것이 되는 걸까?

그러나 어떤 사랑도, 두 사람에게 하나의 기억으로 남을 수 없다는 사랑의 아이러니를 떠올려 보라. 하나의 사랑이 두 가지 기억으로 남게 되는 것, 어쩌면 기억할 수 없는 사랑만큼이나 서글픈 것 아닐까. 어차피 함께 기억해도 다른 사랑으로 기록된다면, 한 사람은 잊어버리고 한 사람만 기억하는 사랑과 별반 다르지 않은 것은 아닐까.

사랑이 뭘까, 묻고 싶은 밤

사랑을 시작할 때, 우린 계약서를 써야 할까?

— 샐리 루니, 『노멀 피플』

어느 화가의 작업실에서, 수많은 인물이 담긴 캔버스 사이를 거닐다가 그런 이야기가 오고 갔다. 예전 애인을 그린 그림들이 있다고. 순간, 그 자리에 있던 사람들은 모두 귀를 쫑긋거렸지만, 화가는 그 이상의 말을 아꼈다.

화가의 작업실엔 과거의 연인들이 살고 있는 것이다. 그들은 사랑하느라 아름다웠던 시절의 모습 그대로 박제된 채, 캔버스 안에서 영원히 살아 숨 쉰다.

어느 작가와 이야기를 나누다가 비슷한 이야기를 주고받은 적이 있었다. 연인에 대한 글을 쓰는 것은 로맨틱한가?라는 질문을 가지고. 그것이 사랑하는 순간에는 둘만의 특별한 유희, 혹은 관계가 깊어지기 위한 전희가 될 수 있지만, 사랑이 끝나 버리고 나면, 현재의 연인이 과거로 자리를 옮겨 버리고 난 후에는 무엇이 되는 거냐고. 그것이 두 사람의 사랑이 만들어 낸 무언가라면, 사랑이 없어진 후에는 어떤 의미를 갖는 거냐고.

영상이나 사진도 사정은 비슷하다. 인간이란 애정을 가진 피사체를 가장 아름답게 바라볼 테고, 그런 시선으로 화면 안에 연인을 담는 것은 즐거운 일이니까. 사랑하는 동안, 그 마음을 필터로 끼운 채 남긴 사진과 영상들은 그 순간에 영원히 머문다. 마음은 변해도 그것들은 유통기한이 없는 음식처럼, 변하지 않는다. 두 사람이 함께하는 내내 그것은 둘의 특별한 기록이 되어 주지만, 둘 사이의 유통기한이 끝나 버린 뒤에는 어떻게 해야 할까? 그것들은 여전히 처음처럼 생생한데, 그것을 만든 이와 그 안에 담긴 사람은 변질되어 버렸다면. 아무리 아름답다 한들 그것을 더 이상 보존해야 할 이유가, 의미가 있는 것일까? 두 사람의 관계와는 별개로 추억이라 여기며 간직하는 것이 가능할까? 그렇게 해도 괜찮을까? 그렇다면 찍힌 이와 찍은 이, 둘 중 누구 하나라도 그것을 폐기하고 싶어 한다면?

이 모든 사랑의 부산물들은 예술일까, 추억일까. 사랑이 살아 숨 쉴 때 탄생했으니 사랑이 죽어 버린 뒤엔 함께 소멸해야 하는 것은 아닐까. 그것은 둘 중 누구의 것일까? 뮤즈가

사랑이 뭘까, 묻고 싶은 밤

되어 준 연인, 혹은 그를 아름답게 담은 창작자의 역할을 맡은 연인 중에서.

  헤어진 연인과의 과거에 대해 가감 없는 기록으로 문제가 불거진 소설들이 몇 있었다. 아마도 영화, 노래, 글, 사진, 그 무엇에도 비슷한 일들은 계속해서 일어났고, 일어나고 있고, 일어날 것이다.

  사랑이란 강렬한 감정은 특별히 예술이나 창작에만이 아니라 삶과 일상 속에서 좋은 에너지가 되어 준다. 한 사람의 가장 깊은 내면에서 화학반응을 일으켜, 이제껏 생각지 못한 것을 떠올리게 하고, 새로운 시도를 하게 하며, 몰랐던 감각을 일깨워 주기도 하니까. 그러니 사랑하는 동안 연인을 뮤즈로 삼아 쓰고, 만들고, 그리고, 찍고, 많은 것을 생산해 낼 수 있다. 그것은 분명 큰 기쁨이지만, 생각해 보지 않을 수 없는 것이다. 사랑 후엔 어떻게 해야 할지, 그 모든 결과물이 혼자만의 것이 아니라서 애매해지는 순간이 온다면 어떻게 해야 하나.

  어쩌면 우린, 시작부터 계약서라도 써야 하는 걸까? 사랑이 끝나고 나면 우리 서로를 담은 모든 것을 소각하기로 약속하자고. 추억이라 이름 붙여 간직하는 어리석은 일은 하지 말자고. 이미 서로가 곁에 없다면 그 모든 것은 의미 없다는 걸, 알고 있지 않느냐고.

그러나 어리석은 이들만이 사랑을 하므로, 사랑을 시작하는 순간에 끝을 준비하는 철저함 따위를 가질 수 있을 리 없다. 게다가 그런 사랑을 누가 하고 싶어 할까? 떠날 것을 예정한 연인을 두고, 글을 쓰거나 그림을 그리고, 노래를 만들고 사진을 찍는 것은, 영 재미없을 것이 분명한데.

언젠가 사랑하는 사람이 생긴다면 그에 대한 글을, 한 권의 책만큼 쓰고 싶다. 운 좋게 반지라도 나눠 낀다면 그에게 책을 선물하며 첫 페이지에 메모를 남겨야겠다고 생각한다. 책 한 권이 채 쓰이기도 전에 우리에서 나와 너로, 제자리로 돌아간다면, 책의 나머지는 사랑 후의 장면들로 채워도 좋겠다. 세상엔 활짝 핀 꽃처럼 살아 있는 사랑만큼이나 이미 끝나 버린, 시들어 색이 바래 가는 사랑에 대한 글이 필요한 사람들도 많을 테니까.

사랑이 뭘까, 묻고 싶은 밤

나는 너 때문에 정말 행복해. 그는 그렇게 말한 다음, 한 손으로 그녀의 머리카락을 쓰다듬으며 이렇게 덧붙인다. 사랑해. 그냥 하는 말이 아니야. 진심이야. 그녀는 다시 눈물이 가득 차올라 두 눈을 감는다. 그녀는 심지어 훗날 기억 속에서도 이 순간이 견디기 힘들 정도로 강렬했다는 것을 깨달을 것이고, 이 일이 일어나고 있는 지금 이 순간에도 느끼고 있다.

그녀는 자신이 어떤 사람에게든 사랑받을 만하다고 생각해 본 적이 없다. 하지만 바로 이 순간 처음으로 그녀에게 새로운 삶이 열렸다. 많은 세월이 흐른 후에도 그녀는 이렇게 생각할 것이다. 그래, 그게 내 삶의 시작이었어.

– 샐리 루니, 『노멀 피플』

코넬이 메리앤에게 진심으로 사랑을 고백하는 순간, 메리앤은 자신의 삶이 시작되었다고 느낀다. 집에서 오랫동안 학대받아 온 메리앤의 망가진 자아상이 코넬의 사랑으로 회복되기 시작하는 순간이다.

한 번의 사랑이, 하나의 삶을, 한 사람을 변화시킬 수 있을까? 사랑이 가지는 다양한 신비로운 작용들 중 가장 긍정적인 것이 아마도 이것일 것이다. 우린 자신을 사랑하는 법도 잘 모를 때마저, 내가 아닌 누군가를 사랑하고, 그로부터 사랑받으면, '사랑' 이전의 자신보다 더 나은 사람이 된다. 아주 사소한 변화에서부터 역사적인 업적을 남기게 되는 일들까지, 오래도록 곁을 지키고 있는 살아 있는 사랑부터 오래전 떠나 버린 과거의 사랑들까지. '사랑'보다 효과적으로 사람을 바꿀 수 있는 것은 없다.

그러나 반드시 사랑으로 발생한 변화가 아름다운 것만은 아니다. 어떤 사랑은 너무 잔혹한 상처를 남기고 회복되기 어려울 만큼 한 사람을 망쳐 놓기도 한다. 그러나 대개의 진실한 사랑은, 두 사람이 서로에 대한 깊은 애정으로 진심을 다해 하는 사랑은, 미처 자신도 몰랐던 가능성을 발견하게 하고 서로를 더 나은 사람으로 만든다.

소설 속의 어린 두 주인공은 운명처럼 이끌린 사랑을 서툴고 어리숙하게 놓쳐 버리지만, 그 사랑의 기억들로 이전과는 다른 자신이 된다. 그리고 다시 마주친 사랑 앞에서 한 번 더 용기를 낸다.

사랑은 언제나 우리에게 무언가 남긴다. 길었던, 짧았던, 부드러웠던, 날카로왔던, 모든 사랑에게서 우린 더 나은 사랑을 할 수 있는 법을 배운다. 그렇게 '사람'은 누군가의 '사랑'으로 조금씩 더 나은 존재가 되어 가는 것이다.

비와 우산,
그리고
당신

비 오는 날, 우산 아래 쏙 숨어 거리를 걷다 보면 마치 숨바꼭질이라도 하는 것처럼 즐거워지기도 하거든. 오랜만에 시원하게 쏟아지는 빗소리를 들으며, 당신과 함께 우산을 쓰던 날을 떠올려.

언제였을까, 커다란 검은색 우산을 팡– 하고 펼쳐서, 차에서 내리는 내 머리 위로 지붕을 만들어 준 적이 있었지. 마치 시상식에서 레드카펫 앞에 내리는 배우들에게 해주듯, 장난스러운 얼굴로 과장해서. 난 괜히 웃음이 나면서도 싫지 않았어. 당연하잖아, 우산은 하나뿐이었고 우린 그 안에 함께 숨을 테니까.

언제였을까. '아까 그 말은 괜히 한 걸까', 그런 생각이 머릿속을 맴돌던, 어쩐지 서먹해졌던 그날. 가라앉은 둘 사이의 공

사랑이 뭘까, 묻고 싶은 밤

기에 조용히 각자의 우산을 펼쳐 들고 길을 걷기도 했었지. 보슬보슬 내리는 봄비를 맞으며, 짧은 거리를 떨어져 걸었던 그 찰나가 얼마나 지루했던지. 각자의 우산 아래 숨은 채 우린 무슨 생각을 했던 걸까. 짙은색 우산에 얼굴이 가려진 당신이 낯설어서, 나도 그만 우산을 푹 눌러써 버렸어.

'우산이 없어서-'라며, 머리카락이 젖은 채로 달려온 당신에게, 팔을 쭉 뻗어 내 작은 우산을 씌워 준 적도 있었지. 빨간색 접이식 우산은 너무 작아서 우린 겨우 머리만 집어넣은 꼴이었지만, 그런 생각을 했어. 당신과 함께 쓰는 우산은 작은게 좋다고. 흠뻑 젖어 버린 당신의 왼쪽 어깨는 조금 안쓰럽지만, 나는 마치 우비라도 걸친 듯 당신의 품에 안겨서 보송보송하게 있을 수 있었으니까. 머리 위엔 작은 빨간 우산, 어깨에 걸친 것은 당신의 따스한 오른팔. 그렇게 걷는 비 오는 거리는 얼마나 즐거웠는지.

그리고, 언제였을까.

어떤 색 우산을 손에 들고 있었는지 떠오르지 않는 겨울비 내리던 밤. 당신의 우산 아래에서도 너무 추워 어깨를 잔뜩 움츠렸던 그날. 그날만큼 우산을 미리 챙기지 않은 걸 후회한 적이 없었어. 함께 쓴 우산 아래가 비가 쏟아지는 바깥보다 추워서, 당신과 나의 어깨와 팔이 스칠 때마다 너무 차가워서. 이젠 더 이상 당신의 오른팔을 어깨에 두를 일이 없다는 것을 알아 버려서. 오늘이 우리의 마지막 비 오는 날이라는 것을, 앞으로는 각자의 우산을, 서로가 없이 쓰게 될 것이라는 것을 받아들여서.

사랑이 뭘까, 묻고 싶은 밤

김동욱, 〈비 내리는 거리〉, 53×33.4cm, oil on canvas, 2015.

김동욱, 〈city people〉, 53×65.1cm, oil on canvas, 2020.

사랑이 뭘까, 묻고 싶은 밤

외로움이 당신의 등 뒤에 기대 올 때

— 홀리 밀러, 『더 사이트 오브 유』

    충족된, 완전한, 완벽히 만족스러운 애정이란 없는 게 아닐까.

    사람들은 종종 자신의 외로움의 근원을, 충분히 사랑받지 못한 어린 시절에서 찾곤 하지만, (그 수많은 과거의 이론과 지식인들의 실험을 들먹이며) 충분히, 완전하게, 사랑으로 채워진 아이란 과연 존재할까?

    우리의 허기짐은 오래전 부모의 불완전한 사랑으로부터, 잘못된 선택으로 맺어진 연인과의 실패한 관계로부터, 그러니까 타인으로부터 발생하는 것이 아니다. 자신을 자신답게 머무르지 못하도록 만드는 감정적 허기와 뼛속부터 한기를 느끼게 만드는 외로움은 스스로에게서 발생한다. 숨을 쉬고,

잠을 자고, 밥을 먹는 기능과 함께, 외로워하도록 만들어진 것이 사람이니까.

외로우니까 사람이라고 하지 않았던가. 관계 안에서 살아가는 우리들에게 벌어지는 수많은 문제들의 대부분이 외로움에서 시작되고, 모든 아름다운 것들도 외로움으로부터 생겨난다. 외롭기 때문에 사랑을 배우고, 타인을 익히고, 관계를 공부한다. 외롭기 때문에 글을 쓰고, 책을 읽고, 노래를 부른다. 그림을 그리고, 춤을 추고, 영화를 만든다. 외로움이 나를, 타인에게 건네도록 한다. 강렬한 외로움 덕분에 우리는 한 번씩 용기를 낼 수 있다. 약간은 등을 떠밀리듯, 내 것이 아닌 체온으로 스스로를 덮여 주기 위해서, 스스로를 성숙시키는 찰나의 어른스러움을 가져 본다.

잘못된 방향으로 자라난 외로움은 타인을 해친다. 스스로를 망가트린다. 미워하고, 배척하고, 탓하다가 상처 주고 부서뜨린다. 사회로부터 소외되었다고 느낄 때, 자신에게만 아무도 없다고 생각할 때, 외로움을 칼날처럼 휘두른다. 타인의 외로움을 헤아려 보려는 노력을 해보겠다는 생각 따위는 하지 않은 채, 이기적이고 멍청하게 자신의 외로움에 사로잡히고 만다.

사랑이 뭘까, 묻고 싶은 밤

우리는 외로움을 견디거나 모른 척하거나 없애 버리겠다는 불가능한 시도를 그만두어야 한다. 대신 살아가는 내내 외로움을 곁에 두는 법을 익혀야 한다. 각자에게 주어진 삶은 짧거나 길지만, 외로움은 삶의 길이와 깊이에 상관없이 모두에게 똑같이 주어진다. 외로움은 늘 내 곁에 앉아 있다. 모두가 떠나도 마지막까지 남아 있는 것이 외로움이다. 그래서 외로움을 달래는 법은 아이러니하게도 외로움과 손을 잡는 것이다. 내가 손을 놓아도 외로움은 절대 내 손을 놓지 않는다는 것을 알게 되는 것이다. 지치지 않고, 변하지 않고, 떠나지 않는, 내 몫으로 주어진 나의 단짝, 그림자, 또 다른 자신.

보기에 한없이 밝고 따스한 이도 완전한 사랑으로 채워져 있지 않다. 그 안에도, 어둡고 차가운 이와 똑같이 불완전한 애정과 부족한 사랑의 흔적이 있다.

나를 웃게 만들어 주는 타인에게서 이유 모를 허기를 느끼던 순간, 타인과의 관계만이 아닌 나와의 관계 안에서도 발견하게 되는 어긋남. 이토록 완벽한 우리마저도 좋거나 안 좋고, 충만한 순간과 어긋남을 번갈아 겪는다. 그리고 그 모든 순간의 곁에 외로움이 함께한다. 행복한 순간에도, 사랑하고 있을 때도, 희망이 있거나 없을 때, 익숙해진 이가 떠나갈 때와 새로운 사람이 다가올 때, 살아 숨 쉬는 그 모든 순간에.

언제쯤이면 외롭지 않을 수 있을까?
어떤 사람을 만나면 외롭지 않을까?
얼마큼의 시간을 쌓으면 외로울 틈이 없을까?

더는 질문하지 말아야 한다. 외로워야 사람이니까. 누군가를 곁에 두어도 닿아 있던 서로가 떨어지는 순간, 나와 너의 사이를 바람이 지나간다. 데워진 온몸이 빠르게 식는다. 일생의 절반을 같이 쌓아도 각자의 시계가 흐를 뿐이다. 두 개의 시계를 나란히 놓은 채 시차를 계산할 수는 있어도 시침과 분침을 떼어 내 하나로 만들 수는 없다. 우리는 영영 외롭다. '삶'이라는 소설 속에서, '영원히'라는 수식어를 붙일 수 있는 몇 안 되는 문장 중 하나가 이것이다.
다행히 나이를 더해 가며, 겨우겨우 외로움을 다루는 법을 배워 간다. 살아가는 내내 이런저런 실수를 저지르며 조금씩 능숙해지기를 꿈꿔 본다. 우리에게 희망이 있다면, 단지 그것뿐이다..

사랑이 뭘까, 묻고 싶은 밤

○

"당신을 사랑하지 않으려고 했어요, 캘리. 그런데 불가능하
더라고요. 당신은… 당신이니까."

– 홀리 밀러,『더 사이트 오브 유』

주인공 조엘은 사랑하는 사람들의 미래를 꿈에서 본다.
좋은 꿈도, 나쁜 꿈도 있었지만, 그는 원치 않았으나 미리
알아 버렸던 미래들과 그중 막지 못한 나쁜 결과에 대한 죄
책감 때문에 많은 것을 포기하고 살아간다.

그렇게 더 이상은 상처받고 싶지 않아서 깊은 관계는 피
해 다니던 그에게, 운명처럼 강렬한 사랑이 찾아오고 만다.
이제까지 해왔듯이 애써 모른 척하려 해도, 그녀에게 끌리
는 자신을 막을 수가 없을 만큼 커다란 끌림… 결국, 그녀
또한 자신을 사랑하고 있다는 사실을 알게 되자 더는 피할
수 없어진다. 그러나 두 사람이 연인이 된 후 어느날, 조엘
은 이번에도 그녀에 대한 꿈을 꾸고 만다. 너무나 큰 행복을
가져다준 이 사랑의 끝을 알게 된다.

이제 소설의 주인공은 어떤 선택을 하게 될까? 끝을 아는

사랑, 그것이 나를 위한 해피엔딩이 아니라면…. 우린 시작할 수 있을까? 언젠가 떠날 것이 확실한 사람, 사라질 것이 분명한 사랑을, 선택하고 받아들일 수 있을까?

어쩌면 사랑이란 끝을 알던, 모르던, 우리가 백퍼센트 자의로 선택할 수 있는 것이 아닐지도 모른다. 주인공 조엘의 고백처럼, 당신을 사랑하고 싶지 않았는데, 사랑하지 않으려 애썼는데, 사랑할 수밖에 없던 순간이 우리에게도 있었으니까. 사랑 앞에서 항복을 선언하는 그 순간에, 언젠가 끝날 것을 알면서도 시작의 설렘으로 떨렸으니까.

관계 안의 질문들

— 김연수, 『사랑이라니, 선영아』

　대부분의 인간관계가 그런 걸까, 아니면 연애관계 안에서의 특징일까. 나는 더 친해진 뒤에, 둘의 사이가 가까워질수록, 멋있어지는 이를 발견하고 싶다. 그래서 오래오래 감탄하며 소중히 여기고 싶다. 그런데 어째서 다들 손이 닿지 않는 거리에서 서로에게 호감을 가지고 있을 때, 그때 더 좋은 사람처럼 보이는 것일까. 나만 그렇게 느끼는 걸까? 아니면… 대부분의 사람들이 나와 비슷한 생각을 하는걸까.

　만나면 만날수록, 시간을 쌓아 가고 삶을 겹쳐 갈수록, 편안해지고 사랑스러워지는 타인이란 이다지도 만나기 힘든 것일까. 사람을 만날수록, 풀이과정이 가득 적힌 기출문제집이 쌓여 갈수록, 시험은 오히려 어려워진다. 어째서 매번 출제경향이 바뀌는 걸까? 오답노트 따위는 아무런 도움이 안

되는 걸까. 관계 안에서 아쉬움이 남는 것은 당연한 걸까? 완벽한 인간이 존재할 수 없듯, 완벽한 관계도 없을 테지만….

여전히 어렵다. 이런 어려움 따위 떠오르지 않는 관계, 모든 질문과 고민의 답이 되어 줄 사람, 그런 것이 있는지 확신하지도 못하면서 아직도 기대하고 기다린다. 포기하고 체념하고 적당히 선택하는 것, 이미 어린 날에 수없이 해보고 미친 듯이 후회했던 것들이라서. 더 이상은 그러지 않겠다고 얼마나 긴 시간을 되뇌었던가.

시험 범위가 바뀌고 출제경향이 달라지고 매번 문제 난이도가 높아져도, 끝까지 풀 거야. 게으르고 성실한, 보기보다 끈기 있는 나란 인간.

어차피 죽기 전까지는 살아야 하잖아. 헤어지기 전까지는 만나야 하잖아. 헤어지면 또 새로 만날 거잖아. 그렇게 후회가 하나 더해지고, 무언가를 배우고, 글을 쓸 테니까.

○

기억이 아름다울까, 사랑이 아름다울까? 물론 기억이다.

사랑이 뭘까, 묻고 싶은 밤

기억이 더 오래가기 때문에 더 아름답다. 사랑은 두 사람이 필요하지만, 기억은 혼자라도 상관없다.

– 김연수, 『사랑이라니, 선영아』

대학 친구인 세 사람은 애매하게 얽힌 과거를 가지고 있다. 선영이 진우와 사귀기 전부터 그녀를 짝사랑했던 광수, 광수와 결혼을 앞두고 재회한 진우의 결혼 후에도 계속되는 유혹에 흔들리는 선영, 딱히 그녀만을 그리워한 것도 아니면서 친구의 아내가 되어 재회한 옛 연인 선영에게 아이가 떼쓰듯 억지를 부리며 질척대는 진우.

이들의 관계는 선영과 광수의 결혼식 날, 사소한 장면이 불씨가 되어 위태롭게 타오른다. 그 과정에서 세 사람은 '사랑'이라는 필터를 통해 자신을, 기억을, 관계를 재정립하게 된다. 이제껏 오해하고 있었던 자신의 많은 부분을, 사랑을 호되게 통과하면서야 밑바닥을 들여다보게 된다. 그리고 깨닫는다. 사람은 사랑을 통해서야 겨우 나를 알게 된다는 것을, 그 과정에선 자신의 찌질함과 비겁함을 마주할 수 있는 용기가 필요하다는 것을.

그러니 혼자만 내 입맛에 맞춰 각색한 기억은 사랑이 아닐지도 모른다. 사랑은 혼자가 아니라 두 사람이 하는 거니까. 물론 치열하게 해내야 하는 사랑보다 혼자서 우아하게 즐길 수 있는 기억이 더 아름다울 수 있다. 그러나 혼자서 즐기는 절경이 사랑하는 사람과 함께 바라보는 평범하고 익숙한 거리보다 따스할 수 있을까?

사랑이 뭘까, 묻고 싶은 밤

혼자서 잠드는 것,
익숙하지만 가끔은 견디기 힘든

— 켄트 하루프, 『밤에 우리 영혼은』

생각해 보면 혼자서 잠드는 것이 당연하고 익숙한 삶. 기억이 잘 나지 않는 어린 시절을 제외하고 나면, 적당한 크기의 내 침대 위에서, 좋아하는 색의 이불에 감싸인 채로 매일 혼자 잠이 들었다. 더운 여름날엔 가슬거리는 가벼운 리넨 이불, 추운 날엔 하얗고 복슬거리는 도타운 것을 목까지 끌어올리고, 베고 누운 것 하나와 꼭 끌어안은 것 하나, 두 개의 베개와 함께.

그렇게 고요하고 안락하게 잠자리에 드는 것이 일상이지만, 가끔은 불현듯 외로움에 사로잡히는 밤이 있다. 특별한 일 없는 평범한 하루, 어제와 오늘, 그리고 내일이 크게 다르지 않을 흐름 속에서, 습관처럼 누워 있는 익숙한 침대 위에서 외로움을 마주하게 되는 날은 당황스럽다.

짙은 어둠 속에서, 노곤한 몸과 달리 또렷해지는 두 눈으로 가만히 천장을 바라보거나 좋아하는 물건들로 채워진 방 안을 둘러본다. 제자리를 지키고 있는 것들이 위로가 되어 줄 법도 하지만, 어쩐지 이런 날은 영 도움이 되지 않는다. 그러다가 불쑥 떠올리고 만다. 일상이 아닌 비일상의 하루를, 혼자가 아니라 함께였던 밤을.

누구라도 어느 나이쯤, 타인과 함께 했던 기억들을 가지게 되면, 알게 된다. 함께 밤을 보내는 것, 네모난 침대 위에 나란히 누워서 소곤거리며 이야기를 나누는 즐거움, 체온과 마음을 주고받는 순간의 따뜻함을. 어떤 전기장판이나 두꺼운 이불보다 꼭 끌어안은 타인의 체온이 뜨겁다는 것을. 사람들은 가져 본 적 없는 것에 대해서는 그리워할 줄 모르기 때문에, 우리의 마음이 흔들리는 순간은 '있다가 없어진 것'을 떠올릴 때다.

세상이 잠시 멈춘 고요한 긴 밤을, 혼자가 아닌 누군가와 함께 지나는 일의 포근함을 알아 버리고 나면, 그 따스한 여운에 나른해할 새도 없이, 원치 않는 부록이 주어진다. 기다리던 택배 상자를 열었더니 맨 밑바닥에 주문한 적 없는 것이 놓여 있는 것을 발견하는 순간처럼, 텅 비어 버린 이불 안

사랑이 뭘까, 묻고 싶은 밤

에서 깨닫게 되는 것이다. 당신이 있던 자리가 비어 있음을, 당신이 데워 주었던 몸이 서늘하게 식었음을. 그래서 수없이 능숙하고 무심하게 건너가던 이 긴 밤을, 처음 걷는 것처럼 어설프게 헤매고 있는 자신을.

　매일 과거의 어느 날을, 어떤 사람을 그리워하며 잠 못 이루는 것이 아니다. 단지 유유히 흘러가던 삶의 어느 하루, 아주 작은 돌부리에 톡- 하고 발이 걸려서 넘어졌을 뿐인데 피가 철철 흐르는 정강이를 갖게 되는 것처럼, 예고 없이 외로움이 당신의 침대 곁에 내려앉는 날이 있을 뿐이다. 그런 날, 우리는 당황스럽다. 딱히 그날과 그날의 당신이 그리운 것도 아니건만, 어째서 이렇게 쓸쓸할까. 어제까지만 해도 하루를 마치고 좋아하는 잠옷을 입은 채로 몸을 누이면, 세상에서 가장 안전하고 편안하던 내 침대가 왜 이렇게 어색한 걸까. 아무런 특별한 일도 없는데, 삶은 흐르던 대로 흐르고 있고 나도 여전히 나인데, 오늘은 왜 이렇게 잠이 오지 않을까. 밤의 길이가 잘못된 건 아닐까. 그저 의아해지는 순간이다.

　아주 긴 시간을 함께 한 부부라면 다를까? 스물 몇, 혹은 서른 어느 즈음을 훌쩍 지나 버린 나이라면 이런 날이 없을까? 매일 밤 함께 잠들기로 약속한 타인이 있다면 이런 밤이

영영 사라지는 걸까? 글쎄, 모두 겪어 본 것은 아니라 확신할
수는 없지만, 꼭 그렇지만은 않을 거란 생각이 든다. 수십 년
을 그렇게 지낸다고 해도, 어느 순간 두 사람 중 한쪽이 떠나
갈 수 있으니까. 이별 혹은 죽음, 그것도 외로움처럼 예고 없
이 나타날 테니까. 어쩌면 나란히 누워 있어도, 외로움이 둘
사이에 함께 눕는 밤이 있을 테니까. 그런 날은 홀로 긴 밤을
지나는 것보다 두 배, 세 배로 외로울 것이 분명하다. 하나의
침대에 누운 채 손이 닿지 않는 타인이라면, 그것은 얼음을
꼭 끌어안은 채 잠드는 것보다 추운 일일 테니까.

○

내가 왜 왔나 궁금하겠죠. 그녀가 말했다.

글쎄요, 집이 좋다는 말을 하러 온 건 아닐 거구요.

그건 아니에요. 제안을 하나 하려고요.

그래요?

네. 일종의 프러포즈랄까.

그렇군요.

결혼은 아니고요. 그녀가 말했다.

사랑이 뭘까, 묻고 싶은 밤

아닐 거라고 생각했어요.

하지만 약간 결혼 비슷한 것이긴 해요. 그런데 말을 할 수 있을지 모르겠어요. 겁이 나네요. 그녀가 소리 내어 조금 웃었다. 이렇게 말해놓고 보니 정말로 결혼과 비슷하군요.

뭐가요?

겁이 난다는 게요.

그럴지도 모르겠네요.

좋아요. 음, 이제 말할게요.

듣고 있어요. 루이스가 말했다.

가끔 나하고 자러 우리 집에 올 생각이 있는지 궁금해요.

뭐라고요? 무슨 뜻인지?

우리 둘 다 혼자잖아요. 혼자 된 지도 너무 오래됐어요. 벌써 몇 년째예요. 난 외로워요. 당신도 그러지 않을까 싶고요. 그래서 밤에 나를 찾아와 함께 자줄 수 있을까 하는 거죠. 이야기도 하고요.

그는 그녀를 바라보았다. 호기심과 경계심이 섞인 눈빛이었다.

아무 말이 없군요. 내가 말문을 막아 버린 건가요? 그녀가 말했다.

섹스 이야기가 아니에요.

그렇잖아도 궁금했어요.

아니, 섹스는 아니에요. 그런 생각은 아니고요. 나야 성욕을 잃은 지도 한참일 텐데요. 밤을 견뎌 내는 걸, 누군가와 함께 따뜻한 침대에 누워 있는 걸 말하는 거예요. 나란히 누워 밤을 보내는 걸요. 밤이 가장 힘들잖아요. 그렇죠?

그래요. 같은 생각이에요.

......

그런데 침대에 누군가가 함께 있어 준다면 잠을 잘 수 있을 것 같아요. 좋은 사람이, 가까이 있다는 것. 밤중에, 어둠 속에서, 대화를 나누는 것. 그녀가 말을 멈추고 기다렸다. 어떻게 생각해요?

– 켄트 하루프, 『밤에 우리 영혼은』

콜로라도 주, 가상의 마을 홀트에서 살아가고 있는 두 사람, 애디 무어와 루이스 워터스는 오랜 이웃이다. 두 사람 모두 배우자와 사별하고 홀로 노년을 지내고 있다. 그러던 어느 날 애디 무어는 길을 건너 맞은편 집에 사는 루이스 워터스를 만나러 간다. 그리고 두 사람의 이야기가 시작된다.

어찌 보면 황당할 수 있는 제안. 애디는 루이스에게 섹스

사랑이 뭘까, 묻고 싶은 밤

없이 함께 밤을 보내자고 이야기한다. 어둠 속에서 대화를 나눌 수 있는, 곁에 누운 타인의 존재로 외로움을 달랠 수 있을 것 같다고. 처음엔 당황스러워한 루이스도 곧 애디의 제안을 받아들인다.

일과를 마치고, 각자의 집에서 저녁을 먹고 나면 루이스가 애디의 집으로 가 나란히 침대에 누워 밤을 보낸다. 어색함과 긴장으로 시작한 밤의 대화가 어느새 친밀감으로 변화하고, 이제껏 누구에게도 할 수 없었던 속내를 주고 받으며, 두 사람의 사이는 자연스럽게 가까워진다.

일흔이 넘은 나이, 황혼이라 표현하는 삶의 마지막 장에서 두 사람은 용기를 내 서로에게 특별한 친구가 되어 준다. 뜨겁게 타올랐던 젊은 시절의 사랑과는 다르지만 고요하고 단단한 두 사람 사이의 감정도 어쩌면 또 다른 사랑에 가까운 것이 아니었을까.

지나온 언젠가, 좋아하는 자리에 자주 앉아서 묘하게 한쪽으로 쏠린 소파에 나란히 앉아서, 우리는 이런저런 이야기를 주고받았다. 오후의 해가 아직 남아 있는 시간에 만나 시작한 이야기는, 어둠이 깊어지고 새벽 달빛이 창문으로 스며드는 시간까지 이어졌다. 작은 유리잔에 짙은색 와인을 따라 마시면서, 좋아하는 노래를 번갈아 틀며, 눈을 반짝이며 입술을 달싹였다. 나와 내가 이룬 세계에 대해, 너를 알게 된 순간에 대해, 나와 네가 만나서 우리가 된 순간을 함께 떠올려 보기도 하고, 살아가는 것의 고단함과 사랑하는 것의 희로애락을 끝없이 말하고 듣던 날.

그 말들의 어느 지점에 불쑥 나타난 '외로움'이라는 단어 때문에, 나는 가장 좋아하는 책 이야기를 꺼냈다. '켄트 하루프'라는 작가의 유작, 우연히 만나게 된 이 소설에 순식간에 빠져든 날을. 하루 만에 훌쩍 읽어 버린 뒤엔 몇 번이나 반복해서 읽었는지, 좋아하는 사람들에게 몇 권이나 선물했는지. 언젠가 소설을 쓸 수 있다면, 꼭 이런 것을 쓰고 싶다고. 일흔이 넘은 할아버지와 할머니가 주인공인 소설 속에서 배운 사는 법에 대하여….

눈을 반짝이며 열심히 들어주던 당신이 '우리도 한번 해 볼까?'라는 말을 했을 때, 나는 마치 책 속의 루이스가 된 것 같았다. 유리잔에 남은 와인을 비우고 함께 작은 침대에 누워서 이야기를 이어 갔다. 우리는 나와 또 다른 타인, 그러니까 두 사람이 반드시 입술을 겹쳐 보거나 몸을 섞지 않아도 애틋해질 수 있다는 것을, 그 밤에 알게 되었다. 우리가 만났기 때문에 처음 알게 된 것, 모든 새로운 만남이 줄 수 있는 가장 즐거운 선물. '당신 덕분에 나는 이런 것을 처음 알게 되었어요'라고 깨닫는 순간.

아이러니하게도 소설책은 사실이었다. 하루프가 만들어 낸 세상은 가상이지만 현실이었다. 주인공들이 어떤 밤을 보냈는지, 우리는 일흔이 될 때까지 기다리지 않아도 알 수 있었으니까. 언젠가, 외로움이 곁에 내려앉는 혼자인 밤을 겪게 된다면, 우린 이날을 떠올리게 되지 않을까. 그런 생각을 하면서 설핏 잠이 들었던 것 같다. 두 눈을 감은 채로 당신의 어깨에 기대서, 나를 가만히 내려다보는 시선이 눈꺼풀에 살그머니 닿는 것을 느끼며, 따뜻해졌다. 몸과 마음이, 그리고 외로움마저도.

지나고 나서
알게
되는 것

　사랑에 대해 쓰겠다고 마음먹으니 마주치는 모든 글이, 음악이, 대화가, 길을 걷다가 무심코 시선이 머무는 장면들마저 내게 사랑을 이야기하는 듯하다. 이제껏 셀 수 없이 실패했던 순간들. 환희로 가득 차서 생을 만끽했던 찰나들. 지나고 보니 그 모든 것이 내게 사랑을 가르친 선생이었다.

　하나의 타인을 발견하고, 당신에게 사랑이란 꼬리표를 다는 순간, 나는 어떤 마음이었을까. 당신을 곁에 두고 사랑하는 법을 배웠든가, 당신에게 사랑받는 기쁨에 취했든가. 사랑하는 법을 아는 척하며, 실은 사랑하는 모습에 취해 스스로에게 빠져 있지는 않았든가.

　당신은 어땠을까. 나를 사랑한다 말하며 진짜 나를 보았을

　　　　　　　　　　　　사랑이 뭘까, 묻고 싶은 밤

까, 사랑에 빠진 스스로에게 매혹당해 당신 앞에 서 있는 나를 제대로 보지 못한 것은 아니었을까. 우린 그렇게 서로를 사랑한다고 말하며, 사랑을 몰라서 서로를 떠날 수밖에 없었던 것은 아니었을까.

사랑은 하는 동안에도 나를 가르쳤지만, 그것에 실패하고, 잃어버리고, 기어코 혼자가 되어 원점으로 돌아와 덩그러니 남았을 때 더 많은 것을 알게 했다.

다행스럽게도 이젠, 사랑 그 자체에 취해 당신을 보는 법을 잊는 일도, 사랑하는 중이라는 역할에 취해 당신을 내 멋대로 이상화하지도 않는다. 당신이 내게 사랑을 말할 때 그것이 진실일까 의심하기보다는, 내 안의 사랑이란 단어의 진위를 먼저 가려본다. 나와 당신이 우리가 되어도 좋을까, 결정하는 것은 반드시 나여야만 하니까. 당신에게는 반드시 당신이어야 하듯.

오래전 읽었던 문장 하나가 그땐 '그런 의미'로 다가오지 않았던 것처럼, 지나온 사랑들이 내게 남긴 것이 무엇인지 그땐 몰랐다. 실패한 사랑은 그저 덮어 두고 잊어야만 하는 것이라 여겼으니까. 잘못된 선택, 서툰 관계, 오해와 실망. 지나온 사랑들의 뒷면에 적어 둔 자책 가득한 메모들이 보기 싫어서 저

만치 구석에 치워 놓았던 것들을, 다시 꺼내어 먼지를 털어내고 덕지덕지 붙여 놓았던 아픈 꼬리표들을 떼어 낸다. 그리고 다시 본다.

다시, 읽어 보니 전혀 다른 의미로 다가오는 오래전 그 문장처럼, 실패한 사랑들이야말로 나에게 사랑을 가르쳤음을, 이제야 겨우 알고 마음을 놓는다. 사랑이 무엇인지, 아주 조금 알게 된 것은 전부 그것들 덕분이니까.

유민, ⟨Bus stop⟩, 97×145.5cm, oil on canvas, 2015.

유민, 〈snow-walk〉, 146×112cm, oil on canvas, 2014.

사랑이 뭘까, 묻고 싶은 밤

왜 날 계속 만나는 거야?

— 페터 한트케, 『긴 이별을 위한 짧은 편지』

한낮에 바깥을 걷다 보면 숨이 턱턱 막히는 한여름. 땀이 나지 않았으면 하는 마음에 최대한 느릿느릿 걸어 봐도, 작은 양산으로 머리 위에 그늘을 만들어 보아도, 뜨거운 해는 온몸을 문지르며 스며든다. 우린 여름을 피할 길이 없다. 살아 있다면 삶을 피할 수 없는 것처럼, 당신이 곁에 있다면 사랑하지 않을 수 없는 것처럼.

여름을 배경으로 한 애니메이션에서 봤을 법한 하늘이 계속되는 날들, 익숙한 어느 동네를 천천히 걷다가 견딜 수 없을 만큼 열기가 차오를 때쯤 눈앞의 카페로 피신한다. 문을 열고 들어가면 서늘한 에어컨의 냉기와 낮게 흐르는 음악, 고소한 커피 향이 단박에 마음을 식혀 준다. 이제 투명한 유리창 바깥으로 보이는 한껏 채도를 높인 여름날의 장면은 아름답게만 느껴진다. 시원하고 쾌적한 카페 안에 앉아서, 뜨거운 여름날을 관망하거나 쏟아지는 소나기를 구경하는 것만큼 즐거운 것도 없으니까. 습관처럼 아이스 아메리카노를 시켜 놓고는 문득 떠올린다. 누군가 씁쓸하고 차가운 이것을 가운데 두고 이별하던 장면을.

그는 물었다. "왜 날 계속 만나는 거야?"
그러자 그녀는 잠시 시간을 두더니 대답했다. "같이 있으면, 편해서요."

나는 얼굴도 이름도 모르는 두 사람을 한동안 생각한다. 어떤 모습으로, 어떤 표정으로 마주 앉아 있었을까. 이별하는 순간에. 서로를 바라보았을까, 아니면 짧은 질문과 더 짧은 대답을 주고받는 사이 물기 맺힌 기다란 유리잔에 시선을 두었을까. 반드시 겪게 될 것을 알았음에도 그것이 바로 그날일 줄은 몰랐을 연인의 마지막 장면은 바깥의 뜨거운 날씨와 다르게 서늘했을 텐데. 그 순간에 아마도 연인의 심장은 드라이아이스에 빠진 것처럼, 얼어붙은 듯 차갑지만 손을 가져다 대면 델 것 같았을까. 혹은 그 반대였을까. 아직도 델 것처럼 뜨거운 마음인데 급히 얼려야 해서 괴로웠을까.

사랑이 종료되는 것은 언제일까? 둘 중 한 사람이 '우리 이제 그만해'라고 말하는 순간일까? 그러나 상대방의 사랑은 계속되고 있다면….

사랑이란 반드시 두 사람이 동시에 시작해서 동시에 끝나는 것은 아니라는 걸 알면서도, 그렇기를 바라는 것. 불공평하고 이기적이고 잔인한 것임을 알면서도, 가장 아름다워서 자꾸만 바라게 되는 것.

그러고 보니 사랑이란, 혼자 시작해서 혼자 끝낼 수도 있는 것. 혼자 시작했다가도 함께할 수 있는 것. 함께하다가 혼자만 끝내 버릴 수도 있는 것. 너무 많은 선택지가 있어서 어떤 선택이 옳고 그른지 알 수 없는 것. 단지 계속되는 동안만 아름답고 옳은 것. 세상과 우리를 구원하는 것이면서 동시에 누군가를 죽게 하는 것.

사랑이 시작되는 장면의 찬란함에 대해 쓰는 것은 언제라도 행복하지만, 사랑이 끝나는 장면의 스산함에 대해 쓰는 것은 어쩌면 한여름에 가장 잘 어울리는 게 아닐까. 뜨거운 열기가 차갑게 식어 가는 마음을 조금은 데워 줄지도 모르니까.

○

유디트를 만나고서야 비로소 나는 무언가를 처음 경험하기 시작했으며, 주변 세계라는 것이 더 이상 악하지만은 안다는 인식을 하게 되었다. 나는 특징들만 모으기를 그만두고 인내심을 갖기 시작했다.

       – 페터 한트케, 『긴 이별을 위한 짧은 편지』

    아내로부터 이별을 통보하는 내용의 편지를 받은 주인공은 그녀가 있다는 미국으로 떠난다. 그는 왜 아내를 찾고 싶은 걸까, 아내를 찾아내서 그녀의 편지가 진심이 아니었다는 답을 듣고 싶은 걸까. 그의 마음이 무엇이든, 짧은 편지만으로는 받아들이기 힘든 이야기임엔 분명하다.

    아내를 찾기 위해 떠난 여행은 점점 길어지고, 그 시간 안에서 주인공은 이별 후에 찾아오는, 반갑지 않은 감정들을 차례로 겪는다. 분노, 후회, 그리움, 절망, 희망, 체념… 이별이 길어질수록 주인공은 아내를 찾는 행위를 통해 아이러니하게도 아내가 아닌 자신을 발견한다. 자신도 모르고 지냈던, 모른 척 지내왔던 진짜 '나'의 모습을 마주하게 된다.

                             사랑이 뭘까, 묻고 싶은 밤

있을 때 잘 하라는 말, 너무 익숙해서 가볍게 웃고 넘겨버리는 말이지만 관계 안에서 그보다 중요한 것도 없지 않을까. 우리가 사랑하는 동안에, 당신이 내 곁에 머무르는 동안에, 내가 당신 곁에 자리하는 동안에, 우리는 언제든 이 사랑이 끝날 수 있음을, 잊지 말아야 한다. 이별은 언제라도 올 수 있으니까. 그렇게 서로를 바라보는 일에, 자신을 솔직하게 들여다보는 일에, 게으르지 않아야만 난데없는 이별통보에 우왕좌왕하지 않을 수 있을 테니까.

당신 대신 뭘 하면 좋을까?

— 최은영, 『밝은 밤』

든 자리는 몰라도 난 자리는 안다고, 헤어진 후에 생각한다. 이제 곁에 당신이 없으니 무얼 하면 좋을까. 당신과 메시지를 주고받던 시간에, 통화하며 하루를 마무리하던 시간에, 문득 멍해지고 만다.

'당신 대신, 뭘 하면 좋을까'

이별은 일상에 작은 구멍을 만든다. 사랑을 시작하며 자연스럽게 새겨진 당신이란 무늬를 오려 내고 난 자리들. 바쁘게 지내는 하루 속에서 자연스럽게 이별을 잊고 지내다가도, 구멍 난 자리에 발이 하나 걸리면, 머릿속에 잠시 일시 정지 버튼이 눌린다.

나와 당신이 아직 '우리'로 불리던 때, 늘 만나던 요일, 함께 가던 카페, 같이 봤던 넷플릭스 드라마, 통화하던 시간, 자주 먹었던 메뉴 같은 것들이 너무 많아서, 마음은 한동안 고장 난 노트북처럼 예고 없이 멈춰 버리곤 한다.

연인의 목소리로 채우던 시간을, 좋아하는 음악들로 채워보고, 요즘 핫하다는 신상카페에 친구들과 함께 가보기도 하고, 넷플릭스 안의 넘쳐나는 드라마들 중에 가장 재밌다는 것을 새롭게 보기 시작한다. 그럴 때면 시간이 더디게 흐르는 것 같아도, 결국엔 구멍들이 점점 작아지고 희미한 흔적만을 남긴 채 메꿔진다.

사랑하느라 시간이 필요했던 것처럼, 우린 이별하는 데도 시간이 필요하다. 삶에 당신이라는 무늬를 새기느라 걸렸던 시간만큼, 당신을 지우는 데도 그만큼 시간을 들여야겠지.

사랑과 이별은 마치 낮과 밤처럼, 삶을 공평하게 차지하는 것일까? 그렇다면 어리석다고 해도 바라게 된다. 언젠가는 영원히 해가 지지 않는 한낮의 삶이 시작되기를, 아주 오랫동안 지우지 않아도 좋을 아름다운 무늬를 새길 수 있기를.

○

마음이라는 것이 꺼내 볼 수 있는 몸속 장기라면, 가끔 가
슴에 손을 넣어 꺼내서 따뜻한 물로 씻어 주고 싶었다. 깨
끗하게 씻어서 수건으로 물기를 닦고 해가 잘 들고 바람이
잘 통하는 곳에 널어 놓고 싶었다. 그러는 동안 나는 마음
이 없는 사람으로 살고, 마음이 햇볕에 잘 마르면 부드럽고
좋은 향기가 나는 마음을 다시 가슴에 넣고 새롭게 시작할
수 있겠지.

― 최은영, 『밝은 밤』

주인공 지연은 바람핀 남편과 이혼하고 서울을 떠나 '희
령'에서 혼자만의 삶을 시작한다. 거기서 오랫동안 보지 못
했던 할머니를 우연히 만나게 되고, 그녀를 통해 증조할머
니의 삶을 전해 듣는다. 소설은 지연의 현재와 할머니에게
전해 듣는 과거의 이야기가 교차하며 전개된다. 증조할머
니, 할머니, 그리고 엄마를 거쳐 주인공까지 이어져 온 삶의
장면들을 담담히 전하며 무언가를 말하려 한다.

소설의 시작을 짧게 요약했을 뿐인데 예상할 수 있는 것

들이 너무 많다. 자신의 잘못이 아닌 남편의 외도로 이혼을 하게 되었으나, 사회와 관계 안에서 '이혼녀'라는 낙인은 그녀에게 얼마나 많은 덫을 씌웠을까. 사회적 약자의 자리에 놓인 죄 없는 이가 자신의 무죄를 증명하기 위해 애쓰다가 한없이 너덜너덜해지는 것은 슬프게도 익숙한 일이니까.

그런 그녀의 마음은 어떨까, 얼마나 아프고 상처 입고 덧나고 있었을까. 한때 부드럽고 향기롭고 흠 하나 없었을 그것이, 원래의 모습을 찾을 수 없을 만큼 망가져 있지는 않았을까.

이유도, 과정도, 결말도, 전부 제각각이겠지만, 이별을 겪는 이들의 마음은 어딘가 맞닿는 부분이 있을 것이다. 삶의 어느 한 지점, 미처 피할 수 없었던 깊은 웅덩이에 빠져 머리끝까지 잠긴 채 겪는 마음의 훼손이 어떤 것인지 모르는 이 없을 테니까.

너무 아픈 마음은 잠시 꺼내어 햇볕에 말려 두고, 잠시 마음이 없는 사람으로 살며 그것이 잘 마르기를 기다릴 수 있다면 얼마나 좋을까. 그렇게 천천히 상처의 잔해들을 치우고, 보듬고, 다시 사랑할 수 있도록 괜찮아지고 나면, 그새 깨끗이 아문 마음을 다시 가슴에 넣고 새로운 사랑을 꿈꿀 수 있을 텐데.

약속을
자주 취소하는
연인

사랑은 너무 많은 이유로 시든다. 예상치 못한 이유로 새로운 사랑이 시작되는 것보다 훨씬 더.

사랑과 연애에 대해 쓴 글들을 읽는 사람들은 누구일까. 가끔 호기심에 어떤 키워드로 유입되었는지 확인하곤 한다. 그렇게 슬쩍 보고 지나치거나 재밌는 키워드가 있으면 피식 웃기도 하는데, 오늘은 유독 마음이 쓰이는 글자들이 있었다.

'약속을 자주 취소하는 연인'

이 한 줄을 조합해 검색창에 적어 넣었을 누군가를 짐작해 본다. 그녀 또는 그의 연인은, 약속을 자주 취소하는 사람일까. 혹은 자신의 이야기 일까. 둘 중 무엇이라도, '연인'이라는 단어의 수식어로는 적합하지 않은 단어들이 어색하게 놓여 있는 한 줄.

약속을 지키지 않는 사람은 싫다. 내뱉은 말을 지키지 않는 것, 자꾸 바꾸는 것, 잊는 것, 지키지 못할 말을 그럴듯하게 늘어놓는 것, 말해 놓고 아니라고 하는 것, 들어 놓고 기억하지 않는 것, 이랬다 저랬다 하는 것, 한다고 했다가 안 하는 것, 안 하겠다고 해놓고 하는 것, 결국 거짓을 말하는 것. 그러니까 말과 행동이 일치하지 않는 것이 정말 싫다.

누군들 좋을까. 그런 사람, 내가 싫어하는 사람이 되고 싶지 않아서 스스로를 조심한다. 물론 부족한 인간이니 완벽할 수 없지만, 가능한 말보다는 행동을 먼저 하고, 거짓 없이, 지킬 수 있는 약속만 입 밖으로 내려고 한다. 그렇기에 상대방도 그럴 것이라 믿어 버린다. 그래서, 그렇지 않다는 것을 깨닫는 순간, 실망이 두 번, 세 번 반복되면, 사랑은 급하게 시든다. 반짝이던 연인은 남루해지고, 관계는 순식간에 생기를 잃는다.

검색어를 적어 넣은 이는, 아직 사랑의 숨을 부여잡고 있는 것일까. 꺼져 가는 관계의 불씨를 어떻게든 살려 보고 싶어서, 그래서 차마 연인에게 묻지 못한 말을, 뭐든 조용히 들어주는 스마트폰 화면에 적어 넣었을까.

사랑이 뭘까, 묻고 싶은 밤

그러지 말아요. 죽은 가지를 잘라 내야 새싹이 돋아날 수 있으니까. 다 알면서, 썩어 버린 나뭇가지에 물을 주고, 햇볕을 쬐어 주고, 바람이 잘 부는 창 앞에 내놓고 애써 다정한 눈길로 바라보지 말아요. 다시 살아나기를 기대하지 말아요. 약속을 자주 취소하는 연인, 그런 건 저 멀리 다시는 돌아보지 않을 곳으로 치워 버려요.

당신에게 하는 모든 말을 지키려 애쓰는 연인을 곁에 둬요. 세상이 두 쪽 나도 당신에게 한 약속은 지키는 이와 사랑하세요. 취소라니, 당신은 영화표가 아니잖아요. 우리의 지금, 이 순간은, 삶은, 반복 상영되지 않고 연애는 쇼핑이 아니니까요. 교환, 환불, 취소, 그런 단어는 사랑이 아니라 다른 곳에 어울리잖아요.

안기호, 〈향연30-31(깊어간다 가을이)〉, 90.9×72.7cm, oil on canvas, 2021.

　　　　　　　　　　　　　　사랑이 뭘까, 묻고 싶은 밤

안기호_〈겨울이야기 150-1〉, 162×227.3cm, oil on canvas, 2021.

기억은 가끔 너무해

— 백영옥, 『애인의 애인에게』

기억이란 건 참 이상하다. 원하는 순간에 원하는 기억을 골라서 떠올릴 수도 있지만, 무방비 상태로 있을 때 어떤 기억에 기습당하는 것도 가능하니까. 우리는 우리의 기억에 자주 농락당하고, 넉다운되는 일조차 너무 흔하다.

기억이란 내 것이면서 내 마음대로 할 수 없는 것들 중 까다롭기로는 제일이다. 게다가 원하든 원치 않든 기억을 늘려 가는 것이 삶이므로, 사람들은 어떻게든 자신을 지키려고 '왜곡'이라는 기술을 연마했다. 원하는 기억만 저장할 수 없다면, 떠올리고 싶지 않은 기억은 왜곡이라도 시켜서 스스로를 보호해야 하니까. 가장 강력한 '망각'의 기술은 가끔 주어지는 행운에 불과하므로, 아쉬운 대로 왜곡이라도 시도해 보는 것이다.

사랑이 뭘까, 묻고 싶은 밤

하나의 개인은 그가 지닌 기억들로 구성된다. 기억이 없다면 그는, 그저 책상 위에 놓아둔 노트와 펜과 다를 바가 없을 것이다. 반대로 기억을 갖게 된다면, 펜과 노트에도 자아가 발생하고 그만의 역사를 갖게 될 것이다. 그 순간부터는 구분되지 않는 무명의 노트와 펜이 아닌 자신만의 기억을 가진, 유일하고 유의미한 존재가 된다. 이 세계 안에서 존재하는 수많은 것들 중 인간이 갖는 특수성은 바로 여기서 시작된다. 우리가 모두 다른 존재가 될 수 있는 것도, 동시대의 동일한 경험 안에서 조차 전부 다른 자기만의 기억으로 저장할 수 있는 특이성 때문이다.

떠올리려 애쓰지 않은 기억에게 기습당한 날 넉다운된 채로, 이렇게 적는다.

요가를 하다가 우연히 시선을 둔 왼발의 엄지발가락을, 언젠가 당신이 귀엽게 깨물었던 것이 떠올라 당황하며, 다음 동작을 놓치고 말았다. 이제 한동안 엄지발가락을 바라보지 않으려 어색하게 시선을 돌려야 할 것이다. 요가매트 위에 서서 시선을 내리지 않으려 애쓰며 동작을 이어 가는 모습이 그려진다. 어정쩡한 자세와 난감한 표정으로.

'그래도 날이 선선해지니 다행이지 뭐야, 곧 도톰한 양말

안에 발가락을 꼭꼭 감추고 다닐 수 있을 테니까.'

누가 묻지도 않았는데 답하며, 발가락을 괜히 꼼지락거려 본다. 그러다 머쓱해진 기분에, '뒤꿈치를 깨물었다면 좋았을 텐데' 하고, 역시나 누가 들을 리 없는 군소리를 더해 본다.

○

인간은 각자의 사랑을 할 뿐이다. 나는 나의 사랑을 한다. 그는 그의 사랑을 한다. 내가 그를 사랑하고, 그가 나를 사랑할 뿐, 우리 두 사람이 같은 사랑을 하는 것은 아니다. 그 사실을 깨닫자 너무나 외로워 내 그림자라도 안고 싶어졌다.

– 백영옥, 『애인의 애인에게』

자주 잊고 지내지만, 돌이켜 보면 내가 사랑하는 사람이 동시에 나를 사랑한다는 것은 기적에 가까운 일이다. 그런데 어째서 우린, 얻기 전엔 간절하다가도 손에 쥔 후에 익숙해지고 나면 그토록 중요한 사실을 쉽게 잊어버리는 걸까.

사랑이 뭘까, 묻고 싶은 밤

내가 당신을 사랑하는 것, 당신이 나를 사랑하는 것, 우리가 함께 사랑이라는 단어 안에 머무르고 있다는 행운에 감사하는 것에 게을러지는 걸까.

'애인의 애인에게'는 세 명의 여자와 그들 사이의 연결고리가 되어 주는 한 명의 남자가 등장한다. 제목에서 예상할 수 있듯, 온통 사랑에 대한 글로 채워진 소설이지만 사랑의 환희보다는 그 뒷면의 쓸쓸함과 서글픔에 대해 생각하게 한다. 뉴욕이라는 낯설지만 매력적인 곳을 배경으로, 간절히 사랑을 원하면서도 자신이 원하는 사랑이 무엇인지 확신하지 못하는 네 사람의, 아픈 독백들이 이어진다.

일에서는 성공했지만 계속된 유산과 어그러진 결혼생활로 상처 가득한 주인공 수영의 저 말을 적어 두었던 그날은, 아마 내게도 쉬운 날이 아니었겠지. 어쩌면 그녀처럼, 나의 그림자라도 안고 싶을 만큼 외로운 날이었을까.

이별 정거장에 홀로 내려서 하는 일

— 한강, 『내 여자의 열매』

이별이 건네는 유일한 좋은 것은, 자신에 대한 새로운 발견이다. 타인과의 관계를 겪으며 깨닫게 되는, 자신의 몰랐던 부분을 알게 되는 것이다.

막상 사랑하는 중에는 들뜬 기분과 분주히 작용하는 호르몬의 영향으로 자신을 깊게 들여다보기가 쉽지 않다. 그때 자신보다 상대에게 열중하게 되니까.

연애에 푹 빠져 있을 땐 '우리'에 방점을 찍고, 연인을 바라보는 일에 심취한다. 스스로를 읽어 내는 것에 집중하는 일이 드물어지고, 새로운 연인을 해석하느라 신이 난다. 익숙한 자신보다 낯선 타인이 훨씬 자극적이고 흥미로우니까. 그리고 보면 알게 모르게 자신을 잃어버리는 것이 연애인 걸까.

사랑이 뭘까, 묻고 싶은 밤

그러니 이 관계 안에서 자신을 면밀히 살피고, 관계를 겪으며 달라진 점을 깨닫고, 원하는 게 무엇인지를 명확히 정의하는 것과 같은, 이성적인 성찰의 과정들은 결국, 연애가 끝에 다다르고 나서야 가능해지는 것이다.

그리고 슬픈 예감은 틀리지 않는다는 서글픈 말대로, 결국 도착해 버린 이별이라는 정거장에 혼자 내려서야, 가만히 정거장의 텅 빈 벤치에 앉아 시작하는 것이다. 이번 연애에서 배운 것들에 대한 요점정리와 자기 분석과 반성, 그리고 실패로 끝나 버린 관계에 대한 애도까지.

이별 후에 홀로 해야 할 일이 이렇게나 많다는 걸, 매번 겪을 때마다 지긋지긋해하면서도 잊는 것은 왜일까. 겁 없이 또 새로운 사람을 만나고, 관계를 시작하고, 사랑을 하느라 자신을 놓쳤다가 화들짝 놀라서 겨우 다시 붙잡고. 그렇게 어리석은 반복을 하고 후회를 쌓는 걸까.

결국 타인과의 관계를 통해서만 스스로를 발견할 수 있는 것이 사람인 걸까? 사람이란 존재에게 주어진 선물이자 숙제는 사랑이라서?

가까이에 두었던 타인을 상실하고, 그 빈자리를 정리하며 발견하는 것들은, 자신에 대한 새로운 조각들. 어수선하게 어질러진 자리를 깨끗이 정리하고, 남아 있는 타인의 흔적들을 하나씩 살핀 후에 미련과 후회를 함께 담아 떠나보낸다. 내가 원하는 것을 주지 못한, 줄 수 없었던 타인을 상실하는 것은 애도와 안도를 동시에 느끼게 한다. 상대방도 비슷한 것을 느끼고 있을 것이다.

청소하고 정리하고 비우는 시간이 얼마나 걸릴까. 아득하고 막막해도, 조급해할 필요는 없다. 어느 순간 빈자리가 어색하지 않게 느껴질 거라는 걸 아니까. 반드시 그렇게 된다는 걸 이미 여러 번 겪었으므로.

○

내 어깨를 좀 안아 봐.

그가 그녀의 어깨를 안았을 때 그녀는 안다. 키가 크지도 등짝이 넓지도 않은 이 사내, 수십억 사람들 가운데 그저 한 사람. 태어나지 않았을 수 있었던 사내의 품에, 그녀가 일생 동안 찾아 헤매 온 온기가 다 들어 있었던 것을 안다.

– 한강, 『내 여자의 열매』

아홉 개의 단편들 중 하나의 소설 안에서, 작가는 말한다.
사람의 몸에서 가장 정신적인 곳이 어깨라고. 그러고 보니
맞는 말 같다. 춥고, 외롭고, 두려우면 움츠러들고, 당당하고
자신있을 땐 활짝 펴게 되는 그것. 의도를 담아 구체적인 움
직임으로 서로의 손을 맞잡고 깍지를 낄 때와는 다르게, 나
란히 걷다가 무심코 닿은 어깨에서 느껴지던 서로에 대한
감정.

내 작고 낮은 어깨에 장난스럽게 고개를 문지를 때면 흔
들리던 당신의 머리카락, 단단한 이마에서 전해지던 온기,
그런 것을 주고 또 받는 것이 사랑이라고 생각했던 이미 멀
어진 날들.

사람이라서, 사랑이니까

사랑을 잘 아는 것도 아니면서, 겁도 없이 사랑을 쓰겠다고 마음먹었다. 사랑에 거하게 성공을 거둔 적 한 번 없으면서, 사랑의 시작과 끝, 그리고 그 사이의 것들에 대해 아는 것을 써보겠다고.

하는 수 없이 지나온 사랑을 돌아보니 온통 실패 투성이어서, 차라리 이별에 대해 쓰는 것은 그보다 쉬울까 싶었지만. 또 쓰다 보니 그렇지만도 않았다.

그렇게 올해의 대부분을 털어 넣어, 사랑에 대해 매일같이 써내려서, 결국 이렇게 또 한 권의 책을 엮고 나서 얻은 결론이라고는.

사랑을 잘 모르겠다는 것. 사랑한 적 있었나 스스로 의심스러워진 것. 사랑을 희망하는 것을 포기하지도 못했으며, 적지 않은 이별을 연습하고도 여전히 그것이 두렵고 아프다는 것. 그럼에도 불구하고, 사람으로 사는 내내 삶을 사랑으로 채우고 싶다는 것.

웃게 한 것도 울게 한 것도, 살게 한 것도 더는 살 수 없을 것처럼 여기게 했던 것도 사랑이었으니까. '지금, 사랑하지 않는 자, 유죄'일 것까지는 없지만, 그리 게으름 피우며 사랑을 미루기엔 우리에게 주어진 생이 너무 짧다는 것은 알겠다.

사랑이 지겹고, 사랑이 밉고, 사랑이 지긋지긋한 순간들이 그리 많았음에도, 사랑이 하고 싶다.

그러니 이제 그만 사랑이, 죽어 버리는 것을 그만두고, 오래도록 아름답게 살아 있었으면 좋겠다. 나와 당신, 그리고 우리 사이에.

화가 소개

단국대에서 진행한 한국인문플러스(HK+) 사업에 참여해 주셨던 화가 분들의 작품을, 최새봄 작가님과의 협의하에 실었습니다.

김동욱

계명대 미술대학 서양화 졸업
개인전 10회 주요 국내외 아트페어 및 기획전 50여 회

ullook@hanmail.net

일상의 순간순간 스치는 인파들은 감정 파편들처럼 기억 속에 존재한다. 그것들이 서로 만나 재구성된 것이 나만의 방식으로 세상

사랑이 뭘까, 묻고 싶은 밤

으로 바라보는 시선이 되며 시간의 흐름에 따른 공간적 표현과 기억속의 빛과 그림자가 주는 잔상들을 그려 내고 있다. 우리에게 남는 것은 감정이 들어간 기억이다.

— 작가 노트 중

김지유

개인전 (초대전)
2021 아슬아슬 아름다운 (유나이티드갤러리, 서울)
2020 makin road + Kim Ji You (이태원 카키스터프, 서울)
2018 About Happiness (대안공간 눈, 수원)
2017 Kim Ji You, 우수상초대전 (인사아트프라자갤러리, 서울)

작품소장
에코앤퓨쳐, 미술평론가 김종길선생님, 다수 개인 소장

Mobile 010-7726-1993
E-mail snowivory@naver.com
Instagram.com/kimjiyou_

김현숙

서양화가 / 한국미술협회 회원 / 서초미술협회 회원 / 대한민국미
술대전 심사위원 역임
前 국방일보 문화칼럼 연재 / 前 월간미술인 편집 주간

저서 - 시화집 〈기행수첩〉, 시화집 〈하늘이 흐르는 풍경〉
전시 개인전 28회, 국내외 단체전 및 아트페어전 300여 회

기사자료: 김현숙 작가, 〈존재의 흥미로운 해석을 '동행'으로 표상〉
작가의 작품 핵심요소는 'With you'로 동행의 본질적 감성을 흐리
지 않고 근사하게 반영해 낸다. 김 작가는 퍼플 컬러로 채운 캔버
스에 하양의 존재적 가치를 버팀목으로 표현 'With you'는 궁극적
인 사랑의 상징성을 강조해 시선을 사로잡는다.
한편 with 다음에 인칭 대명사로만 명시돼 있어 누구랑 동행할지
는 각자의 선택에 맡긴다. 최고의 파트너십으로 함께 하는 삶은 가
장 근본적인 존재적 흥미로운 기준, 즉 동행의 연속적 기대감을 표
상케 한다.
김현숙 작가는 'With you'를 작품에 독특하고 강렬한 즐거움의 느
낌을 매력적으로 표현하는기법적 능력이 탁월하다. 삶은 '누구'를
만나 '덕분에' 잘 살고 싶은 관계성에 대한 진지함을 내포, 정서적
극적인 묘사로 행복 즉 위안과 평안은 정적인 감성이 찰진 호흡으
로 전해지길 바라는 작가만의 진수가 솔직하게 표현돼 있다.

사랑이 뭘까, 묻고 싶은 밤

또한 'With you' 작품은 시간의 흐름 속에서 모두의 관계로 이어지는 세상에 정기된 하나의 액상으로 밖에 담아낼 수밖에 없지만 순간의 흔정이 역력하게 담겼다. 'With you' 작품이 특별한 순간 정으로 이어지는 시각적 행복을 표현, 미술사조적 의미 있는 작품이 그림 애호가들에게 선택되어 소장의 기쁨이 더해지길 기대해 본다. (서울일보 김영미 기자)

김철윤

개인전 4회, 아트페어 및 부스전 다수
instagram.com/cheolyun.82

민율

www.instagram.com/mmminyul
yumi05052000@hanmail.net

박상희

홍익대학교 미술대학 회화과와 동대학원 석사과정을 졸업하였고, 개인전은 〈여름산책〉 더스테이힐링파크(2021)를 비롯하여 23회 개최하였으며, 도시의 불 켜진 야경 안에 드러나는 욕망과 끊임없이 노동하는 현대 사회의 불면의 밤을 그림 속에 녹여 내는 작업을 하였다. 특히 도시의 풍경을 촉각적으로 보여지게 만드는 시트지라는 도시 부산물로 작업하면서 시트지가 오려지고 다시 재조합되면서 풍경의 다양한 해석의 가능성을 열어 놓으며 색다른 회화의 접근을 경험하게 한다.

그밖에 난지 미술창작 스튜디오 2기(2007-2008), 인천아트플랫폼(2008, 2012), 버몬트 스튜디오 오픈스튜디오, Vermont Studio Center, 미국(2010), OCI미술관 미술창작 스튜디오(2016) 입주 작가로 활동했다.

안기호

개인전 및 초대전 12회
2021 초대전 깊어간다 가을이 (리홀아트갤러리)
2021 초대전 꽃피우는 시간 (아트뮤제)
2020 초대전 꽃피우는 시간 (서호미술관)
2018 초대전 깊어간다 가을이 (그미술관)
2018 초대전 향연 (로뎀갤러리)
2017 초대전 기억의 향연 (미술세계사갤러리)
2017 초대전 향연 (세종갤러리)
2017 초대전 향연 (남송미술관)

2016 개인전 향연 (한벽원미술관)

2013 개인전 피고지고 (송암아트리움)

2011 개인전 피고지고 (인사아트센터)

2010 개인전 피고지고 (인사아트센터)

단체전 및 아트페어 부스전

2017 BUMA 부산국제화랑미술제 (bexco busan)

2015 World Art Dubai (Dubai World Trade Center)

2014 Seoul Art Show (COEX)

2012 CIGE BAIJING (China World Trad Center,베이징)

2010 MIAF (예술의전당)

2001, 2003, 2006, 2007 Art EXPO (NewYork)

2010, 2005 대한민국 미술대전 입선2회 (국립현대미술관)

2008 겸재진경미술대전 우수상 및 특선 (세종문화회관전시관)

현 한국미술협회, 한국인물작가회, 한강미술협회, 겸재미술대전 초
대작가.

httpys://story.kakao.com/_9ZEkc3

E-mail:bombiiii@naver.com * M.P : 010-2308-8698

유 민(이은지)

고양예술고등학교 미술과 수석 졸업
홍익대학교 미술대학 회화과 졸업
제56회 변리사 시험 합격

2021 ASYAAF 참여작가, 홍익대학교 현대미술관
2020 ASYAAF 참여작가, 홍익대학교 현대미술관
2017 ASYAAF 참여작가, 동대문 DDP
2016 ASYAAF 참여작가, 동대문 DDP
2015 제2회 개인전 'Falling snowly', 탑앤탑스 갤러리탑 건대점
2015 ASYAAF 참여작가, 문화역 서울 284
2015 제1회 개인전 '이은지展', 갤러리 이마주
2015 제5회 '스카우트展', 갤러리 이마주
2015 제8회 서울메트로 전국미술대전 최우수상 수상
2015~ 오픈갤러리 등록 작가

e-mail: endler@naver.com
instagram: @painting_um
grafolio: https://grafolio.naver.com/endler

사랑이 뭘까, 묻고 싶은 밤

이은지

작업의 소재는 동네의 공터에 위치한 가로수, 혹은 덤불더미이다. 이는 〈도시—동네—공터—가로수〉로 경계가 좁아진 결과물이다. 지극히 좁아진 경계 내에서 나만의 공간을 발견하고 이를 변형하여 표현한다. 가로수 혹은 덤불더미의 한 부분을 확대 표현하여, 마치 그 공간이 비교적 큰 공간의 입구, 벽처럼 느껴지게 한다. 작은 부분을 확대하여 나타난 공간은 일상에서 발견하지 못했던 비현실적인 공간으로의 입구 혹은 비현실적 공간 자체로 여겨진다. 도시의 주된 요소인 건축적 인공물을 무명화하고 덤불을 침입시킨다. 이는 결국 공간에 대한 애착 혹은 안정감에 따라 공간을 다르게 여겼던 경험, 상기시키려는 시도이다.

— 작가 노트 중

이유치

당신을 기록하기: 나는 평범한 사람들의 삶을 그린다. 찾지 않으면 쉽게 만날 수 없고 무심코 지나칠 수 있는 삶들을 여러 가지 형식으로 기록한다. 이러한 기록물은 개인의 이야기로만 남지 않고, 나의 작품으로 모여 '우리'의 이야기로, 나아가 이 시대를 살아가는 일련의 역사이자 우리들의 모습이다.

— 작가 노트 중

성균관대학교 대학원 미술학과 서양화전공

개인전 6회

2021 '그렇게 찰나를 붙잡아본다.' (폴스타아트 갤러리/서울)

2020 '나의 시선' (마루아트센터/서울)

2019 '당신을 기록하기' (THE DH ART/일산)

2018 '이유치전' (BGN갤러리/서울)

아트페어 및 단체전 50회

2021 아시아프 (홍익대학교 현대미술관)

2019 아트광주 (김대중 컨벤션센터)

2019 싱가포르 어포더블 아트페어

2018 아시아 컨템포러리 아트쇼 in Hong Kong (콘레드호텔) 수상

2016 젊은나래 청년아티스트 선정 작가 우수상

이정연

"나는 캔버스를 원석으로 만들어 그것을 조각하는 평면 조각가다."
본인의 작품은 물감의 물성을 이용한 우연과 필연의 역설, 여백을
채움으로 비우는 역설, 평면을 입체로 대하는 역설, 그림자를 통해
빛을 표현하는 역설 등 매 순간의 역설을 통해 만들어진다.

— 작가 노트 중

사랑이 뭘까, 묻고 싶은 밤

제소정

때로 마음의 형상을 알 수 없어 끝도 없이 스스로에게 말을 건다.
그 풍경과 서사를 그림과 글로 해소하며 나 자신을 위로하는 생각
중독자. 생각과 고민이 많다는 것이 불만이기도 하지만, 어느 순간
엔 그 몰입을 즐기고 무의식을 끌어올리며 그 에너지를 창작에 활
용한다. 자연스럽지만 조심스럽게, 과감하지만 유쾌하게….
그림을 감상하는 이들에게도 내가 행해 온 삶의 위로를 건네고 싶
다. 각자의 심리적 풍경 안에서 삶의 실마리를 발견하고, 고요한 마
음으로 풀어가는 재미를 경험하기를 바라며….

— 작가 노트 중

조명옥

세종대학교 회화과 서양화 졸업
그리다 Art Studio 대표
한국미술협회회원
창원미술협회회원
경남수채화협회회원

개인전
2021 Green Therapy 초대개인전 (서울. 교보타워 BGN갤러리)

2021 도심 속 식물정원 초대개인전 (청주. 이안복합문화공간)

2021 To Feel Green 초대개인전 (서울. 마루아트센타)

2019 경상대학교 어울마루 초대개인전 (진주. 어울마루갤러리)

단체전 - 서울, LA, 창원, 부산, 진주, 아트 페어 50여 회

gridaartstudio@naver.com

Instagram.com/artist.chomyungok

하이경

일상 속 마주하는 풍경들은 빛과 바람과 물과 사람, 그리고 그 풍경 속 공기의 온도가 하나가 되어 사소하지만 내밀한 이야기를 두런두런 건네 온다. 그 이야기들을 담담한 마음으로 조용하게 그려내고 싶다. 따뜻하되 무심한 시선. 받아들임. 최소한의 붓질. 애씀이 드러나지 않도록, 인물을 풍경에 포함시키다. 비슷한 듯 다 다른 각자의 이야기. 고요한 흔들림. 바라보다 눈물이 흐르다.

— 작가 노트 중

홍익대학교 미술대학 회화과 졸업

개인전18회

아트페어 및 그룹전 100여 회

국립현대미술관미술은행, 서울시립미술관 등 작품 소장
공지영, 정이현, 윤제림 산문집 및 소설 표지 작품 수록

kisshyk@naver.com
blog.naver.com/kisshyk
www.instagram/i_kyoung_ha
www.facebook.com/hikyoung

사랑이 뭘까, 묻고 싶은 밤

누구나 한 번쯤 소설의 주인공

글 최새봄
그림 김동욱, 김지유, 김현숙, 김철윤, 민율, 박상희, 안기호,
　　　유민, 이은지, 이유치, 이정연, 제소정, 조명옥, 하이경
발행일 2021년 12월 25일 초판 1쇄

발행처 디페랑스
발행인 노승현
책임편집 민이언
출판등록 제2021-000245호
주소 서울특별시 서초구 신반포로 47길 12 유봉빌딩 4층
전화 02) 868-4979　**팩스** 02) 868-4978

이메일 davanbook@naver.com
홈페이지 davanbook.modoo.at
포스트 post.naver.com/davanbook
인스타그램 @davanbook
페이스북 www.facebook.com/davanbook

ISBN 979-11-85264-59-2 03810

* 「디페랑스」는 「다반」의 인문, 예술 출판 브랜드입니다.